Eva Altjohann
Dunkelgelb

Eva Altjohann

Dunkelgelb

ROMAN

Bühel

Impressum

Bühel Verlag
Neuenteilsredder 4
23569 Lübeck

1. Auflage

Umschlaggestaltung: Uli Schmidts
Umschlagfoto: Benne Ochs
Lektorat und Korrektorat: Cornelia Adomeit
Layout und Satz: Thomas Auer, www.buchsatz.com
Druck: CPI books GmbH, Leck

ISBN
978-3-9817288-3-5

Printed in Germany

FSC® www.fsc.org
MIX
Papier aus verantwortungsvollen Quellen
FSC® C083411

1

„Ich hasse diese Träume“, grollte Benedikt im Halbschlaf, um sich dann tiefer in seine Kissen sinken zu lassen, erfüllt von einem warmen Gelb. Noch hatte er die Möglichkeit, den Traum weiterzuträumen, und holte sich das letzte Bild in den Kopf zurück, mit dem er wach geworden war. Er wusste, was folgen würde, wie die Bilder ihn den ganzen Tag begleiten würden. Wie sehr er sich nach ihrer Nähe sehnte, ihrer Art ihn anzuschauen. Gerade noch hatte die Morgensonne Sophias Küche erhellt, während sie einen Nougatzopf aus dem Ofen nahm und vor ihn auf den Tisch stellte. Der Duft nach Hefe und gebackenen Nüssen durchströmte den Raum, von dessen Vorstellung er sich bereitwillig erneut in den Schlaf gleiten ließ.

Langsam goss Sophia Wasser in den Filter, und das Aroma frischgebrühten Kaffees mischte sich in den süßen Geruch des Backwerks. Für einen Moment löste Benedikt seinen starren Blick von der Tür, durch die jede Sekunde ihr Mann hereintreten könnte.

„Wie lange hast du Zeit?“

„Bis die Kinder nach Hause kommen.“

Vergeblich, dachte Benedikt und schob den Teller ein Stück von sich weg. Sie wird ihn auch heute nicht erwähnen.

Die bloße Vorstellung, wie er den Flur betrat, seine Stiefel auszog und den an den Enden ausgefransten, dunkelgrünen Hut abnahm und an den Haken hängte, setzte Benedikt unter Hochspannung, alle Muskeln verkrampften. Panisch blickte er in Sophias Richtung und verstand ihre Ruhe nicht. Sobald er seine Schritte hörte, würde er gerade noch genügend Zeit haben, die Küche durch die Terrassentür in den Garten zu verlassen. Ohne ein Wort, ohne eine Umarmung. Nur mit dem Geschmack von Kaffee und Nougatzopf im Mund, bevor ihr Mann den Raum betrat, während Benedikt sich durch den Garten zu seinem Auto davonschlich, das er hinter der Hecke an der Straße geparkt hatte. Währenddessen würde Sophia ihren Mann in den Arm nehmen und ihn mit einem Kuss begrüßen, als wäre nichts gewesen. Benedikt schlug in Gedanken die Autotür zu und schwor sich, dass es sein letzter Besuch bei Sophia gewesen war.

Dieses verdammte Gefühl, der zweite Mann in ihrem Leben zu sein, verbunden mit der Gewissheit, nie der erste werden zu können. Gleichzeitig die verzweifelte Hoffnung, es eines Tages doch zu sein. Wie er es hasste!

„Was ist los?“, fragte Sophia und holte ihn aus seinen Gedanken zurück in die Gegenwart. Er zog den Teller wieder zu sich heran, biss vom Nougatzopf ab und begann zu kauen.

„Ich hasse es, hier zu sein.“

Sophia lächelte und füllte seine Tasse mit duftendem schwarzen Kaffee.

„Stimmt nicht.“

Benedikt wich ihrem Blick aus und strich sich durch die dunkelbraunen Haare. Seine Arme vor der Brust verschränkt, lehnte er sich im Stuhl zurück und holte Luft.

Sophias Lächeln war nur noch in ihren Augen sichtbar. Sie nahm im Stehen einen Schluck Kaffee und ging auf ihn zu. Benedikts Herzschlag wurde schneller, je näher sie ihm kam. Zögernd nahm er ihre Hand, als Sophia sie ihm auffordernd entgegenhielt, und folgte ihr aus der Küche hinaus in den Flur. Die tannengrünen Wände und der dunkle Dielenboden passten nicht zu ihr, doch sie hatte mit hellen Rahmen um fröhliche Familienfotos das Beste aus dem düster wirkenden Raum gemacht. Jetzt öffnete sie die Tür, atmete ein paar Mal tief durch, um die frische Herbstluft zu spüren, und streifte den beerenfarbenen Poncho über, den sie sich im Vorbeigehen von der Garderobe geschnappt hatte. Einen Moment blieb sie stehen, wie um dem kräftigen Rot Zeit zu geben, sich auf ihrem Körper zu verteilen. Die Farbe ließ ihre Gesichtszüge noch wärmer strahlen.

Sie gingen vom Hof die schmale Straße entlang, die in einen breiten, nur für landwirtschaftliche Gefährte nutzbaren Schotterweg mündete. Die letzten Blumen des Jahres säumten den Weg bis hoch auf den Hausberg hinauf, von wo aus sich der Blick über die Berge öffnete. Das vielerorts bereits verfärbte Laub drückte auf Benedikts Stimmung und nahm ihm das Gefühl der Sicherheit. Bald würden die Bäume kahl sein und ihm und Sophia kein Versteck mehr bieten.

Ein heimlicher Blick auf die Uhr sagte ihm, dass Sophias Mann jetzt in der Küche sein würde, um wie immer sein spätes Frühstück zu nehmen. Sophia hatte ihm den Tisch gedeckt, während Benedikt seinen Kaffee trank.

„Du hast meine Tasse nicht weggeräumt“, fiel ihm plötzlich ein.

„Meine auch nicht", antwortete sie.

„Wird dein Mann sich nicht wundern?"

Benedikt verstand Sophias Gelassenheit nicht. Sie war so ruhig, überhaupt nicht nervös.

„Sind wir gerade in der Küche?"

„Nein."

„Dann hör auf, dir Gedanken zu machen, und genieß den Augenblick. Den Geruch des Herbstes. Bald wird er vorbei sein für dieses Jahr." Benedikt spürte ihr langes Ausatmen wie am eigenen Körper.

„Es ist so schön hier." Sophia setzte sich auf einen Baumstamm, der an den Enden so vermodert war, dass man mit einem Stock ganze Stücke hätte herausschlagen können. Benedikt war einige Meter vor ihr stehen geblieben und ließ seinen Blick über die Wiesen schweifen. Der letzte Schnitt war einige Wochen her, ihr noch sattes Grün bildete einen weichen Kontrast zum karstigen Gestein im Hintergrund.

„Ich vermisse die Berge in Nürnberg so sehr." Alle Anspannung war aus seinem Körper gewichen. Er sah Sophia an und wartete. Ihre Augen waren in die Ferne gerichtet, und es dauerte einen Moment, ehe sie reagierte. Dann nahm sie seine Hand.

„Willst du mich heiraten?", fragte er in die Stille hinein und konnte die Antwort in ihren Augen lesen, bevor sie etwas erwiderte. Warum nur stellte er ihr immer wieder diese Frage, wo er die Antwort doch kannte. Nein, sie würde ihn nicht heiraten, auf der Fraueninsel hatte sie es ihm gesagt. Er musste ein Zittern unterdrücken und setzte sich aufrecht hin. Sophias Blick verschwamm vor seinen Augen und nichts als eine Leere blieb in seinem Kopf zurück, die mit einer Farbe gefüllt war. Dunkelgelb.

In diesem Moment wachte er auf.

Er lag auf dem Rücken und blickte zur weißen Decke, wo er noch immer die Farbe sah. Dunkelgelb. Er fühlte sich matt, unfähig sich zu rühren. Ich bin zu Hause, versuchte er sich zu beruhigen. Anne schläft neben mir. Doch das Dunkelgelb wurde intensiver und schien von der Decke in ihn hineinzufließen. Sie ist nie fest mit einem anderen Mann zusammen gewesen, versuchte er den Druck, den das Dunkelgelb auf ihn ausübte, abzumildern. Noch immer hat sie sich getrennt, bevor es ernst wurde. Genau wie ich. Plötzlich breiteten sich feine, hellblaue Streifen von der Mitte des Gelbs zu den Rändern aus, doch das Gelb schimmerte weiter durch. Einige Wochen hatte er nur selten an sie gedacht. Das war ein neuer Rekord, aber in diesem Augenblick gab es kein Entrinnen. Die Erinnerung an das Wochenende auf der Fraueninsel bedrängte ihn wie ein Fluch, den er dachte überwunden zu haben – das jähe Ende all seiner Hoffnungen und Sehnsüchte. Er versuchte sich ein helles Grün vorzustellen, sein beruhigender Zufluchtsort in solchen Momenten. „Stell dir Berge vor", flüsterte er, doch nur wenige magere grüne Punkte ploppten auf. Schließlich wandte er den Kopf zur Seite. Anne raunzte im Schlaf und drehte sich von ihm fort.

Erneut konzentrierte Benedikt sich auf die Zimmerdecke und fokussierte die Lampe, hoffte, sie würde die Farben schlucken. Stattdessen verloren das frohe Blau und das warme Grün ihre Wirkung, und das Gelb wurde dunkler, intensiver. Der Druck in seiner Brust stemmte sich gegen die Rippen, in die Nase kroch der fahle Geruch verbrauchter Luft.

Er wollte Anne mit denselben Augen betrachten wie Sophia in seinem Traum und versuchte sich zu erinnern, wie er Anne kennengelernt hatte. Doch sofort drängte Sophias Bild sich davor, wie sie beim Stadtfest in Prien in einer Kneipe an der Bar stand, den Blick fest auf den Barkeeper gerichtet. Auch Benedikt wollte etwas zu trinken besorgen, für sich und ein paar Freunde, und reihte sich in die Schlange ein – und hatte plötzlich nur Augen für sie. Binnen eines winzigen Momentes wusste er, dass die Liebe seines Lebens vor ihm stand. Er beobachtete sie von der Seite, ohne dass sie es merkte.

Ihre kantigen Wangenknochen zogen seine ganze Aufmerksamkeit auf sich. Sie gaben dem schmalen Gesicht eine scharfe Kontur und lenkten den Blick auf die großen, leicht abstehenden Ohren, hinter die sie die locker geflochtenen, blonde Haare gestrichen hatte. Sein Blick wanderte vom Gesicht weiter zum dunkelblauen Dirndl, zu dem sie eine weiße Schürze trug. Ihre schmale Taille lud dazu ein, sie zu umfassen. Benedikt verbot sich solche Gedanken und bahnte sich von rechts einen Weg zur Mitte der Bar und stand jetzt fast neben ihr.

Obwohl sie wie alle anderen nur kurz etwas bestellen wollte, strahlte sie den Barkeeper an, als hätte sie das große Los gezogen und sei nur an diesem Ort, weil sie schon immer mal ein Bier bei ihm hatte ordern wollen. Benedikt fragte sich, wie ihre Augen wohl leuchten würden, wenn sie sich wirklich über etwas freute.

„Warum sieht das Dirndl bei dir so anders aus als bei den anderen Frauen?", sprach er sie an, als er sich zu ihr gedrängt hatte.

Sie schmunzelte.

„Vielleicht wegen der Farbe?"

„Nein. Das Blau ist es nicht."

„Vielleicht, weil ich mich darin wohl fühle und andere weniger?"

Benedikt wiegte den Kopf hin und her, sie machte ihn nach.

„Weil ich mich darin so wohl fühle, dass ich am liebsten immer im Dirndl herumlaufen würde?"

Benedikt nickte.

„Ja. Das wird es sein." Wegen der lauten Musik musste er dicht an Sophia herantreten, damit sie seine Worte verstand, und genoss die Nähe ihres Körpers.

„Ein Bier bitte", sagte sie zum Barkeeper, der sich ihr nun zugewandt hatte. Dann drehte sie sich zu Benedikt um. „Was möchtest du?"

„Drei Bier und ein Wasser."

„Also vier Bier und ein Wasser bitte", korrigierte sie ihre Bestellung. Sie legte das Geld auf den Tresen, reichte Benedikt seine Biere, die er eins nach dem anderen an den Flaschenhälsen zwischen die Finger seiner rechten Hand klemmte, und wehrte ab, als er sein Portemonnaie zückte. Das Wasser behielt sie in ihrer Hand, bis er das Geld wieder in seiner Hosentasche verstaut hatte.

„Du hast mich jetzt auf die Getränke eingeladen?"

„Und auf meines gleich mit."

„Dann hast du etwas gut bei mir."

„Das ist eine prima Voraussetzung, um sich kennenzulernen", flirtete sie und gab Benedikts leichtem Schieben an den Rand der Bar nach, wo nicht mehr so viele Leute standen.

„Willst du die alle allein trinken?" Sie deutete auf die drei Flaschen in Benedikts Hand, die er nun auf die Theke stellte. „Nein, sie sind eigentlich die Wegzehrung für mich und meine Freunde. Wir wollen auf eine andere Party."

„Gefällt es euch hier nicht?"

„Mir persönlich inzwischen schon. Aber ich bin der Fahrer und meine Freunde warten. Auch wenn ich mich gerade vor ihnen verstecke und hoffe, dass sie mich nicht so schnell finden."

Sophia prostete ihm zu und trank von ihrem Bier, ohne den Blick von ihm zu wenden.

Noch nie hatte Benedikt einer Frau so gern in die Augen gesehen. Sie waren dunkel, fast schwarz und wirkten in dem dämmerigen Licht des Raumes trotzdem weich und voller Funkeln.

„Warum guckst du mich so an?", fragte er.

„Keine Ahnung. Du hast irgendetwas."

Benedikt musste lachen und wollte gerade etwas erwidern, als seine Jungs kamen. In karierten Hemden und Lederhosen sagten sie kurz „Hallo", schnappten ihr Bier und bedeuteten Benedikt mitzugehen, doch er sagte nur „gleich" und gab ihnen ein Zeichen, ihm noch einen Moment zu lassen.

Als sie wieder in der Menge verschwunden waren, griff er Sophias Hand und sah sie entschlossen an.

„Willst du mich heiraten?"

Sophia lachte und schüttelte den Kopf.

„Doch, ich meine es ernst. Heirate mich."

Sophia schüttelte wieder den Kopf und nahm Benedikts Hand.

„Fangen wir erst mal mit der Telefonnummer an", lachte sie und holte einen Stift aus der Schürzentasche ihres Dirndls.

„Das nenne ich gute Vorbereitung", kommentierte Benedikt.

„Hat mein Opa mir beigebracht", gab Sophia zurück, und als sie Benedikts fragenden Blick sah, fügte sie mit tiefer Stimme hinzu: „Die besten Ideen kommen dir immer, wenn du gar nicht damit rechnest. Habe also stets einen Stift dabei, um sie aufzuschreiben."

„Mir deine Telefonnummer zu geben wird zu den besten Dingen gehören, die du der Weisheit deines Großvaters verdankst", scherzte Benedikt.

„Das werden wir sehen." Sophia drehte seinen Handrücken nach oben.

„Aber heiraten tust du mich irgendwann?"

Sophia blieb ihm die Antwort schuldig, lächelte nur und schrieb einige Zahlen auf seine Hand.

Da nahm Benedikt ihren Kopf und gab ihr übermütig einen Kuss auf den Mund. Vergnügt grinste er in Sophias erstauntes Gesicht und ging einige Schritte in Richtung Ausgang, wo die anderen schon ungeduldig auf ihn warteten. Bevor er mit ihnen hinaus in die inzwischen dunkle

Nacht trat, drehte er sich nochmals um und küsste die Telefonnummer auf seiner Hand.

Es waren nur ein paar Minuten, die er mit Sophia verbracht hatte, mehr nicht. Doch er fühlte sich glücklich wie nie zuvor.

Anne lag wie immer mit dem Kopf zum Fenster auf der Seite. Sie atmete gleichmäßig und wirkte weicher, jetzt, wo alle Anspannung des Vortags von ihr gewichen war. Benedikt stützte sich auf seinen Ellenbogen und betrachtete sie, nahm ihren leicht herben Körpergeruch wahr, den er so viel lieber mochte als ihre süßlichen Parfums. „Sophia hat keinen Mann", munterte er sich auf, als der Traum sich wieder in sein Bewusstsein drängte. Leise schwang er seine Beine aus dem Bett, stand auf und schlich aus dem Zimmer.

Die Gedanken an Sophia würden ihn den Tag über begleiten. Er kannte das dumpfe Gefühl, das schon beim Erwachen wie eine Glocke über ihm lag. Anfangs hatte er oft von ihr geträumt und das Dunkelgelb vor seinem inneren Auge alle anderen Farben verdrängt. Doch die Erfahrung lehrte ihn, einfach abzuwarten, bis ihr Bild wieder verblasste. Auch das Dunkelgelb würde an Intensität verlieren und schließlich verschwinden.

Er stellte sich unter die Dusche und dachte an seine ersten Begegnungen mit Anne.

Sie hatten sich in einer langatmigen Statistik-Vorlesung kennengelernt und waren noch vor deren Ende einen scheußlich bitteren Kaffee in der Cafeteria trinken gegangen, der ihn einige Jahre später dazu bewogen hatte, direkt neben der Uni eine Filiale seiner „Kaffeeküche“ zu eröffnen.

Wie Benedikt bald feststellen sollte, war dies das einzige Mal, dass Anne einer Vorlesung nicht bis zum Ende folgte. Von Anfang an war Benedikt fasziniert von ihrer Zielstrebigkeit, die allerdings alles Behagliche und Vertraute in einen Akt der Geschäftigkeit verwandelte. Jede ihrer Handlungen diente dem perfekten Ergebnis, doch hektisch wirkte sie nie. Für alles gab es Regeln, die sie ohne Wenn und Aber befolgte. Neben Lernen, Vorlesungen und Sport blieb für Benedikt nicht viel Platz in ihrem Leben, also schlug er eine Lerngruppe nur mit ihnen beiden vor. Anne willigte erst ein, nachdem Benedikt ihren Bedingungen von Pausenregelungen und Besprechungszeiten zugestimmt hatte. Die Wirksamkeit ihres Arrangements zeigte sich bald in seinen Noten, überdies lernten sie sich so sehr schnell und sehr gut kennen.

Das Wasser prasselte auf ihn herunter, während er über ihre Erklärungen von Statistiken und wirtschaftlichen Zusammenhängen nachdachte, die kein Professor so verständlich erklären konnte wie sie. Wenn er selbst die Lösung einer Probeaufgabe für eine Klausur vortrug, deckte sie durch scharfsinniges Nachfragen schnell jede Wissenslücke auf und behauptete stets, die Fragetechnik bei ihm abgeschaut zu haben. Doch er glaubte ihr nicht.

Annes Geradlinigkeit zeigte sich auch in ihrem Äußeren. Alles in ihrem Gesicht stand symmetrisch zur ebenmäßigen Nase: gleich große Augen in exakt demselben Abstand zum Nasenrücken, wie kleine dunkle Balken die dicht über den Augen liegenden Brauen. Selbst die beiden waagerechten Falten auf der Stirn verliefen parallel wie schnurgerade Linien, schmallippig der Mund.

Anne war nicht auf den ersten Blick schön zu nennen, doch die Makellosigkeit ihrer Gesichtszüge fiel jedem sogleich auf. Menschen auf der Straße starrten sie an und musterten sie wie eine exotische Fremde. Aus ihrem Blick sprach pure Intelligenz, was viele davon abhielt, ihre Nähe und den Kontakt zu ihr zu suchen. Auch Benedikt hätte sich vermutlich nicht getraut, sie anzusprechen, wäre da nicht diese eine so höchst komplizierte Formel gewesen, ohne deren Verständnis der Rest der Vorlesung bloße Zeitverschwendung bedeutet hätte. Je häufiger Benedikt Anne traf, desto attraktiver wurde sie für ihn. Besonders ihr trockener Humor überraschte ihn immer von neuem, weil seine Spontaneität scheinbar im Widerspruch zu ihrer Perfektion stand.

Benedikt verließ das Bad und bereitete das Frühstück. Er legte Käse und Wurst auf einen Teller, dazu gab es geschnittenes Obst und Gemüse, Rührei für Anne und kleine Pfannkuchen für ihn, die er je nach Stimmung süß oder herzhaft zubereitete. Jetzt war ihm nach süß. Der Kaffee lief bereits durch die Maschine, so blieb nur das Teewasser aufzusetzen. Benedikt öffnete den Schrank und nahm die schlichte weiße Teekanne heraus, die sie täglich benutzten. Er stellte sie auf die Arbeitsplatte, goss das Wasser auf, sobald es kochte, und hielt dann inne. Er brauchte noch eine Kanne für den Kaffee. Erneut griff er in den Schrank und schob Geschirr beiseite, bis er ganz hinten die gelbe Kanne erblickte. Wie lange hatte sie unberührt dort gestanden! Obwohl es sich nicht richtig anfühlte, nahm er sie heraus, spülte sie mit heißem Wasser aus und füllte den durchgelaufenen Kaffee hinein. Dann stellte er die beiden Kannen zum Rest auf den Tisch, ein buntes Durcheinander aus Kerzenständern und Geschirr, dessen Einzelteile eigentlich nicht zusammenpassten. Aber das störte Benedikt nicht, er mochte es so.

„Schöner als in jedem Café", bemerkte Anne, als sie den Raum betrat, „farbenfroher jedenfalls." Lag da Spott in ihrer Stimme? Aber sie seufzte entspannt und setzte sich auf ihren Lieblingsplatz mit Blick in den Flur.

„Die Pfannkuchen sind fast fertig", sagte Benedikt und werkelte am Herd herum.

Anne nickte und betrachtete ihn eine Weile.

„Ich möchte mit dir über Kinder sprechen", platzte sie schließlich heraus.

Benedikt sah vom Herd herüber, aber Anne wich seinem Blick aus.

„Sollten wir nicht erst heiraten?" Er stach ein Stück Butter und streifte es am Pfannenrand ab, wo es langsam zu schmelzen begann. Dann trat er an den Tisch und setzte sich Anne gegenüber.

„Normalerweise ja, aber du fragst mich ja nicht."

„Hast du nicht gerade deinen zweiten Job angefangen und wolltest beruflich erst mal richtig Fuß fassen, bevor du über Familiengründung nachdenkst?"

„Karriere ist nicht das Wichtigste im Leben." Anne hob den Kopf und sah ihn unsicher an.

„Wer hat dir das auf einmal eingeredet?"

„Niemand.“

„Aber du hast gerade mal die Probezeit hinter dir.“

„Trotzdem.“

„Bist du nicht zufrieden mit deinem Job?“

„Doch.“ Mit jeder Antwort verkrampfte Anne sich mehr.

„Dann verstehe ich nicht, warum du plötzlich Kinder willst.“ Benedikt stand auf, ging zurück an den Herd und füllte Teig in die schon braun verbrannte Butter.

Anne verfolgte jeden seiner Handgriffe mit zusammengekniffenen Augen. Eine senkrechte Falte zeigte sich über der Nasenwurzel.

„Ich will nicht so eine alte Mutter sein.“

„Aber eine Mutter, die nicht mehr in den Beruf einsteigen kann, wolltest du auch nie sein.“

Benedikt wendete seinen Pfannkuchen.

„Deine Mutter hat nie gearbeitet.“

„Sie ist nicht glücklich.“

„Weil sie deinem Vater hinterhertrauert.“

„Soweit ich weiß, ist *sie* gegangen.“

„Aber nur, weil dein Vater nie Zeit für sie hatte.“

Benedikt lehnte sich an den Herd und sah zu Anne hinüber. Jetzt erwiderte sie seinen Blick.

„Wollen wir über meine Mutter reden?“, fragte er genervt.

Anne seufzte. „Nein.“

„Was willst du mir dann sagen?“

Anne stand auf und ging zu Benedikt an den Herd.

„Ich habe das Gefühl, wir kommen nicht voran mit unserer Beziehung.“

Benedikt stellte den Herd aus und nahm den letzten Pfannkuchen aus der Pfanne. Er hatte Zimt und Zucker darüber gestreut, noch während er in der Pfanne war. Es duftete herrlich! Doch Benedikt ließ ihn auf dem Teller liegen, drehte sich zu Anne um und blickte ihr forschend in die Augen. Dann nahm er sie in den Arm und hielt sie fest.

„Wir sind Ende zwanzig, erst vor kurzem bist du zu mir gezogen. Willst du wirklich schon eine Familie gründen?“

Anne löste sich aus der Umarmung und trat ans Fenster. Benedikt stellte den Teller mit dem Pfannkuchen auf den Tisch, während er seine Freundin beobachtete. Sie rührte sich nicht, hatte den Blick noch immer nach draußen gerichtet. Er nahm die gelbe Kanne und schenkte Kaffee ein. Sollte er sie vielleicht weggeben? War es an der Zeit, sich von ihr zu trennen? In diese Gedanken versunken hielt er die Kanne über Annes Tasse, bis der Kaffee über den Rand lief. Er holte ein Geschirrtuch, stellte Käse- und Wurstplatte beiseite, weil Kaffee darauf gespritzt war, und nahm Kerzen und Teller nacheinander hoch, um sie nach dem Wischen wieder abzustellen. Alles nur wegen dieser Kanne, fluchte er innerlich, als er frische Teller aus dem Schrank holte.

„Eigentlich heißt es immer, man soll mindestens zwei Jahre bei einer Firma gewesen sein“, redete Anne weiter, ohne Notiz von seinem Missgeschick zu nehmen.

„Und die Firma ist groß“, fuhr Benedikt fort. „Du könntest sicher gut wieder einsteigen, wenn du dich bewährt hast.“

„Was das angeht, mache ich mir keine Sorgen." Anne drehte sich vom Fenster und kam zurück an den Tisch. Mit jedem ihrer Schritte schien sie etwas von der Benommenheit abzuschütteln, die sie plötzlich ergriffen hatte. Schließlich setzte sie sich wieder, nahm einen Schluck Kaffee und betrachtete die Unordnung und Benedikts Versuche, Käse und Wurst von den Kaffeespritzern zu säubern.

„Was ist passiert?"

„Mir ist der Kaffee übergelaufen."

Anne nickte und spann ihren Gedanken weiter. „Im Finanzbereich gibt es nicht viele Frauen. Ich wäre dann die Quotentante, die sie trotz Kindern pushen. Das ist gut fürs Firmenimage."

„Du würdest es sicher auch ohne Quote schaffen."

Nun nahm Anne Benedikt in den Arm und lehnte ihren Kopf an seinen.

„Ich danke dir. Jetzt geht es mir besser."

„Kein Kind mehr?"

„Doch, aber noch nicht jetzt. Du hast ja Recht, lass uns frühstücken", sagte sie, griff nach dem Ei und schlug es auf.

Benedikt biss in seinen Pfannkuchen. Er war ihm dieses Mal besonders gut geraten, und er fragte sich wieder einmal, ob er den Genuss eines frischen Pfannkuchens nicht an seine Kunden weitergeben sollte. Er bereitete sie nach dem Rezept seiner Großmutter: wenig Mehl, etliche Eier und so viel Milch, dass der Teig floss wie pure Sahne.

„Wie geht es deinem Vater?", nahm Anne das Gespräch wieder auf und riss Benedikt aus seinen Grübeleien. „Er hat länger nicht angerufen."

Benedikt war morgens eher wortkarg, hing seinen Gedanken nach oder las einfach Zeitung, doch seit Anne bei ihm wohnte, war daran nicht mehr zu denken. Sie fühlte sich zurückgesetzt.

„Er hat mich die letzten Male im Büro erreicht. Es geht ihm gut."

„Wie läuft seine neue Firma?"

„Super. Er sucht gerade einen Standort für den zweiten Bio-Markt. Mit seinem neuen Geschäftsführer hat er einen guten Fang gemacht."

„Und der Näh-Laden?"

„Das ist kein Näh-Laden!"

Anne grinste und nahm einen Schluck Kaffee.

„Der Genähte-Sachen-Verkaufsladen?"

Benedikt musste lachen. Auch er hatte seinen Vater am Anfang für verrückt erklärt, als er seine Cafés für eine solche Idee aufgeben wollte, oder nicht ganz: Benedikt sollte die Geschäftsführung über die Cafés übernehmen.

„Vorhin wolltest du noch deine Karriere aufs Spiel setzen und Kinder kriegen. Nun mach dich nicht über Frauen lustig, die ihre Produkte in einem Laden verkaufen. Für die ist das eine perfekte Vertriebsplattform."

„Nichts als Selbstverwirklichung!"

Anne biss in ihr Marmeladenbrot, nahm den letzten Schluck Kaffee aus ihrer Tasse mit dem Blümchenmuster und griff nach der gelben Kanne, um sich nachzuschenken. Ihre grelle Farbe ließ das übrige Geschirr fast fade wirken.

„Warum deckst du eigentlich nie Geschirr, das zusammengehört?" Anne musterte das bunte Sammelsurium von Tellern und Tassen.

„Ich dachte, das ist deine Lieblingstasse."

„Das stimmt, aber ich habe nicht nur die Tasse aus meiner Wohnung mitgebracht, sondern das gesamte Service."

Benedikt schenkte sich Tee ein und nahm ein Stück Käse, dazu Gurke und Tomate, während er über ihre Frage nachdachte.

„Ich glaube, die stand im Schrank vorn und die Teller daneben", erwiderte er knapp und widmete sich seinem Frühstück.

„Wann kommt deine Mutter?", wechselte Anne das Thema.

„Sie wollte früh los. Ich denke, sie ist gegen Mittag da."

Benedikt dachte an seine Mutter und ihr kleines Auto. Obwohl sie weiß Gott genug Geld hatte, sich ein größeres zu kaufen, blieb sie eisern bei ihrem VW Polo.

„Ich mag keine großen Autos", sagte sie bei jedem Autokauf. Weitere Strecken fuhr sie eh mit der Bahn, doch wenn es irgendwie möglich war, blieb sie am Chiemsee.

„Gehst du noch ins Büro?"

„Ja, das würde ich gern. Kannst du hier aufräumen?"

Benedikt stand auf, gab Anne einen schnellen Kuss auf die Wange und ließ seinen Blick für einen Moment auf der Kaffeekanne ruhen. Das satte Gelb zog ihn in seinen Bann, er dachte an den Augenblick, als Sophia ihm die Kanne geschenkt hatte. Schnell drehte er sich zu Anne um. Ständig betrog er sie mit seinen Gedanken an Sophia und konnte nichts dagegen tun, obwohl es ihm zuwider war. Er ging zu Anne und gab ihr noch einen Kuss, diesmal auf den Mund und länger. Er spürte die Vertrautheit, die Sicherheit, die Anne ihm vermittelte, und auch die Akzeptanz, die jeder für den anderen aufbrachte. Was brauchte es mehr?

Als er sich zur Tür wandte und mit seinem Blick nochmals die Kanne streifte, spürte er jedoch, dass etwas Entscheidendes fehlte.

2

Sophias Handy klingelte. Sie hatte den ganzen Morgen telefoniert und sich über Mittag ein paar Stunden freigeschaufelt. Endlich wollte sie sich in dem riesigen Fachgeschäft umschauen und die ersten Sachen für ihr Baby einkaufen. Sie schlenderte an den Moltontüchern vorüber, die mit bunten Mustern verziert waren, und erinnerte sich an ihr eigenes Schnuffeltuch, ausgefranst an den Rändern und schon lange nicht mehr in Form, und an ihr kreischendes Weinen, wenn ihre Mutter „den durchlöcherten Lappen“, wie sie die schlicht weiße Windel immer nannte, in den Müll warf, um ihr eine neue zu geben.

Sie wollte das Handy klingeln lassen. Einfach nicht rangehen, für niemanden zu sprechen sein, trat an den Ständer, an dem die Strampler hingen, und suchte nach der kleinsten Größe.

Ganz in Ruhe die ersten Sachen für ihr Baby aussuchen, das war gerade ihr Wunsch, eine Babyschale besorgen, ein paar Bodys, eine Wickelunterlage, Schlafsack, Spucktücher, Schnuller, eben alles, was man so brauchte, wenn man sein erstes Kind erwartete.

„Ihr Handy“, holte eine Frau Sophia in die Gegenwart zurück, während sie ihr friedlich schlafendes Baby beäugte.

„Ich weiß“, sagte Sophia genervt und begann danach zu kramen. Es klingelte immer noch. „Warum nur habe ich die Mailbox ausgestellt?", fluchte sie leise, kniete sich hin und stellte ihre Handtasche vor sich auf den Boden, um besser suchen zu können. Endlich hielt sie es in der Hand.

Obwohl sie die Nummer vor Monaten aus ihren Kontakten gelöscht hatte, erkannte Sophia sie sofort. Sie stand auf, den Blick aufs Display gerichtet. Sollte sie hier vor dieser fremden Frau rangehen? Oder das Gespräch einfach wegdrücken?

Wusste Benedikt, dass sie geheiratet hatte? Vermutlich nicht. Mit welchem Namen sollte sie sich melden? Lehner? Oder Brunner?

Bei ihrem letzten Gespräch vor über einem Jahr hatte sie sich mit ihm treffen wollen, als sie bei ihrem Großvater am Chiemsee zu Besuch gewesen war, doch im letzten Moment hatte Benedikt abgesagt.

Er konnte nicht wissen, dass es in ihrem Leben inzwischen jemanden gab, der mehr war als eine Affäre. Weit mehr, denn mit Alexander hatte Sophia den Mann getroffen und geheiratet, den sie liebte, mit dem sie Kinder haben und sich ein gemeinsames Leben aufbauen wollte – und damit hatten sie erfolgreich begonnen. Alles, was sie sich als Kind ausgemalt hatte, war Wirklichkeit geworden. Alexander hatte den Bauernhof seiner Eltern im Allgäu übernommen und Sophia konnte, wann immer es ihre Zeit erlaubte, in den Kuhstall gehen, den Kühen beim Zermalmen ihres Futters oder dem ungeduldigen Muhen vor dem Melken lauschen. Dann sog sie den Geruch von Heu und frischem Gras in sich auf und sah den Kühen dabei zu, wie sie langsam einen Huf vor den anderen setzend von der Weide in den Stall trotteten, zielsicher und ohne anzuhalten, egal ob ihnen Autos oder Wanderer entgegenkamen.

Sie starrte die Nummer auf ihrem Display an.

Benedikt war hartnäckig.

All die Zeit, es musste inzwischen ziemlich genau fünf Jahre her sein, hatte sie überlegt, wie sie diesen einen auf der Fraueninsel ausgesprochenen Satz erklären oder gar wiedergutmachen konnte. Doch ein Gespräch darüber hatte sich nie ergeben. In keiner Mail und in keinem Telefonat. Immer hatten sie darüber geschwiegen. Dabei war die Erinnerung an die zweitkleinste der drei Inseln im Chiemsee und das gelbe Haus mit den grünen Fensterläden ständig präsent. Der Blick vom Garten über den See zu den Bergen, die Stunden mit Benedikt dort: Niemals würde sie dieses Paradies vergessen.

Wie sollte sie sich melden? Sie entschied sich für die Wahrheit.

„Brunner?"

Ein kurzes nervöses Schweigen entstand, wie Sophia es sonst nur aus Situationen kannte, in denen sie schnell eine Antwort aus einem ihr fremden Fachgebiet improvisieren musste. Dass nicht sie es war, die gerade in einer misslichen Lage steckte, machte es nicht besser. Vor über zehn Jahren hatten sie sich kennengelernt und jeder den Weg des anderen begleitet, wenn auch aus der Ferne, so doch mit tiefer Anteilnahme. Und nun war sie einen so wichtigen Schritt im Leben ohne sein Wissen gegangen.

Wie oft hatte sie gehofft, dass sich eine Nebelglocke über das Wochenende legen und sie beide vergessen lassen würde, was geschehen war, um zumindest die Freundschaft zu erhalten, doch die Bilder ihrer Erinnerung blieben unbarmherzig klar.

Sie waren dies noch, als Alexander in ihr Leben trat, groß und schlank, mit seinen warmen braunen Augen, in denen sie versinken konnte, und der tiefen Stimme, in der immer ein wenig Humor mitschwang. Sein aufrechter Gang spiegelte sein Wesen und so ging er auch seiner Arbeit nach, als Landwirt und als Ingenieur: aufrecht – obgleich ihm bewusst war, dass alle seine Landwirtschaft nur als Liebhaberei abtaten. Aber das war ihm egal. Wann immer seine Zeit es zuließ, war er mit Leib und Seele Landwirt. Er baute seinen Kühen einen neuen Stall, in dem sie sich freier bewegen konnten, tat großzügig Stroh auf den Boden und ließ ihnen auch im Winter ausreichend Licht und Luft. Beim Melken redete er ihnen gut zu oder erzählte Geschichten, manchmal sang er. Und natürlich hatte jede Kuh einen Namen. Von Anfang an genoss Sophia die gemeinsamen Momente, Alexanders Gegenwart störte sie nie wie sonst oft die Anwesenheit anderer, wenn sie lieber allein sein wollte. Da war viel Anerkennung, gegenseitiger Respekt und Verständnis füreinander. Sie konnte sich ihm ganz öffnen und hingeben, weil da Vertrauen war.

Mit jeder Begegnung hatte sie ihn ein bisschen mehr in ihr Herz geschlossen und die Erinnerung an Benedikt zur Seite gedrängt.

Dabei konnte Sophia nicht in Worte fassen, was genau an Benedikt sie so sehr fasziniert hatte. Nur wenig Zeit hatte sie mit ihm verbracht, trotzdem blieb er das unabgeschlossene Kapitel in ihrem Leben. Fröhlich und unbefangen wie mit Alexander konnte sie in seiner Gegenwart nie sein. Das Gefühl zwischen ihnen war ganz ohne Leichtigkeit, dafür von einer Stärke und Intensität, die in ihr nachklangen, sobald sie nur an Benedikt dachte. Bei jedem ihrer unregelmäßigen Treffen hatte es sie wie eine Woge mitgerissen, und sie gab all ihre Kraft darein, Benedikt nichts von ihren Gefühlen merken zu lassen. Kein Mann je zuvor und danach hatte sie so um Fassung ringen lassen, allein durch seine Anwesenheit, und jedes Mal beschäftigte sie sich vor einer Begegnung mit ihm mit der Frage, warum sie sich nicht hatte auf ihn einlassen können. Noch immer wusste sie keine Antwort darauf.

„Du hast tatsächlich geheiratet?"

Sophia nahm einen Strampler von der Stange, ohne ihn näher anzusehen.

„Ja."

Wieder Stille. Sophia spürte die Blicke der anderen Kundin auf sich ruhen. „Warte mal kurz", sagte sie ins Telefon, ging zur Kasse und legte den Strampelanzug auf den Tresen. „Ich komme gleich wieder, kann ich das kurz hier liegen lassen?"

Die Kassiererin nickte, ohne sie eines Blickes zu würdigen.

Die automatische Schiebetür öffnete sich, als Sophia darauf zutrat, und schloss sich hinter ihr gleich wieder. „So, da bin ich wieder", sagte sie und stellte sich vors

Schaufenster, um niemandem den Weg ins Geschäft zu versperren. „Wieso *tatsächlich*?“ Die kurze Verschnaufpause hatte ihr nicht die nötige Souveränität zurückgegeben.

„Ich werde meiner Freundin auch einen Heiratsantrag machen.“

„Hast du das gerade entschieden?“

„So etwas entscheidet man nicht spontan.“

„Benedikt. Wieso *tatsächlich*? Warum hast du gesagt, ich hätte *tatsächlich* geheiratet?“

„Hast du auch Kinder, die du mir verschwiegen hast?“

Seine Ignoranz gegenüber ihrer Frage und die Gereiztheit in seiner Stimme ärgerten Sophia. „Ich bin schwanger.“ Wie Ping-Pong-Bälle schmissen sie sich die Worte zu, doch nun schwieg Benedikt. „Ich wollte es dir nicht am Telefon sagen, und mit einem Treffen hat es nie geklappt“, fügte sie versöhnlich hinzu.

„Ist ja auch egal.“

„Wen heiratest du denn?“, wollte sie wissen.

„Anne.“

„Ist das die Frau, mit der du schon einmal zusammen gewesen bist?“

„Ja.“

Sophia erinnerte sich, dass Benedikt gegen Ende des Studiums mit einer Anne zusammen gewesen war.

Sophia hatte ihn damals aus der Schweiz angerufen, wo sie ein Auslandssemester absolvierte. Je weiter sie räumlich von Benedikt entfernt war, desto leichter fiel es ihr, mit ihm in Kontakt zu treten – und zu bleiben. Bis zu dem Wochenende in dem Haus seiner Familie auf der Fraueninsel.

„Wir telefonieren nun seit Wochen fast täglich. Meinst du nicht, wir sollten uns mal wieder treffen?", hatte Benedikt sie gedrängt und gleich Nägel mit Köpfen gemacht. „Wann bist du das nächste Mal bei deinem Großvater?"

Was sollte sie antworten? Die regelmäßigen Telefonate der letzten Zeit hatten ihr gutgetan. Mit niemandem konnte sie so ungeniert und unzensiert über alles sprechen, was sie beschäftigte. Von ihren Träumen und Wünschen reden, sie hinterfragen oder es Benedikt überlassen, sie auf die Widersprüche aufmerksam zu machen. Aus der Entfernung. Wie erstarrt saß sie auf dem Bett ihres kleinen Zimmers, das sie sich mit einer Mitbewohnerin teilte, den Blick auf die weiße Wand gerichtet.

„Sophia." Es schauderte sie noch heute, wenn sie an jenen Augenblick dachte, wo Benedikt seine Bitte wiederholte, noch drängender als beim ersten Mal: „Ich denke, wir sollten uns treffen. Wir telefonieren seit ein paar Wochen fast jeden Tag."

„Das geht nicht. Wir haben bald Prüfungen."

„Es sind noch vier Wochen bis dahin, und es sind noch nicht deine Abschlussprüfungen. Wann bist du das nächste Mal bei deinem Großvater?"

„Anfang Mai."

„Also in zwei Wochen."

Sophia stand auf und trat ans Fenster. In der Ferne sah sie die karstigen Gipfel der Berge. Wie lange war sie schon nicht mehr hinaufgewandert und geklettert, weil ihr die Zeit fehlte.

Hin und her gerissen zwischen der Vorfreude auf einen langen Abend am See mit Wein und Gesprächen und dem in ihrem Inneren aufblinkenden Schild, auf dem in großen, dicken Buchstaben „Gefahr“ stand, sagte sie zögerlich zu. Die Erinnerung an jenes Treffen damals auf der Fraueninsel und ihr Bedauern darüber, wie es ausgegangen war, begleiteten sie bis heute.

Sophia blickte ins Schaufenster, wo mehrere Kinderwagen, Baby-Kleidung und eine Wiege ausgestellt waren. Ausgerechnet Anne, dachte sie und triumphierte innerlich, weil er diese Frau wegen ihr schon einmal verlassen hatte. Das konnte nicht gutgehen. Sie spürte ein winziges Lächeln in ihrem Gesicht und schalt sich gleich dafür. Es sollte ihr egal sein. Sie war verheiratet und glücklich und erwartete ein Kind. Warum also freute sie sich nicht einfach für ihn. Das wäre doch normal unter Freunden. Sie starrte auf die weiße Holzwiege in der Auslage und wusste nicht, was sie sagen sollte.

„Ich wünsche euch alles Gute“, schien nun er das Gespräch beenden zu wollen.

„Ich dir auch.“ Er legte auf. Oder nicht?

Sophia nahm das Handy vom Ohr, blickte aufs Display und sah, wie die Uhr weiterlief. Er war noch dran.

„Benedikt?“

„Ja?“

Sophia wollte gern weiter mit ihm sprechen, einfach nur, um seine Stimme zu hören, aber worüber sollten sie noch reden? Es gab nichts mehr zu sagen zwischen ihnen. Sie war verheiratet und er würde bald heiraten. Punkt.

Trotzdem versuchte sie das Schweigen zu brechen, das immer mehr Raum zwischen ihnen nahm.

„Geht es dir gut?“ Sophia schritt die Schaufensterfront des Geschäftes ab.

„Ja. Und dir?“

Wieder entstand eine Pause. Sophia wartete einen Moment, doch Benedikt sagte nichts.

„Arbeitest du noch in der Firma deines Vaters?“

„Es ist inzwischen meine Firma. Ich bin auf Expansionskurs.“

„Wow.“

„Man muss seine Träume verwirklichen.“

„Hm“, war alles, was sie seiner sachlichen Tonlage entgegnen konnte.

„Was ist mit dir?“, fragte Benedikt.

„Ich lebe noch im Allgäu.“

„Hast du noch dein Hotel?“

„Ja. Inzwischen sind ein Apartmenthaus und vier Ferienwohnungen auf unserem Bauernhof dazugekommen.“ Sie blieb stehen und räusperte sich. Er musste nicht merken, wie unsicher sie war.

„Ich wusste, dass du es schaffen wirst.“

„Ich versuche, mich nicht von Ängsten aufhalten zu lassen. Manchmal muss man sich trauen.“

Benedikt antwortete nicht gleich, sondern schien ihre Worte bei sich wirken zu lassen. „Dann läuft es gut?“, sagte er nach einer Pause.

„Ja, ich bin zufrieden.“ Sie räusperte sich wieder und das Gespräch versickerte erneut, doch diesmal hielt Sophia die Spannung nicht mehr aus. Sie hatte ein schwarzes

Loch im Kopf und fand nichts mehr zu sagen, so fieberhaft sie auch nach Worten suchte.

„Du, ich muss …“, beendete sie daher den quälenden Smalltalk.

„Ja, klar. Ich wünsch dir alles Gute.“

„Dir auch. Mach's gut.“

Sie nahm das Handy vom Ohr und blickte wieder aufs Display. Die Uhr lief, aber jetzt war aufgelegt. „So ist das also, wenn eine Freundschaft komplett den Bach runterrauscht“, dachte sie laut. Dann drückte auch sie auf den roten Hörer, obwohl es nicht mehr nötig war.

Sie war davon ausgegangen, Benedikt für immer in ihrem Leben zu haben. Diese Gewissheit gab es nicht mehr.

Nach über zehn Jahren hatte er sie gehen lassen. Weil er eine andere Frau heiratete.

„Für diesen Moment mit dir würde ich mich von jeder Frau trennen“, hatte er gesagt, als er Sophia bei ihrem Gang durchs Haus auf der Fraueninsel beobachtete. Sie sog die Schönheit und die Ausstrahlung des Ortes in sich auf. Der Geruch nach Holz und ein wenig Staub, die mit grau-grünen Kissen gepolsterte, hölzerne Sitzecke in der Küche mit Blick in den Garten, die vielen kleinen Fenster, eingepasst in dicke Mauern, und das mal leise, mal laute Knarren als Antwort des Hauses auf jeden Schritt. Es war wie ein Nachhausekommen nach langer Zeit, dieses Gefühl, tief einzuatmen und jedem Raum und jeder Nische „Hallo“ sagen zu wollen.

Schließlich standen sie mit einem Glas Wein auf der Terrasse und blickten still über den See, dessen Oberfläche kein Windhauch kräuselte. Später beim Picknick hatte er sie das fünfte Mal gefragt, ob sie ihn heiraten wolle.

„Und wenn du mich zehnmal fragst, heirate ich dich weder nach ein paar Minuten an einer Bar noch nach einem Abend bei meinem Großvater oder einem Spaziergang durch Oberstdorf. Nicht nach einem gemeinsamen Kinobesuch in Nürnberg und heute …“, erwiderte sie lachend. „Wieso fragst du mich das immer wieder?“

Benedikt zuckte mit den Schultern und betrachtete sie aus seinen glasklaren grünen Augen. Da wurde Sophia das Gewicht seiner Worte bewusst, die er in so ruhiger Feierlichkeit vorgebracht hatte. Still erwiderte sie seinen Blick. Sie wollte ihm standhalten, unbedingt, aber zugleich zur Unbeschwertheit der Augenblicke zuvor zurückkehren. Doch als sie spürte, wie dringlich er in ihren Augen die eine Antwort suchte, verschloss sie sich. Sie konnte nicht anders, folgte bloß einem Impuls – und da steuerte das Wochenende schon seinem jähen Ende entgegen. Das war vor fünf Jahren. Schließlich hatte Benedikt sie schweigend zum Anleger gebracht, ohne dass sie sich von diesem Ort verabschieden konnte. Er ließ sie gehen und hatte seinen Heiratsantrag nicht nochmals wiederholt. Nichts hätte er mehr gewollt, als dort mit ihr in ein gemeinsames Leben einzutreten. Das hatte er ihr noch gesagt, bevor er sie bat, die Insel zu verlassen. Diesen magischen Ort, an dem er nun ohne sie zurückblieb.

Noch immer in ihre Erinnerungen versunken stand sie vor dem Babygeschäft, da klingelte das Handy erneut. Erschöpft ging sie ran.

„Brunner?", meldete sie sich.

„Hey, wie geht es euch beiden denn heute?"

„Alexander! Schön, dass du anrufst!"

„Ist etwas passiert?"

„Ach, ich bin plötzlich so unsicher, wie das mit Kind werden soll. Ich glaube, ich habe es mir zu einfach vorgestellt. Wie soll ich die Wohnungen und das Hotel mit einem Baby managen? Ich kann noch nicht mal in Ruhe die ersten Sachen einkaufen."

„Das wird schon. Wenn es jemand schafft, Kind und Beruf unter einen Hut zu bekommen, dann du. Zur Not bin ich oder sind meine Eltern noch da."

„Ich möchte aber nicht auf deine Eltern angewiesen sein. Wir haben uns das alles selbst aufgehalst, und die Kredite laufen. Also müssen wir es auch allein schaffen. Du hast mit dem Hof und der Betreuung der Liftanlagen genug zu tun."

„Immerhin bist du selbständig und ich dank meiner Position als einziger permanenter Mitarbeiter des Lift-Anlagen Herstellers vor Ort wohl ebenso flexibel. Wir haben es also besser als die meisten. Bist du zufällig in der Nähe? Zeit für einen kurzen Kaffee könnte ich mir nehmen."

„Ich stehe vor einem Babyladen und wollte Anziehsachen kaufen, eine Babyschale und so weiter."

Nachdem sie sich verabschiedet hatten, atmete Sophia tief ein und ging in den Laden zurück, um sich einen

Tragegurt auszusuchen. Den würde sie am nötigsten brauchen, wenn sie zukünftig ein Kind mit bei der Arbeit haben würde. Außerdem griff sie einige Strampler, Bodys, Spucktücher und suchte eine Babyschale aus. Sie zahlte und packte alle Sachen in den Kofferraum, dann stieg sie ins Auto. Immer noch aufgewühlt nahm sie die schmale Straße über die Dörfer – wie so oft, wenn sie nachdenken musste. Die Strecke war ein großer Umweg, aber heute brauchte sie diese Auszeit. Die Straße schlängelte sich von Dorf zu Dorf, an kleinen Gehöften und Häusergruppen vorbei. Nur selten kam ihr ein Auto entgegen. Musste sie dennoch eines vorbeilassen, hielt sie länger als nötig in einer der dafür vorgesehenen Buchten.

Überall am Straßenrand lagen die schmutzigen Reste der noch vor wenigen Wochen riesigen Schneehaufen, die jetzt in sich zusammengeschmolzen waren. Während der ganzen Fahrt bewegte sich immer wieder das Baby in ihrem Bauch. In den Haltebuchten legte sie ihre Hand darauf, sonst konzentrierte sie sich auf den Weg. So sehr sie sich auf den gemeinsamen Abend mit Alexander freute, ihre Gedanken wanderten immer wieder zu Benedikt. Sie sah ihn vor sich, wie er sie anschaute, mit dem Blick eines Mannes, der sie liebte wie kein anderer auf der Welt. Ihre Zweifel zermarterten sie und ließen ihr keine Ruhe. Was hätte diese Liebe mit ihr gemacht, hätte sie sich ihr hingeben können und bei ihrem einzigen Besuch auf der Fraueninsel anders reagiert?

Wie oft hatte sie sich ein Leben mit ihm vorgestellt und sich noch eine einzige Chance gewünscht, es zumindest zu versuchen. Doch sie selbst hatte es zerstört. Wie ein

Brandmal hatte sich die Erinnerung an das Ende jenes einzigen, gemeinsam verbrachten Wochenendes in ihr Hirn gefressen. Sie hatten nie wieder darüber gesprochen.

3

„Lass uns anstoßen“, sagte Gerda feierlich, als sich alle um den unlackierten Holztisch in der Ecke des Restaurants, der für sie reserviert war, gesetzt hatten und den Aperitif in den Händen hielten.

„Gibt es einen Grund für deine Förmlichkeit?“, fragte Benedikt und stellte die Kerze, die den Blick auf seine Mutter störte, an den Rand des Tisches.

Benedikt spürte, dass Gerda große Hoffnung auf etwas setzte, von dem er noch nicht wusste, was es war. Aber was auch immer sie vorhatte: Er sah ein helles Blau sich in feinen Streifen durch das düstere Grau ziehen, das er sonst immer vor Augen hatte, wenn er sie traf oder an sie dachte. Aber der Überschwang in ihrer Stimme klang gespielt, als würde sie etwas überdecken wollen.

„Mama. Ein schönes Restaurant und deine Bitte um einen Tisch in der Ecke hat doch sicherlich etwas zu bedeuten … nun aber raus mit der Sprache.“

„Ja, es gibt einen Grund. Sonst wäre ich nicht hier.“

Benedikt nickte und forderte sie mit den Augen auf fortzufahren.

„Bevor ich euch erläutere, warum ich gekommen bin, möchte ich dir, Benedikt, zunächst ein Feedback zur Kaffeeküche geben.“

Ihr geschäftlicher, leicht aggressiver und vorwurfsvoller Ton ließ Benedikt das Blut in den Adern gerinnen, und als seine Mutter schließlich einen Schluck Wasser nahm, das die Kellnerin gerade eingegossen hatte, und einen Zettel aus der Tasche kramte, sah er rot und wich ein Stück von ihr zurück. Ein tiefer Atemzug, dann verschränkte er die Arme vor der Brust und versuchte innerlich ruhig zu werden. Für sie war ihr Verhalten stimmig, also würde er nichts sagen, auch wenn er ihr Getue als Anmaßung empfand. Er atmete einmal ein und aus. Nun war er bereit für ihre Kritik, stets kühl vorgetragen, trotzdem nicht objektiv oder sachlich.

„Erst mal freue ich mich sehr, dass du im Büro meine Einrichtung von damals gelassen hast. Ich erinnere noch genau, wie dein Vater und ich das Haus gekauft haben und es das erste Mal betraten, nachdem es uns nun gehörte. Als wäre es gestern gewesen.“ Ihre Stimme klang hart und gepresst, ganz im Widerspruch zu dem, was sie sagte.

Benedikt und Anne warfen sich einen kurzen Blick zu, während Gerda in ihren Erinnerungen schwelgte. Sie erzählte, wo sie welche Lampe gefunden, wo sie welchen Tisch, welchen Stuhl, welches Regal gekauft hatten. Jedes der Büromöbel, die eigentlich keine waren, weshalb sich hier jeder, ob Angestellter oder Kunde, gleich wie zu Hause fühlte, nannte sie einzeln und wurde immer entspannter, während sie weitererzählte: dass jeder Raum in einer anderen Farbe gestrichen gewesen sei, aber wegen der Pastelltöne hatte trotzdem alles einheitlich gewirkt. Franz' Büro hatte dieselbe Farbe wie die Fassade bekommen, ein blasses Hellblau, das leicht ins Gräuliche ging.

Diese Farbe liebte Gerda so sehr, dass sie auch Benedikts Kinderzimmer in dem Ton streichen ließ.

„Ich saß so gerne in deinem Zimmer. Dort habe ich immer das Gefühl gehabt, bei dir und zugleich in der Firma zu sein." Sie sah vor sich hin, doch als Benedikt sich räusperte, um den Erinnerungsfluss seiner Mutter zu unterbrechen, verloren ihre Augen schlagartig jeden Glanz. Er wusste immer noch nicht, weshalb sie hier war, was sie von ihm wollte.

„Und dein Besuch in der Kaffeeküche heute?", versuchte er sie ins Hier und Jetzt zurückzuholen, „bist du zufrieden?"

„Ich sage es nicht gern, glaub mir."

„Warum?", fragte Anne, nahm mit der rechten Hand die Wasserflasche und füllte alle drei Gläser nach, während sie in der linken noch immer den unangetasteten Aperitif hielt.

„Ich empfinde es nach wie vor als einen Jammer, dass du das Geschäft deines Vaters übernommen hast. Du hättest mehr aus dir machen können", erwiderte Gerda und sprach jetzt nur zu Benedikt, ohne Anne noch wahrzunehmen. „Manchmal ärgere ich mich regelrecht, dir schon in jungen Jahren so viele finanzielle Möglichkeiten eröffnet zu haben."

Benedikt trank sein Wasser in einem Zug leer.

„Erstens habe ich nicht das Gefühl, ein Niemand zu sein und nichts erreicht zu haben", wandte er ein. „Und zweitens habe ich dir schon früh gesagt, dass ich dir keine Rechenschaft darüber ablegen werde, was ich mit dem Geld aus den Mieten und Pachten mache. Es war deine Entscheidung, von Beginn an immer alle steuerrechtlichen Schenkungsfreibeträge auszuschöpfen." Annes Augen sprangen erschrocken zwischen den beiden hin und her, während Gerdas Blick starr auf ihren Sohn geheftet blieb.

„Ich wollte die Freibeträge ausnutzen, damit du später nicht so viel Erbschaftssteuer zahlen musst. Dennoch. Mit ein bisschen internationaler Erfahrung hätte ich dir den Vorsitz unserer Brauerei durchaus zugetraut und mir sogar gewünscht, dass du ihn übernimmst. Dann wäre sie endlich wieder unter familiärer Führung gewesen. Aber du hast dich für die Firma deines Vaters entschieden."

„Es war keine Entscheidung zwischen dir und Papa."

„Aber doch!" Sie stellte den Aperitif laut auf den Tisch. „Jetzt bist du Inhaber der Firma deines Vaters."

Anne wollte etwas sagen, doch Benedikt hob die Hand als Zeichen für sie zu schweigen. Anne nahm verlegen einen weiteren Schluck Wasser.

„Es war keine Entscheidung gegen dich oder München oder gegen die Brauerei. Ebenso wenig für Papa oder für Nürnberg. Es war allein eine Entscheidung für die Kaffeeküche, weil ich mit ihr aufgewachsen und so eng verbunden bin. Papa wollte sie verkaufen und ich habe Spaß an der Arbeit gehabt."

Gerdas schnelle, alle Argumente fortwischende Handbewegung ließ Benedikt erneut zum Wasser greifen, doch das Glas war leer.

„Deine Firma ist unter guter Führung, das sagst du selbst", sagte er. „Ich habe keinen Bezug zu ihr."

„Aber sie wird einmal in deinen Händen liegen."

„Ich werde Eigentümer sein, wenn es dein Wunsch ist. Und ich werde im Beirat sitzen. Mehr machst du auch nicht."

„Unterschätze diese Arbeit nicht. Der Beirat unterstützt die Geschäftsführung bei wichtigen Entscheidungen. Und als Eigentümer hast du besondere Rechte."

„Ich werde da schon reinwachsen."

Gerda zog die Augenbrauen hoch. „Wie du meinst."

Sie studierte ihren Zettel, nahm einen Stift in die Hand und setzte ein erstes Häkchen.

„Zurück zum Thema. Das neue Café ist schön geworden. Vielleicht ein bisschen zu sehr ein Frauenladen."

„Die Zahlen sagen etwas anderes, viele Männer kaufen dort ein."

„Weil alle Frauen ihre Männer in den Laden schleppen."

„Die Männer kommen auch ohne ihre Frauen."

Benedikt griff zur Wasserflasche und füllte den Rest in sein Glas.

„Nun gut. Die Bedienung ist nett, geduldig und lässt sich nicht aus der Ruhe bringen. Du hast ein gutes Händchen fürs Personal."

Benedikt nickte.

„Mehr habe ich dir dazu nicht zu sagen, die Zahlen kennst du. Und die sind in Ordnung."

Gerda stellte das Wasserglas vor sich auf den Tisch und nahm nun den Aperitif zur Hand. Die anderen taten es ihr gleich, obwohl sie immer noch nicht wussten, worauf sie anstoßen sollten. Mit weit geöffneten Augen und langem Blickkontakt verlieh sie der für Benedikt absurden Situation Nachdruck. Schließlich setzte er das Glas an die Lippen und trank.

„Ich werde die Fraueninsel verkaufen", brach Gerda da das Schweigen.

Benedikt fiel das Glas aus der Hand, noch während er trank. Ein Teil des Prosecco stieg ihm in die Nase, der Rest kippte über Hemd und Hose. Wie erstarrt sah er seine Mutter an, die seelenruhig sitzen geblieben war und ihren Sohn aufmerksam betrachtete.

Anne schrie derweil vor Schreck, sprang auf und riss ihr eigenes Glas um. Vergeblich versuchte sie, sich den Aperitif von der nassen Bluse zu wischen.

Benedikt nahm nur in Zeitlupe wahr, wie es nass vom Tisch erst auf seine Hose und dann auf den Boden tropfte und Anne einen Lappen organisierte, um wenigstens den Tisch und die Bank wieder trocken zu wischen. Zwei Kellner kamen und sammelten die Scherben auf, während Anne in einer Mischung aus Hysterie und Heiterkeit ohne Unterlass lachte, als könnte sie nicht aufhören damit. Benedikt nahm die Ereignisse wie von der anderen Seite eines Tunnels wahr, weit weg, empfindungslos.

Erst als Anne ihm einen Lappen vors Gesicht hielt, fand er zu sich selbst zurück. Er nahm den Lappen in die Hand und legte ihn auf den Tisch, ohne ihn zu benutzen. Wut stieg in ihm hoch.

„Das kannst du nicht machen!“ Benedikt wollte aufspringen, doch Anne hielt ihn zurück.

„Du warst seit Jahren nicht mehr dort, und ich fahre auch nicht mehr hin“, sagte Gerda angespannt.

Anne hob die Hand. „Stopp!“

Benedikt und Gerda lösten zum ersten Mal die Blicke voneinander und sahen Anne an, als wäre sie gerade überraschend an den Tisch getreten.

„Kann mir mal jemand sagen, worum es hier geht?"

Benedikt war so mit Luftholen beschäftigt, dass er, Anne erneut ignorierend, seine Mutter anfauchte: „Du willst ein Stück Familiengeschichte einfach so verscherbeln, weil es dir in den Kram passt?"

„Ich verscherbel es nicht. Ich werde es an den Höchstbietenden verkaufen."

„Das ist noch schlimmer! Dann bekommt es womöglich jemand wie dein Nachbar, für den das Haus nichts als ein Prestigeobjekt wäre, gerade gut genug, um zweimal im Jahr von München dorthin zu fahren."

Seine Mutter grinste ihn an, als hätte sie genau auf dieses Argument gewartet.

„Dann sag mir doch mal, wann du das letzte Mal auf der Fraueninsel gewesen bist."

„Das spielt keine Rolle!", antwortete er viel zu laut.

Anne sah ihn erschrocken an. Sie hatte ihn noch nie so unbeherrscht erlebt.

Ein Kellner brachte neuen Prosecco, den Benedikt herunterkippte wie zuvor das Wasser. Dann lehnte er sich erschöpft an die Rückenlehne der Eckbank.

„Du bist das letzte Mal während meiner Kreuzfahrt im Mittelmehr dort gewesen. Das war vor fünf …"

„… ist doch egal, wann das war", unterbrach er sie zu spät. „Ich will einfach nicht, dass es verkauft wird. Meine Kinder sollen dort genauso schöne Ferien verbringen können wie ich früher", sagte er schnell, während Anne im Kopf fünf Jahre zurückrechnete. Benedikt nahm ihre Hand und drückte sie fest. Doch sie war abwesend. Benedikt zog seine Hand wieder zurück.

„Also ich nutze es jedenfalls seit Jahren nicht“, fuhr Gerda fort, „und schicke immer nur den Hausmeister hin, um nach dem Rechten zu sehen. Es ist doch eine Schande, wenn es gar nicht bewohnt wird. Dann soll sich jemand anderes daran erfreuen.“ Ihre Stimme war zum ersten Mal während des ganzen Gesprächs eine Spur weicher geworden. Aber noch immer redete sie sehr schnell, als wolle sie die Angelegenheit so zügig wie möglich hinter sich bringen.

Benedikt zuckte mit den Schultern, während er entschieden den Kopf schüttelte.

Gerdas Stimme wurde nun wieder hart. „Nenn mir einen überzeugenden Grund, warum du so sehr an dem Haus hängst und ich es für dich behalten sollte. Und erklär mir, weshalb du so lange nicht dort gewesen bist, wenn es dir so viel bedeutet.“

Die Röte schoss erneut in Benedikts Gesicht. Er wusste nicht, wohin er seinen Blick wenden sollte. Anne würde seine Unsicherheit erkennen, wenn er sie ansah, und Gerda bloß die Not genießen, die aus seinen Augen sprach. So fixierte er die Lampe des Nachbartisches, bis das Licht in seine Augen stach und wehtat. Es gelang ihm zumindest, die Wut zu drosseln und mit normaler Stimme zu reden. „Ich habe dir gesagt, warum ich möchte, dass das Haus in der Familie bleibt, und das sollte reichen. Nächstes Wochenende fahre ich hin, wenn es dich beruhigt. Die letzten Jahre war einfach so viel los, dass ich nicht an das Haus und die Möglichkeit, dort auszuspannen, gedacht habe.“

Jetzt schaltete Anne sich ein. „Was hältst du davon“, sagte sie zu Gerda, während sie ihre Hand auf die Gerdas legte, „was hältst du davon, wenn Benedikt und ich tatsächlich nächstes Wochenende hinfahren und dort ein paar Tage verbringen. Dann kann Benedikt gucken, ob er wirklich noch so sehr an dem Haus hängt, wie er meint." Sie holte Luft, streifte Benedikt prüfend mit einem Blick, wie um zu erfahren, was er dachte, und fuhr fort: „Und ich kann das Haus endlich kennenlernen. Benedikt hat früher viel davon gesprochen."

Gerda zog fragend die Augenbrauen hoch, antwortete aber nicht.

„Warum willst du es noch mal verkaufen?", fragte Anne.

Aus Gerdas Gesicht wich alle Farbe, es wurde fahl und grau.

„Sagen wir mal so. Ich möchte mit etwas abschließen", erwiderte Gerda.

„Du kannst nicht mit etwas abschließen, indem du vermeintliche Verbindungen kappst. Loslassen würde reichen", sagte Benedikt und wiederholte nach innen gerichtet: „Nur loslassen." Dabei spürte er Annes Blick bedrohlich auf sich ruhen, während er den gerade gesprochenen Satz für sich nochmals wiederholte, bevor er nichts mehr sah als ein beißendes Türkis.

„Ich will mich nicht mit deinem Vater auseinandersetzen." Gerda war selbst erschrocken über ihre Offenheit. „Egal", beendete sie nun das Thema, „wir machen es so. Ihr fahrt am nächsten Wochenende auf die Fraueninsel und versucht herauszufinden, ob ihr das Haus behalten wollt. Aber wenn ja, will ich keinen Schlüssel mehr. Ich will absolut nichts mehr damit zu tun haben. Dann überschreibe ich dir das Haus."

Benedikt nahm Annes Hand und atmete tief aus.

„Eigentlich bin ich fest entschlossen gewesen, es zu verkaufen“, fuhr sie fort. „Ich habe zwar geahnt, dass Benedikt nicht begeistert sein würde. Aber dass es so ein Problem für ihn ist, hätte ich nicht gedacht. Ich habe geglaubt, auch er ist froh, wenn es weg ist.“

„Warum sollte er?“

Das Türkis wurde noch intensiver. „Spielt doch keine Rolle“, fuhr Benedikt dazwischen. „Ich möchte es nicht aus der Familie geben. Das ist alles. So ein Haus bekommt man nie wieder.“ Sophia war in jedem Farbpigment präsent, obwohl er neben der Frau saß, die er liebte. Er versuchte sich zu konzentrieren, dachte an die Freiheit, die er als Kind auf der Fraueninsel genossen hatte, die entspannte Atmosphäre, wenn die vielen Tagesgäste die kleine Insel verlassen hatten. Erst als er es schaffte, sich dieses Gefühl in den Kopf zu holen, konnte sich auch die Stimmung am Tisch wandeln. Mit Witz und Charme erzählte Benedikt Anekdoten aus seiner Kindheit und von Erlebnissen auf der Fraueninsel, dabei immer in Habacht-Stellung, das Thema Verkauf nicht nochmals aufkommen zu lassen. So verging der Abend in scheinbarer Fröhlichkeit, aber die Spannung blieb, auch während der nächsten Tage und nachdem Gerda am Sonntagmittag gefahren war. Anne wusste nicht, was sie von all dem halten sollte.

Am Mittwoch traf Benedikt sich abends mit seinem Vater im Brauhaus. Es war mehr eine Kneipe als ein Restaurant, das Essen rustikal und das Bier frisch gezapft. Die stickige

Luft störte sie nicht, obgleich Benedikt sich jedes Mal darüber wunderte, denn geraucht werden durfte hier schon lange nicht mehr. Die Kellnerin brachte, ohne dass sie bestellt hatten, gleich zwei Bier, die sie lächelnd annahmen.

„Du wolltest etwas mit mir besprechen?", fragte Franz.

„Ich habe von der Bank ein super Angebot bekommen."

Benedikt wusste, dass die Andeutung reichte, damit sein Vater hellhörig wurde.

„Du willst mich vorzeitig auszahlen?"

Er legte Franz seinen Plan dar und als dieser ihn nach seinem Motiv fragte, weil er finanziell keinen nennenswerten Vorteil davon haben würde, überlegte Benedikt einen Moment: „Ich würde mich dann irgendwie …", er suchte nach dem passenden Wort, „erwachsener fühlen."

Franz schaute stolz auf seinen Sohn, als wäre der gerade das erste Mal allein Fahrrad gefahren.

„Einverstanden." Er streckte seine Hand über den Tisch, und Benedikt schlug beherzt ein, hielt sie einen Moment fest und nahm dann sein Bier, um auf den Deal anzustoßen. Franz winkte die Kellnerin heran, und sie bestellten ihr Essen.

„Was gibt es sonst Neues?"

Sie redeten über dies und das, aber Franz entging nicht, dass irgendein Kummer seinen Sohn umtrieb. So sah er ihn bald aufmerksam an und fragte:

„Bedrückt dich etwas?"

„Wie kommst du darauf?"

„Mein siebter Sinn hat in der Vergangenheit leider nicht immer funktioniert, aber jetzt habe ich das sichere Gefühl, dass dir irgendetwas auf der Seele liegt." Franz hielt inne und sah seinen Sohn einen Moment an, den Blick nach innen gerichtet. Benedikt wusste, er würde seinen Schmerz verstehen, wenn er ihm davon erzählte, obgleich er ihn nicht als Farbe sah. Franz hatte seine eigene Art, Gefühle zu erkennen.

„Mama hat uns besucht, sie möchte das Haus auf der Fraueninsel verkaufen“, sagte Benedikt.

„Oh.“ Die Überraschung war Franz anzumerken, er brauchte einen Moment für die Antwort. Aber da kam schon das Essen. Das Fleisch verströmte einen herrlichen Duft. Als die Kellnerin die Bratkartoffeln in einer großen Schüssel auf den Tisch stellte, durchdrang ihr Geruch das würzige Fleischaroma, gemischt mit dem von Butter, Speck und dunkel gebratener Zwiebeln. „Herrlich“, sagte Franz und kaute genüsslich. „Warum will Gerda das Haus verkaufen? Wegen mir?“

Benedikt stocherte einige Bratkartoffeln auf die Gabel und schob sie in den Mund. „Ja“, antwortete er, noch ehe er ganz hinuntergeschluckt hatte. „Vielleicht will sie endlich mit dir abschließen.“

Nachdenklich kaute Franz auf einem Stück Fleisch herum.

„Ich habe angedeutet, dass ich es für eine Handlung ohne Wirkung halte. Es wird ihr nicht helfen“, fuhr Benedikt fort.

„Und wie hat sie reagiert?“

„Sie meinte nur, dass sie sich nicht mit dir auseinandersetzen will.“

„Hm.“ Franz horchte kurz in sich hinein. „Und was ist mit dir? Würdest du das Haus auf der Fraueninsel denn behalten wollen?“

Benedikt schluckte einen weiteren Bissen hinunter und hob sein Glas in Richtung der Kellnerin. Als sie ihm bedeutete, ihn verstanden zu haben, hielt er zwei Finger hoch. Sie nickte abermals.

„Unbedingt würde ich es behalten wollen."

„Warum? Wann warst du das letzte Mal dort?"

Jetzt, wo sein Vater die Frage stellte, erforderte die Antwort absolute Ehrlichkeit. Er musste sich dem stellen, außerdem war Anne nicht dabei.

„Vor fünf Jahren."

„Bist du allein dort gewesen?"

„Nein, mit Sophia."

„Ah. Ich verstehe."

Zu dem Dunkelgelb, das Benedikt seit seinem Wochenende mit Sophia immer wieder heimsuchte, hatte sich nach dem Telefonat mit ihr ein grelles Türkis gesellt und das sanfte Hellblau gänzlich verdrängt. „Du brauchst kein schlechtes Gewissen Anne gegenüber zu haben, Sophia hat ja geheiratet", beruhigte er sich im Widerstreit der Farben, von denen keine die Oberhand gewann. Schließlich kehrte er in die Wirklichkeit zurück. Franz hatte schweigend gewartet, bis er ganz wieder da war.

„Das ist unser Wochenende gewesen." Benedikt betonte *unser* besonders stark.

„Und seitdem bist du nicht wieder hingefahren?", wollte sein Vater wissen.

„Richtig. Aber ich kann mir trotzdem nicht vorstellen, das Haus aus den Händen unserer Familie zu geben. Es gehört uns seit Generationen."

„Manchmal kommt die Zeit, sich von etwas zu trennen. Und wenn es sich für deine Mutter richtig anfühlt, das Haus zu verkaufen, ist es ihre Entscheidung."

„Ich fahre mit Anne nächstes Wochenende dorthin. Das habe ich Mama abgerungen. Dann sehen wir weiter."

„Das ist doch ein guter Weg." Franz machte eine Pause. „Anne ist sehr sympathisch." Er betrachtete seinen Sohn. „Manchmal ist es besser", fuhr Franz erneut fort, „mit einer Frau eine Bindung einzugehen, zu der die Gefühle nicht so stark sind. Weil sie die Möglichkeit haben, über die Jahre zu wachsen."

„War es bei dir und Mama so?"

„Nein, zwischen uns war es die große Liebe. Der große Knall. Absolut. Wir haben nur beide einiges falsch gemacht, und dann haben wir irgendwann die Kurve nicht mehr bekommen."

„Weil ihr nicht ehrlich zueinander wart?"

„Ja. Weil wir irgendwann nicht mehr offen miteinander sprechen konnten. Die Diskussionen haben sich nur noch in unseren Köpfen abgespielt, ohne dass wir miteinander geredet haben."

„Warum räumst du die Irrtümer von damals nicht jetzt aus der Welt?"

„Weil Gerda nicht mit mir reden will. Sie will unser Scheitern nicht an sich herankommen lassen."

„Und du?"

„Ich würde das Risiko einer Begegnung mit ihr vermutlich eingehen, aber ich habe auch so den Frieden mit meinem Leben geschlossen. Ich bin frei. Natürlich wäre vieles schöner, wenn man es mit jemandem teilen könnte."

„Hat sich für dich nie die Frage gestellt, noch mal mit einer Frau zusammenzuleben? Das könnte doch von Bestand sein, denn du weißt, was du willst, was du geben kannst und was nicht."

„Nein, das ist für mich nie eine Option gewesen. Ich habe das Optimum einfach zu lange erlebt."

„Verstehe ich nicht."

„Ganz einfach. Ich habe nie eine tollere Frau als deine Mutter kennengelernt."

„Warum hast du dann nicht um sie gekämpft?"

„Das ging nicht."

„Warum nicht?"

„Weil es anfangs zu perfekt war. Wir haben uns ohne Worte verstanden und nie gelernt, Dinge, die nicht so gut laufen, anzusprechen. Als es dann nicht mehr rund war, wussten wir nicht weiter."

Benedikt sah seinen Vater verständnislos an. Er hatte seine Eltern immer nur streiten gehört und wäre niemals auf die Idee gekommen, dass sie stritten, weil sie sich liebten.

„Stell dir vor, du läufst Ski auf einer leichten Piste und denkst dir ‚Wow, es geht ganz einfach!'. Doch dann gerätst du auf eine schwerere Abfahrt und beginnst zu schlingern. Aber anstatt auf eine leichte Piste zurückzukehren, um dich zu stabilisieren, wählst du eine Buckelpiste am Rand, um dir selbst zu beweisen, was du alles kannst."

„Und dann fällst du", beendete Benedikt den Satz.

„Wenn es gut läuft. Eher fliegst du einige Meter, rutschst noch einmal einige Buckel weiter, bis dein

Tempo abgebremst ist, hast Schnee bis unters Unterhemd und einige blaue Flecken oder sogar noch schlimmere Verletzungen. Du stehst mit wackeligen Beinen auf und siehst bergan und bergab nichts als Buckel. Dann hast du nur noch Angst, fährst runter wie ein Anfänger, machst einen Fehler nach dem anderen, und wenn du im Tal angelangt bist ... schwörst du dir, nie wieder Ski zu laufen." Bedauernd lächelte er vor sich hin. „So haben wir unsere Beziehung gelebt. Als es schwer wurde, hat keiner von uns eingegriffen. Und dann wurde es immer schwieriger."

„Aber ihr hättet doch nur reden müssen?"

„Du weißt, wie stur Gerda ist. Sie hätte mir nicht zugehört."

„Warum rätst du mir dann, es mit Anne zu probieren, wenn du selbst nur die perfekte Beziehung akzeptieren kannst?"

„Ich habe meine Gedanken geäußert und rate dir zu gar nichts. Ich kenne deine Gefühle für Anne nicht. Du musst selbst wissen, was du tust."

In Benedikts Kopf ging alles wirr durcheinander.

Warum hatte er Sophia angerufen? Eigentlich hatte er nur den Kontakt aufrechterhalten wollen, sich bei ihr melden, damit sie ihn nicht vergisst und sich eventuell irgendwann mal wieder mit ihm trifft, um vielleicht ... Jedenfalls interessierte ihn nicht, dass sie geheiratet hatte!

Sie aßen auf, tranken noch ein Bier und unterhielten sich über Themen ohne Belang.

Zu Hause angekommen, schlief Anne bereits, und er legte sich neben sie ins Bett. Lange ließ er ihren ruhigen und gleichmäßigen Atem auf sich wirken, bis er selbst eingeschlafen war.

Am Freitag war sie früh aufgestanden und meldete sich schon mittags bei ihm.

„Ich bin fertig und könnte Schluss machen. Wie sieht es bei dir aus?"

Benedikt sah auf die Uhr. „Ich brauchte noch zwei, drei Stunden, aber meine Sachen sind gepackt. Wenn wir gegen vier losfahren, bekommen wir auf jeden Fall eine der letzten Fähren. Vorher schaffe ich es leider nicht."

„Wer hat den Schlüssel für das Haus?"

„Meine Mutter hat ihn beim Hausmeister auf der Insel deponiert. Schon seit Jahren. Sie ist irgendwann so selten hingefahren, dass es sinnvoller war, ihn dort zu lassen, auch damit hin und wieder jemand nach dem Rechten sehen kann."

„Ok. Ich fahre jetzt nach Hause und warte auf dich."

„Dann bis später." Benedikt legte auf und blickte auf das kleine Kästchen vor ihm, das der Juwelier vor einer Stunde geliefert hatte. Hatte er die richtige Entscheidung getroffen? Er sah keine Farbe, als er sich auf sein inneres Gefühl zu konzentrieren versuchte, packte das Kästchen in die Schreibtischschublade und schob sie zu. „Jetzt wird noch etwas gearbeitet", sagte er zu sich und versuchte, sich auf die Umsatzübersicht der Cafés zu konzentrieren. Aber seine Gedanken schweiften immer wieder ab. Warum nahm er keine Farbe wahr, wenn er vor so einer wichtigen Entscheidung stand? Weil er sie bereits getroffen hatte? Er legte das Blatt mit der Umsatzübersicht vor sich auf den Tisch, damit würde er sich Montag weiter befassen. Was hatte sein Vater gesagt? Es muss nicht immer die große Liebe sein, eine Ehe beruht oft auf anderen Dingen. Respekt, Anerkennung, Achtung. Diese Parameter waren für eine Ehe vielleicht sogar wichtiger als jeder liebestrunkene Rausch.

Benedikt ging runter ins Café, um sich etwas zu essen zu holen. Als er vor dem Tresen stand, wusste er zum ersten Mal nicht, was er wählen sollte. Schließlich entschied er sich für ein paar Stücke Kuchen, die er fürs Wochenende einpacken ließ. Gerade hatte er keinen Appetit.

„Sie sehen nicht gut aus heute", bemerkte die Filialleiterin beiläufig, als sie den Kuchen einpackte.

Was sollte Benedikt darauf antworten? Sie hatte nur ausgesprochen, wie er sich fühlte. Als er im Treppenhaus über ihre Worte nachdachte, wusste er nicht einmal, ob viel im Laden los gewesen war, und entschied, nicht nochmals zurückzugehen, um es zu prüfen. Es war egal, er konnte das Geschäft für den Augenblick eh nicht beeinflussen. Als er wieder im Büro war, hatte seine Sekretärin Frau Schiefer einige Anrufe notiert, und Benedikt war froh, sie zügig abarbeiten zu können, um anschließend die letzte Post zu erledigen und nach Hause zu fahren. Jetzt war er frei fürs Wochenende. An der Tür drehte er nochmals um und holte das Kästchen aus der Schublade. Fast hätte er es vergessen.

Anne hatte das Gepäck schon vor die Haustür gestellt. So parkte er kurz im Halteverbot, lud zwei kleine Ziehkoffer und eine Tasche, in die sie einige Vorräte eingepackt hatte, ins Auto und wartete, bis Anne die Wohnungstür abgeschlossen hatte und neben ihm saß. Dann fuhren sie los.

Seit den Tagen mit Sophia war er nicht mehr auf der Insel gewesen. Zu tief saß der Schmerz, als dass er allein hätte dorthin fahren können. Dank seiner Mutter würde nun ein neues Kapitel auf der Fraueninsel aufgeschlagen werden.

„Woran denkst du?“, fragte Anne, als sie schon einige Zeit schweigend auf der Autobahn unterwegs waren.

„Ach, nichts weiter. Ich kriege meinen Kopf nicht frei.“

„Möchtest du erzählen?“

„Lieber nicht. Sonst komme ich nicht los von den Gedanken.“

Anne nickte.

„Kannst du noch fahren, oder soll ich dich ablösen?“, bot sie jetzt an. Benedikt sah zur Seite. Anne las einen Reiseführer über den Chiemgau und wirkte entspannt. Nur zu gern hätte er sie gefragt, ob sie sich auf das Wochenende freute, doch aus Angst vor ihrer Rückfrage ließ er es bleiben.

„Danke. Das Fahren ist eine gute Ablenkung.“

Anne nickte und vertiefte sich erneut in ihre Lektüre, bis Benedikt von der Autobahn abfuhr. Dann legte sie das Buch auf ihre Beine und sah aus dem Fenster. Für Anfang Mai war es ein schöner warmer Tag gewesen, doch nun zum Abend wurde es kühl.

Anne war erst einige Male bei Gerda gewesen, wo sie nur kurz das Auto abstellen wollten, um dann weiter zum Anleger zu gehen, von wo aus das Schiff sie zur Fraueninsel bringen sollte. Wie immer wurden ihre Augen größer, als Benedikt auf das herrschaftliche Grundstück lenkte und einen kleinen Abhang hinunterfuhr zu dem

Chiemgauer Bauernhaus mit seinen ausladenden Balkonen und Fensterläden. Die letzten Osterglocken standen neben Stiefmütterchen und einigen Tulpen in dem großzügig angelegten Beet rechts vom Haus, das die Einfahrt vom Garten trennte, ihre Blüten weit geöffnet. Auf der linken Seite überragten alte Kastanien das im Grundriss zwar weitflächige, aber niedrige Haus, das im Schatten der großen Bäume klein und gemütlich wirkte.

Gerda öffnete die Haustür und begrüßte sie in Sportkleidung. Es war Zeit für ihre abendliche Jogging-Runde, und sie gab Anne und Benedikt nur ein paar kurze Anweisungen bezüglich Schlüssel, Heizung und Fensterläden, dann verabschiedete sie sich schon wieder, und die beiden nahmen ihre Rollkoffer und die Tasche mit dem Proviant und gingen die wenigen hundert Meter zum Anleger von Gstadt.

Benedikt spürte Annes Nervosität, als sie auf das Boot warteten. Sie redete ununterbrochen von Restaurants und Museen im Chiemgau, doch Benedikt hörte nicht zu, ihr Geplapper störte die Stille. Wie immer war er überwältigt vom Blick über den See zur Fraueninsel hinüber und wie früher voller Vorfreude auf diese kleine eigene Welt, die räumlich so nah und dem Alltag doch so fern war. Das Schiff kam pünktlich und ließ einen Tross Touristen von Bord, die nun die Restaurants der Umgebung stürmen würden. Ohne sie würde die Insel ihnen gleich ihre ganze Herrlichkeit zeigen, wenn nur noch ihre wenigen Bewohner und einige Übernachtungsgäste vor Ort waren. Die Überfahrt dauerte nur zehn Minuten. „Hier habe ich früher immer gespielt, wenn wir andere Kinder zu Besuch hatten", erzählte Benedikt und zeigte zum Spielplatz, der gegenüber der Anlegestelle versteckt unter Bäumen lag.

„Nur wenn ihr Besuch hattet?"

„Ja, sonst blieb ich am liebsten im Garten, da kannte ich jeden Stein und jeden Strauch." Benedikt legte seine Hand auf den Zaun. „Ich habe mich immer gefragt, ob meine Kinder wohl auch mal hier spielen würden."

„Und ob sie auch nicht vom Grundstück herunterwollen?"

Benedikt nahm die Hand vom Zaun. „Mir hat es immer gereicht." Am Spielplatz entlang führte eine schmale gepflasterte Straße, auf die er einbog. Während Anne ihm folgte, nannte er die Namen der Familien, an deren Häusern und blühenden Vorgärten sie vorbeikamen und die hier entweder dauerhaft lebten oder wie seine Familie nur in den Ferien oder mal am Wochenende auf der Fraueninsel waren. Benedikt verlangsamte seinen Schritt, als sie sich dem Haus näherten.

„Das da vorn ist es", sagte er und nickte in Richtung dreier Häuser, zwei weiß angestrichene mit roten Fensterläden und ausladenden Vorgärten, in deren Mitte ein kleineres gelbes mit grünen Fensterläden fast verschwand. Es lag etwas zurückgesetzt unter hohen Bäumen.

Anne zeigte wie selbstverständlich auf das Erste der Häuser. Es war das großflächigste mit einer breiten Terrasse an der Vorderfront. „Das da?"

„Nein", Benedikt zögerte kurz, „das gelbe daneben."

„Entschuldige, bei euch vermutet man immer eher groß als klein." Schon als sie dies sagte, hätte Anne sich am liebsten auf die Zunge gebissen.

Für die letzten Meter bis zur Gartenpforte beschleunigte sie ihren Schritt. Benedikt blieb kurz stehen. Früher war ihr Vorgarten immer einer der schönsten gewesen, zu jeder Jahreszeit blühte es hier in den buntesten Farben und im Winter verströmten Lichterketten an den Sträuchern ihr warmes Licht. Vor seinem inneren Auge explodierte eine Mischung aus Hellgrün und Orange, Letztes in fliegenden Tupfen auf gelbem Grund, und hellorangene Streifen blinkten auf. Aber auch einige graue Linien zogen sich durch die Farbenpracht. Benedikt brauchte einen Moment, um die Farben zu sortieren und Menschen und Erlebnissen zuzuordnen. Da waren Erinnerungen an die vielen schönen Augenblicke, die er mit seinen Eltern hier erlebt hatte. Darein mischten sich Bilder von den Ferien nach der Trennung seiner Eltern und den vielen Wochenenden, die er später hier mit Freunden durchgefeiert hatte, während sie die Geduld der Nachbarn auf die Probe stellten.

Und schließlich Sophia. Ihr Dunkelgelb verdrängte bald alle übrigen Farben.

Das Haus hatte so gut zu ihr gepasst. Schon vom Moment ihrer Ankunft schien sie wie verwurzelt mit diesem Ort zu sein, obwohl sie zum ersten Mal dort gewesen war. Er konnte ihre Verbindung zum Haus nicht klar benennen, aber sie hatte sich hier bewegt, als hätte sie nie woanders gelebt, sie war keine Fremde.

„Wenn du es dir nicht erklären kannst, ist es nur Einbildung", dachte er. Als Anne jetzt zu ihm herüberschaute, um zu sehen, wo er blieb, befürchtete er kurz, nicht nur leise gedacht, sondern laut ausgesprochen zu haben, was ihn bewegte. Aber das hatte er nicht.

„Wo bleibst du?"

Benedikt setzte sich in Bewegung und folgte ihr. Anne lehnte sich gegen die Holzpforte, aber als sie ein wenig nachgab, stellte Anne sich schnell wieder aufrecht hin und wartete, bis Benedikt bei ihr war. Er schob die Pforte zurückhaltend auf, als würde er um Verzeihung bitten, so lange nicht hier gewesen zu sein. „Hereinspaziert ins kleine Paradies."

„Danke", sagte Anne und ging den schmalen, mit hellem Granit gepflasterten Weg auf die Haustür zu.

In den Beeten rechts und links des Weges hatten rosa Tulpen und weiße Narzissen ihre Köpfe aus der Erde herausgestreckt, dazu zeigten ein paar Stauden ihr erstes Grün. Nur die Blumenkästen waren noch leer. Benedikt überlegte kurz, ob er das an diesem Wochenende ändern sollte, aber er wusste ja selbst nicht, wie es mit dem Haus nach ihrem Besuch weitergehen würde.

Die Fenster im Obergeschoss waren zum Lüften weit geöffnet, die unteren nur gekippt. Den Schlüssel hatte der Hausmeister stecken lassen, und Benedikt drehte ihn im Schloss herum, hörte das metallene Klacken des Anhängers an der dunklen Holztür. Dann drückte er die Klinke herunter, die noch immer auf der Hälfte einen zweiten Widerstand besaß. Niemand hatte je herausgefunden, warum das so war.

Er trat ein, stellte die Tasche und seinen Rollkoffer auf den hellen Dielenboden, ganz behutsam, als würde er ihm sonst Schaden zufügen, und drehte sich einmal langsam um sich selbst. In seinem Kopf erschien ein warmes Orange.

Anne ließ ihren Koffer auf dem Weg stehen und spähte neugierig durch die halb geöffnete doppelflügelige Holztür, weiß mit bunten Fenstern, die in den großen Raum führte.

„Komm, ich zeig dir alles", sagte Benedikt. Er nahm sie an der Hand und zog sie mit sich durch die Tür in einen großen Raum, in dessen Mitte ein gewaltiger Tisch stand, auf der einen Seite mit einer Bank, auf der anderen Stühle, alle waren sie alt, aber jeder sah anders aus. In einer Ecke gab es noch eine Sitzgruppe mit einem kleinen gelben Sofa, einem Sessel in zurückhaltendem Orange und einem Tischchen aus Holz, und an den Wänden standen diverse Anrichten und Schränke, die wie die Stühle am Tisch bunt zusammengewürfelt schienen. Viel zu viele Schränke jedenfalls, befand Anne, doch als sie es aussprach, grinste Benedikt nur über ihre Bemerkung und öffnete einen davon.

„Das ist ja ein Bett!", staunte Anne und ließ sich auf die frisch bezogene Matratze fallen, nachdem Benedikt das Gestell heruntergelassen hatte. „Wieso habt ihr Betten im Wohnzimmer?"

„Wir haben immer viel Besuch gehabt", strahlte Benedikt. „Wie ich das geliebt habe! Je mehr Leute hier waren, desto glücklicher bin ich gewesen."

„Ich bin gern auch mal für mich und hab meine Ruhe", sagte Anne leise, aber Benedikt erzählte voller Begeisterung einfach weiter.

„Alle haben hier immer gute Laune gehabt, als hätte jeder seinen Stress und seinen Ärger vor der Ankunft in den Chiemsee gekippt."

„Also bei mir hat das nicht funktioniert." Anne streckte sich auf der Matratze aus. „Ich bin total fertig", sagte sie, „und könnte bis morgen Mittag durchschlafen. So fühle ich mich jedenfalls."

Benedikt trat einen Schritt zurück und sah nach oben. Der Raum war fast komplett von einer Galerie umrundet, die so weit in ihn hineinragte, dass der Blick nur in der Mitte bis zum riesigen Kronleuchter unter dem Dach schweifen konnte. Galerie und Schränke strömten den Geruch nach heimischen Hölzern aus, vor allem Eiche und Fichte, den er früher noch tagelang in der Nase behielt. Er nahm Annes Hand, um ihr aus dem Bett aufzuhelfen.

„Jetzt zeige ich dir den Rest." Widerwillig stand Anne auf und folgte ihm, erst zur Gästetoilette, dann zum Bad, beides zwei kleine Türen in dem großen Raum, schließlich zum offenen Kamin, der der Sitzecke gegenüber lag. Rechts davon ging eine Treppe nach oben, und links vom Kamin war eine weitere Tür mit einem kleinen Fester, hinter der man nur noch eine Abstellkammer vermuten würde.

„Das ist die Küche", sagte Benedikt, als er die Tür geöffnet hatte. Und tatsächlich. Dahinter erstreckte sich ein großer Raum mit einer Kochinsel in der Mitte, Barhockern um einen an die Kochinsel angebauten, hohen Tisch, dazu eine gemütliche Sitzecke vor dem Fenster, das nach hinten in den Garten auf knorrige Obstbäume zeigte. Wie im Wohnzimmer wirkten hier das Holz der Möbel und das Leinen der Bezüge harmonisch aufeinander abgestimmt.

„Habt ihr einen Inneneinrichter?", fragte Anne.

„Nein, um diese Dinge hat meine Mutter sich gekümmert."

„Sie hat Geschmack."

Benedikt nickte und räumte die Nahrungsmittel in den Kühlschrank.

Anne trat für einen Moment aus der Küche hinaus auf die Terrasse, doch ehe Benedikt fertig war, stand sie neben ihm und zeigte auf eine kleine Tür neben der Sitzecke.

„Und wohin geht es hier?"

Sie ging voran und Benedikt folgte ihr in den winzigen Raum, der nur mit einem alten Holzbett, einem Waschtisch in der Ecke und einer kleinen Kommode möbliert war. Alles wirkte eng und wie aus einer anderen Zeit. Ein heller Fleck an der Wand über der Kommode verriet, dass einst ein Bild dort hing. Ein Foto von der Kampenwand, wie Benedikt erinnerte, der Lieblingsberg seiner Eltern. Franz hatte es mitgenommen, als sie sich trennten.

„Hier habe ich als Kind immer geschlafen. Schon beim Erwachen konnte ich direkt in den Garten und auf den See hinter den Bäumen schauen. Sein Blick wanderte aus dem Fenster, kehrte aber bald wieder zu Anne zurück. „Jeden Morgen habe ich mir überlegt, wie ich meinen Vater überreden könnte, mit mir zur Krautinsel zu rudern."

„Zur Krautinsel?"

„Das ist die kleinste der drei Inseln im Chiemsee."

„Und warum heißt sie so?"

„Weil die Nonnen des Klosters Frauenwörth im Mittelalter dort Kräuter und Gemüse angebaut haben."

„Und heute?"

„Heute bringen die Bauern rund um den Chiemsee ihr Vieh über den Sommer dorthin. Und man kann in Ruhe auf der Krautinsel picknicken, wenn die Fraueninsel zu voll mit Tagestouristen ist, denn dort fährt keines der Schiffe hin."

Anne folgte seinem Blick durchs Fenster nach draußen, aber Benedikt spürte nicht, was sie empfand.

Er ging zurück durch die Küche ins Wohnzimmer und stieg dann die Holztreppe hinauf. Sie war vor Jahren aufwendig restauriert worden, knarrte aber noch immer auf der dritten und siebten Stufe. Das weiß gestrichene Geländer hatte über die Jahre an einigen Stellen die Farbe verloren, doch seit seinem letzten Besuch war sie nicht weiter abgeblättert. Überhaupt hatte er den Eindruck, dass sich nichts verändert hatte. Das Haus war durchdrungen von dem warmen weichen Holzgeruch, den er schon als Kind so geliebt hatte, im Vorgarten zeigten sich die ersten Blumen und die Obstbäume hinten hatten den Winter gut überstanden. War das alles nicht ein gutes Zeichen?

Oben gab es vier Räume, drei davon zum Schlafen und ein großes Bad. Eines der Zimmer war direkt in den Giebel gebaut und so winzig, dass nur zwei schmale Betten darin Platz hatten, getrennt durch einen noch schmaleren Gang.

„Meine Güte", sagte Anne, „ihr müsst wirklich viel Besuch gehabt haben." Obwohl alles neu für sie war, ging sie schneller durch die Räume als Benedikt und war schon wieder auf dem Weg nach unten, wo sie sich auf das mit gelben Leinen bezogene Sofa fallen ließ, während Benedikt noch im Obergeschoss seinen Erinnerungen nachhing.

Aber bald hörte sie die Holztreppe knarren und er kam zu ihr, beugte sich herunter und gab ihr einen Kuss. „Ruh dich etwas aus. Ich mache in der Zwischenzeit etwas zu essen und rufe dich, wenn ich fertig bin."

Doch bevor er in die Küche ging, zog er die Schuhe wieder an, die er beim Betreten des Hauses auf der Fußmatte abgestreift hatte, und nahm den Weg durch die Küche in den Garten. Von der großen, mit Teakholz belegten Terrasse zog sich das Grundstück zunächst schmal und dann immer breiter werdend zum See.

Solche Angst hatte er gehabt, hierher zurückzukommen, aber jetzt fühlte es sich mit Anne hier einfach nur richtig an. Er war mit der Frau hier, die er liebte.

Der See lag still, während er den Uferweg überquerte und schließlich den hauseigenen Anlegesteg betrat. In den beginnenden Abendstunden kamen die Mücken und er erinnerte sich an das Mückenspray, das seine Mutter immer im Bootshaus deponiert hatte. Inzwischen würde seine Wirksamkeit vermutlich abgelaufen sein, aber trotzdem. Er schloss die Tür zum Bootshaus auf, wo seit Jahren das kleine Ruderboot trocken an der Seite hing, und nahm das Mückenspray vom Regal. Noch immer die gleiche Marke wie früher, dachte Benedikt und lächelte. Umnebelt von Mückenspray stand er schließlich am Anlegesteg und lauschte dem leisen Plätschern der Wellen gegen die Holzbohlen des Bootshauses. Rechts davon ging ein Raum ab, der als Abstellraum und als Zimmer und Küche diente, wenn es im Sommer regnete oder im Frühjahr oder Herbst zu kalt war, um sich draußen aufzuhalten. Ein Tischgrill und Sitzmöglichkeiten befanden sich in der einen Ecke des Raumes, zwei Schränke mit Geschirr und Handtüchern in der anderen. Benedikt strich über die Bauernmalerei der Möbel. Seine Oma, die er nicht mehr erlebt hatte, hatte sie selbst bemalt und Benedikt als Kind immer das Gefühl gehabt, seine Oma wegen ihrer Malereien ein bisschen zu kennen. Wie sollte man ein Haus verkaufen, in dem sich so viele Generationen verewigt hatten?

Benedikt stellte das Mückenspray ins Regal zurück und sah durchs kleine Sprossenfenster auf den Steg. Undenkbar, das Haus zu verkaufen! Er wollte es behalten. Für sich, für Anne und für seine Kinder.

Die schmale Tür, die auf den Steg führte, war kaum hoch genug, um aufrecht hindurchgehen zu können. Benedikt schloss sie auf und trat nach draußen. Ein kühler Wind wehte und Benedikt fragte sich, ob es sinnvoll war, das Picknick hier draußen zu planen. Mit Sophia war er in etwa zur gleichen Jahreszeit hier gewesen, doch damals war es deutlich wärmer. Bis tief in die Nacht hatten sie auf dem Steg gesessen, miteinander geredet und hier auch miteinander geschlafen. Die ganze Nacht hatten sie draußen verbracht.

Er pflückte alle Tulpen, die der Garten entbehren konnte, und legte mit ihnen einen Kreis an den Anfang des Stegs, der gute zehn Meter ins Wasser ragte. In die Mitte des Blumenkreises tat er das dunkelgrüne Kästchen. Ein paar gelbe Tulpen behielt er fürs Haus und ging zurück in die Küche, wo er ein Tablett mit Brot, Brezeln, Butter, Käse und geschnittenem Obst und Gemüse vorbereitete. Dann öffnete er eine Flasche Wein und schnitt den mitgebrachten Kuchen in mundgerechte Stücke, dazu kochte er Espresso. Schließlich brachte er die Sachen zum Steg und holte einige Decken aus der Truhe im Bootshaus. Bis alles gerichtet war, musste er mehrmals laufen. Das Bootshaus hatte er früher besonders im Regen geliebt, wenn die Tropfen in den See fielen und auf das Dach trommelten, während er gut geschützt unter dem Vordach saß und den Geräuschen des Regens lauschte.

Als er ins Haus zurückging, lehnte Anne an der Terrassentür, von wo aus sie sein Tun beobachtet hatte.

„Ich glaube, ich habe dich noch nie so entspannt gesehen", bemerkte sie leise.

„Es wird auch noch auf dich abfärben", sagte er, nahm ihre Hand und zog sie an seine Seite. Arm in Arm gingen sie hinunter zum Steg. Benedikt fühlte ein schwaches, aber deutliches Gelb, nicht dunkel und satt, doch eindeutig gelb.

Als Anne das Kästchen in der Mitte des Blumenkreises erblickte, blieb sie stehen und zum ersten Mal an diesem Tag erkannte Benedikt ein Funkeln in ihren Augen, fast glücklich und leuchtend wie die abendliche Sonne im See. Er trat die letzten Schritte zum Steg vor und hob das Kästchen auf, wandte sich dann Anne zu und öffnete den Deckel. Darunter glitzerte ein goldener Ring mit einem rund eingefassten Diamanten. Er sah Anne in die Augen und suchte nach den Worten, die er sich zurechtgelegt hatte. Annes Klarheit und ihren Mut wollte er hervorheben, ebenso ihre Bereitschaft, seinen zeitgreifenden Beruf zu unterstützen und dabei ihr eigenes Leben zu leben. Benedikt spürte zugleich ihre Erwartungen, und sie ließen ihn innerlich verstummen. „Möchtest du mich heiraten?", fragte er schließlich, obwohl plötzlich nur Dunkelheit und Schwärze in seinem Kopf war.

Anne sah ihn an und streckte ihm ihre linke Hand entgegen. Er steckte den Ring an ihren schmalen Ringfinger, er passte perfekt.

„Ja. Ich möchte deine Frau werden." Es klang, als hätte sie diesen Satz schon oft geübt. Benedikt küsste sie auf den Mund und suchte nach einem besonderen Gefühl. Aber es war ein Kuss nicht anders als sonst, vertraut, freundschaftlich.

Anne redete sofort über die Hochzeit, das Datum, die Gäste und den Zeitplan, den sie nun einhalten mussten, damit es der schönste Tag in ihrem Leben werden würde.

„Wollen wir hier auf der Fraueninsel heiraten? Die Kirche ist einfach wunderschön!", fragte Benedikt.

Anne sah ihn verständnislos an.

„Warum ausgerechnet hier?" Als sie seinen betroffenen Gesichtsausdruck wahrnahm, lächelte sie versöhnlich. Sie wollte nicht auf der Fraueninsel heiraten und musste es ihm irgendwie erklären. „Ich würde lieber in Nürnberg heiraten, wo wir beide zu Hause sind. Wie sollten wir allein die ganzen Freunde, unsere Familien hier unterbringen?"

„Nicht direkt im Haus. Aber es gibt ein freundliches Wirtshaus, in dem wir feiern könnten, und genügend Pensionen für alle Gäste zum Übernachten gibt es auch."

„Dann sollen alle für die Übernachtung zahlen? Ich weiß nicht, ob wir das verlangen können."

„Dann übernehmen eben wir die Rechnung." Zu diesem Vorschlag schwieg Anne und sagte stattdessen: „Ich möchte lieber in einem der Hotels der Stadt feiern. Das ist unkomplizierter für alle – und eleganter."

Benedikt wandte den Blick von Anne und ließ ihn über die Landschaft schweifen, über das Haus, den Garten, den See. Intensiv nahm er alles in sich auf. „Ist gut. Wir machen es, wie du es dir wünschst. Ich bin glücklich, wenn du glücklich bist."

Für diesen Satz belohnte Anne ihn mit einem Kuss. Den Abend verbrachten sie gemeinsam am Steg, Benedikt mit Lesen und Anne mit Hochzeitsplanungen. Am nächsten Tag führte Benedikt Anne über die Insel und schlug schließlich einen Ausflug zur Krautinsel vor. Noch war es zu feucht und zu kühl, um sich länger dort aufzuhalten, sich gar ans Ufer zu setzen und dort zu picknicken, aber Benedikt wollte Anne die Insel zeigen. Doch Anne hatte keine Lust, und so blieben sie im Haus.

Eigentlich hatten sie geplant, sich am Sonntagnachmittag auf den Heimweg nach Nürnberg zu machen, doch Anne fragte schon zum Frühstück: „Können wir etwas früher nach Hause fahren?"

„Wieso?" Benedikt verstand ihre Bitte nicht.

„Ich möchte mich noch etwas entspannen, bevor es morgen mit der Arbeit wieder losgeht."

„Du fühlst dich hier nicht richtig wohl, oder?"

„Doch, schon."

„Doch? Was heißt ‚doch‘?“

„Es ist schön hier, aber mir fällt auch die Decke auf den Kopf. Es ist alles so eng.“

„Du würdest nicht am Wochenende herkommen wollen, oder?“

„Ab und zu vielleicht, doch nicht jedes Wochenende.“

„Und würdest du hier mit unseren Kindern die Ferien verbringen wollen?“

Anne sah ihn an. „Ich habe verstanden, dass du hier viel erlebt hast. Aber es sind deine Erinnerungen, nicht meine.“

„Wir könnten gemeinsame Erinnerungen schaffen.“

„Ich möchte ehrlich sein, Benedikt. Es ist einfach nicht mein Ort. Ich kann es nicht erklären.“

Ein dumpfer Schmerz durchdrang Benedikts Magen, als hätte ihn jemand geschlagen. „Soll ich meine Mutter das Haus verkaufen lassen?“

„Das kannst nur du entscheiden.“

Benedikt stand auf und trat ans Küchenfenster.

„Ich kann es nicht mehr hören, immer soll ich alles allein entscheiden. Ich treffe den ganzen Tag Entscheidungen! Wir werden heiraten, meine Güte! Ich will nicht allein über unsere Zukunft entscheiden.“ Benedikt redete viel zu schnell und viel zu laut.

„Ich entscheide gern mit. Aber dieses Haus gehört deiner Familie, und du musst entscheiden, ob es in der Familie bleibt oder nicht. Und wer weiß, vielleicht fühlt sich hier eines unserer Kinder genauso wohl wie du. Kann alles sein, oder?“

„Dann also behalte ich es.“ Er wurde wieder etwas ruhiger.

„Klär das mit deiner Mutter." Anne stand auf und fing an aufzuräumen und ihre Sachen zusammenzupacken.

„Zu welchen Zeiten fahren die Schiffe?"

„Keine Ahnung, muss ich nachgucken." Benedikt blieb sitzen und starrte aus dem Fenster. Er konnte das Haus unmöglich verkaufen. Oder sollte er seiner Mutter vielleicht doch freie Hand lassen? Hing er nicht nur sentimentalen Erinnerungen nach?

Er ging in die Küche, als sein Blick auf den großen, leeren Holztisch fiel.

Damals stand sie auf einmal da, die gelbe Kanne. „Ich kannte dieses Haus nicht, aber als ich die Kanne gesehen habe, musste ich sie kaufen, sie gehört irgendwie hierher", hatte Sophia gesagt. Während er Anne um sich herumräumen hörte, stand Benedikt da und ließ sich von einem dunkel eingefärbten Gelb erfüllen, das dieser Gedanke in ihm wachrief. Wieso nur hatte Sophia diese Verbindung zu diesem Haus gehabt? Von Anfang an? Rote große Punkte sprengten das Gelb auseinander. „Ich habe Anne einen Heiratsantrag gemacht! Ich liebe sie und werde ein fantastisches Leben mit ihr haben", rief er sich energisch zur Ordnung, drehte sich um und ging ins Wohnzimmer, um Anne beim Aufräumen zu helfen.

Wäre der Verkauf des Hauses vielleicht doch eine Option, und er sollte besser Vergangenes ruhen lassen und es abhaken?

4
Sechs Monate später

Sophia saß in ihrem Büro auf dem mit graublauem Leinen bezogenen Sessel, die Füße auf dem Fußhocker. Beides hatte sie in der gleichen Farbe beziehen lassen. Theo war eingeschlafen, doch Sophia brauchte immer einen Moment, um vom Muttersein zum Job umzuschalten. Gerade jetzt roch sie das Zirbelholz in ihrem Büro besonders intensiv, sein frischer, leicht ätherischer Duft beruhigte sie selbst in Stresssituationen und gab ihr ein Gefühl von Geborgenheit. Die Paneele an den Wänden, die Schränke mit den Unterlagen und Ablagefächern, wie auch der Schreibtisch waren aus demselben Holz geschreinert, ihrem Lieblingsholz, das den Raum heimelig und wohnlich wirken ließ, gar nicht wie ein Büro. Kurz sog sie den würzigen Geruch nochmals in sich ein, dann stand sie auf, nahm Notizbuch und Bleistift aus der im Schreibtisch eingearbeiteten Vertiefung und stellte das Babyfon an. Schon vor der Geburt hatte sie es an die von der Tür aus nicht einsehbare Wand auf die breite Fensterbank gestellt. Zum Stillen hatte sie ihr grünes Leinensakko ausgezogen und dorthin gelegt, nun schlüpfte sie wieder hinein und sehnte die Zeit herbei, wenn sie wieder Dirndl würde tragen können, die für stillende Mütter gänzlich ungeeignet waren. Sie schloss nur einen der Münzknöpfe, sodass ihre weiße Bluse und der blaue Ledergürtel nicht ganz unter dem Sakko verschwanden, nahm den Notizblock und holte das Funkgerät des Babyfons, das sie stets in der Schublade des kleinen Tischchens neben dem Sessel in der Ecke verwahrte. Sie warf einen letzten liebevollen Blick auf ihren Sohn, der mal schnell an seinem Schnuller nuckelte und dann für ein paar Atemzüge gar nicht, zupfte das hellgraue Deckchen zurecht und verließ dann ihr Büro für den Rundgang durchs Hotel.

Wie immer startete sie im Frühstücksraum.

„Guten Morgen", begrüßte sie Familie Breitenbach, die mit ihren zwei Kindern schon seit Jahren regelmäßig zu ihren Gästen zählte.

„Guten Morgen, Frau Brunner."

Sophia wunderte sich jedes Mal, was für eine Wirkung die persönliche Ansprache der Gäste hatte.

„Ich hoffe, Sie haben gut geschlafen und alles ist zu Ihrer Zufriedenheit."

Frau Breitenbach nickte, während ihr Mann sich für die Nachfrage bedankte.

„Und, was habt ihr heute vor?", wandte Sophia sich dann an die Kinder.

Der inzwischen siebenjährige Sohn strahlte Sophia an und begann freudig auf seinem Stuhl herumzuwippeln.

„Das muss aber etwas Tolles sein, wenn sich die ganze Familie freut." Sie sah Frau Breitenbach an. „Keine Wanderung heute?"

Frau Breitenbach schüttelte lächelnd den Kopf.

„Wir gehen in den Kletterpark", freute sich nun die ältere Tochter, die ungefähr zehn Jahre alt sein mochte.

„Wow!“, antwortete Sophia, legte dem Mädchen ihre Hand auf die Schulter und sagte: „Dann wünsche ich euch einen tollen Tag! Und kommt mir heil wieder!“

„Danke“, erwiderten alle vier fast im Chor und Sophia ging zum nächsten Tisch.

Einige Gäste begrüßte sie nur kurz, wünschte guten Appetit und fragte, ob alles in Ordnung sei, bei anderen blieb sie für ein Gespräch stehen.

So ging sie durchs Hotel, begutachtete jede Blume auf jedem Tisch, jede Ecke in jedem Zimmer und sorgte nach der Abreise des einen Gastes für den Komfort des nächsten. Sie testete das Licht in den Räumen, die Steckdosen, sah nach Ungeziefer und prüfte die Fliegengitter an den Balkontüren. Beanstandungen notierte sie in ihrem Notizblock, den sie später der Hausdame geben würde. Am Mittag hatte sie ihn meist mit Häkchen an den erledigten Aufgaben zurück.

Wieder im Büro kümmerte sie sich nach einem ausgedehnten prüfenden Blick zu Theo um die Emails, als eine Mitarbeiterin die Post brachte. Sophia sah sie kurz durch und sortierte zunächst die Werbung aus. Auch einen dunkelgrünen Umschlag legte sie zur Seite, den sie nicht zuordnen konnte. Sieht privat aus, dachte sie und nahm sich zunächst die Rechnungen vor, kontrollierte, zeichnete ab und legte, was erledigt war, für die Buchhaltung ins Fach. Immer wieder äugte sie zu dem dunkelgrünen Umschlag, öffnete aber zunächst noch einige geschäftliche Briefe, ehe die Neugier siegte. Gespannt griff sie nach dem Brief und drehte ihn um, um nach dem Absender zu schauen. B. Moser, stand da. Sophia fuhr es in die

Magengrube. Was schrieb er ihr so offiziell? Sie nahm den Brieföffner zur Hand, den sie von ihrem Großvater mit den Worten „Auf dass du immer nur angenehme Post bekommst“ zur Eröffnung des Hotels geschenkt bekommen hatte. Sein Kopf bestand aus einem silbernen Schutzengel, und bisher hatte Sophia immer das Gefühl gehabt, selbst nicht so gute Nachrichten besser verkraften zu können, wenn sie die Umschläge mit diesem Talisman öffnete.

Mechanisch schlitzte sie den Brief auf und holte eine Klappkarte heraus, die im selben Papier und Farbton wie der Umschlag gehalten war. Vorne stand in goldenen Buchstaben ein Datum. Sie zögerte, die Karte zu öffnen. Als sie es dann doch tat, bestätigte das Foto im Inneren ihr dumpfes Gefühl. In Sepia-Färbung und farblich passend zur goldenen Schrift auf der rechten Seite lächelte Benedikt sie an, daneben Anne, seine zukünftige Frau. „Mit großer Freude geben wir unsere Verlobung bekannt.“ Darunter stand in feinen Buchstaben der Ort und das Datum.

Sophia lehnte sich im Stuhl zurück, um den plötzlichen Schmerz im Magen zu beruhigen, der sie durchdrang, als sie den Ort der Verlobung las. Wenige Sekunden später schnellte sie nach vorn und legte die Karte entschlossen in die linke Schublade ihres Schreibtisches, wo die nicht eiligen Angelegenheiten ihren Platz hatten. „Es hätte auch eine einfache Mitteilung gereicht“, dachte sie. „Von ihrer Verlobung auf der Fraueninsel will ich gar nichts wissen.“ Sie sah zu Theo und war froh, dass er noch schlief. Friedlich lag er auf dem Rücken, die kleinen Arme links und rechts neben dem Kopf, nur mit der dünnen Decke zugedeckt, damit es ihm nicht zu warm wurde. So angreifbar und schutzlos sollte er sie auf keinen Fall erleben. Sophia stand auf und trat an das Babybett, das sie gleich nach der Geburt im Büro aufgestellt hatte. Sanft streichelte sie Theo über den Bauch und wurde selbst ruhiger dabei. Als die Anspannung vollends gewichen war, setzte sie sich zurück an den Schreibtisch, aber sie konnte sich auf nichts mehr konzentrieren. Stattdessen strömte ihr der Duft des Blumenmeers aus den wunderbar angelegten Gärten der Fraueninsel in die Nase, dazu hörte sie das Wasser in der Nähe ans Ufer plätschern. Trotz der vielen Touristen hatte die Insel damals ein besonderes Gefühl in Sophia geweckt, eine Mischung aus Unabhängigkeit, tiefem Behagen und Glück, wie sie es sonst nur im Haus ihres Großvaters oder auf einem Berggipfel spürte. Einige Stunden hatte sie dort wie in einem ewig dauernden Augenblick gelebt, ohne an Vergangenes oder die Zukunft zu denken, bis Benedikt ein weiteres Mal um ihre Hand anhielt.

„Er hat es mir doch angekündigt", schalt sie sich für ihre Erinnerungen und nahm die Karte wieder aus der Schublade. Unschlüssig stand sie vor dem Schreibtisch.

Sollte sie darauf antworten? Benedikt hatte im Winter Geburtstag, vielleicht konnte sie beides miteinander verbinden? Zum Geburtstag hatten sie sich immer gratuliert. Aber bis dahin waren noch einige Monate.

„Du spinnst!", rügte sie sich kopfschüttelnd. „Nun sind wir beide fest vergeben, und ich habe einen wunderbaren Sohn von dem Mann, den ich liebe. Es ist alles gut." Ruhelos ging sie im Raum auf und ab, die Karte in der Hand.

„Warum nur bringt mich dieser Mann immer dazu, mein Leben anzuzweifeln?“ Vor dem Bett ihres Sohnes blieb sie ein weiteres Mal stehen. Seine Wange war weich, wie nur Babyhaut sein konnte, als sie sie streichelte. Theo regte sich, grunzte einmal kurz und drehte den Kopf, immer noch auf dem Rücken liegend, auf die andere Seite. Von Wohlbehagen durchdrungen, lächelte Sophia ihren Sohn einen Moment an, ehe sie die Karte aufklappte und das Foto begutachtete. Benedikt sah glücklich aus. Ein bisschen streng und ernst vielleicht, aber glücklich.

Anne. Sie kannte den Namen. Benedikt hatte Anne einmal wegen ihr verlassen, obwohl sie einen seiner Heiratsanträge gerade abgelehnt hatte. Sie erinnerte sich genau:

„Hey, wir haben uns doch gestern erst gesehen?“, hatte Sophia erstaunt gefragt, als er am Tag nach einem Treffen in Prien zu Studentenzeiten angerufen hatte.

„Ich wollte dir nur sagen, dass ich mich von Anne getrennt habe.“

Sophia ließ sich auf den alten grauen Sessel in ihrer Studentenwohnung fallen. „Was hast du?“

„Ich habe mich von Anne getrennt.“

„Wieso das denn?“ Nervös nahm sie einen Schluck Kaffee und stellte die halbvolle Tasse so schwungvoll auf den Tisch, dass sie überschwappte. „Wieso trennst du dich von deiner Freundin?“

„Weil ich eigentlich dich heiraten will, falls du das vergessen hast?“

Sophia musste kichern. Sie hasste es, wenn sie das tat, aber sie konnte nicht anders in Situationen, die sie verunsicherten.

„Ich finde das nicht witzig“, sagte Benedikt mit gepresster Stimme, worauf Sophia sich räusperte.

„Was sind meine Anträge eigentlich für dich?“

Süß-bitterer Grapefruitsaft, den es bei Opa jeden Morgen gab, wenn sie zu Besuch war, schoss es ihr in den Kopf. Bis heute war sie nicht sicher, ob sie den Saft mochte, aber ohne dieses Ritual wäre ein Besuch nicht vollkommen. Genauso ging es ihr mit Benedikt und seinen Anträgen. Kein Besuch bei ihrem Großvater war perfekt ohne einen langen, bei Rotwein, Kerzenlicht und intensiven Gesprächen romantischen Abend mit Benedikt, der mit dem sicheren Gefühl, stärker gewollt zu werden als alles andere auf der Welt, oder gar einem Antrag stets gleich endete.

Da sie in unterschiedlichen Städten wohnten, sahen sie sich nur in unregelmäßigen Abständen. Mal lagen Monate zwischen ihren Treffen, mal ein ganzes Jahr oder noch mehr, hin und wieder unterbrochen von Telefonaten.

Noch in Erinnerungen versunken, löste Sophia den Blick von der Karte und klappte sie in einer heftigen Bewegung zu, als könne sie dadurch etwas abschütteln. Vor dem als Sprossenfenster gestalteten Wandspiegel, den sie als Studentin für 4,30 Euro bei Ebay ersteigert hatte, hielt sie beim Durchwandern des Raumes kurz inne, warf nochmals einen Blick auf Theo, der immer noch schlief, und ging dann entschlossen zum Schreibtisch.

Jedes Mal hatte Sophia seine Anträge als nicht ganz ernst gemeint abgetan, aber an dem einen Wochenende auf der Fraueninsel war es anders. Sie waren beide solo, hatten zuvor regelmäßig telefoniert, manchmal täglich.

Als er Anfang März für ein Gespräch mit ihr extra aus einer Kneipe rausgegangen war, wo er gerade mit Freunden ein Bier trank, und über eine halbe Stunde frierend vor der Tür stand und mit ihr gesprochen hatte, wusste sie, es hatte sich etwas verändert. Sein fünfter Antrag auf dem Steg des Hauses seiner Familie auf der Fraueninsel war nicht so dahergesagt, wie Sophia es bei den anderen noch empfunden hatte, er klang tiefer, dringlicher, sehnsuchtsvoller und war nicht einfach so abzulehnen. Aber wie in einem Reflex hatte das „Nein" ihren Mund schon verlassen, bevor der schnelle, intensive Kampf in ihrem Inneren zu Ende geführt war. Viel zu lange hatte sie damals auf dem hauseigenen Steg am See den großen gelben Saphir angestarrt, der in einen goldenen Ring eingefasst war. Wie gern hätte sie ihn nur einmal an ihrem eigenen Finger gesehen. Sie hätte ihn einfach greifen können, als er nur einige Zentimeter vor ihr aus einer kleinen, mit dunkelblauem Samt ausgeschlagenen Schachtel leuchtete. Ob er zu ihr gepasst hätte? „Das ist die Farbe, die ich sehe, wenn ich an dich denke", hatte Benedikt gesagt. Er hätte mit Sicherheit gepasst. Widerstrebend und doch überzeugt, das Richtige zu tun, ließ sie ihn in dem kleinen, blauen Schächtelchen stecken. Ehe sie den Deckel schloss, bewunderte sie ein letztes Mal den in der Mitte fast durchsichtigen Stein. „Ich kann mit keiner anderen Frau zusammen sein als mit dir", hatte er bei seinem Antrag versprochen. Aber nun war er es doch.

Am Schreibtisch angekommen, öffnete Sophia noch im Stehen ihr privates Emailfach und klickte auf „Email schreiben". Dann erst setzte sie sich und schrieb: „Lieber Benedikt, ich gratuliere Dir von ganzem Herzen zu Eurer Verlobung und wünsche Euch alles erdenklich Gute für Euer gemeinsames Leben." Sophia machte eine Pause. Absatz. „Ich hoffe, Ihr hattet eine schöne Zeit auf der Fraueninsel." Absatz. „Ich erinnere mich gern an unser Wochenende dort zurück. Diese Insel und speziell Euer Haus hatte eine ganz besondere Ausstrahlung und gab mir von der ersten Sekunde an das Gefühl, schon einmal dort gewesen zu sein – ich werde es niemals vergessen."

Sophia las den Text nochmals durch. „Geht gar nicht", beschied sie, löschte alles bis auf die erste Zeile und nahm einen Schluck Wasser aus dem Glas, das immer vor ihr auf dem Schreibtisch stand. Dann schrieb sie: „Möge der Heiratsantrag nur ein wunderbarer Anfang für viele schöne Stunden, Tage, Wochen auf der Fraueninsel sein. Ein so schöner Moment an diesem ganz besonderen Ort kann eigentlich nur Gutes verheißen." Sie überlegte, was sie überdies schreiben konnte, bevor sie erneut ihre Zeilen las, entschieden den Kopf schüttelte und sie abermals löschte. Vielleicht fielen ihr später noch ein paar sinnvolle Worte ein, dachte sie, und speicherte die ersten Zeilen als „Entwurf", als Theo wach wurde. Er gluckste leise und in ein paar Minuten würde er schreien, wenn sie ihn nicht stillte. Sophia hob ihren Sohn aus dem Bett, aber auch während des Stillens konnte sie nicht abschalten, sondern grübelte weiter. Sie musste versuchen, ein paar nette Worte zu finden, die niemanden beleidigten oder gar eifersüchtig oder wehmütig klangen. Kurz dachte sie darüber nach, die Karte doch bis zu Benedikts Geburtstag zu ignorieren, doch dies war keine realistische Option. Sie wollte wissen, was er machte, wie es ihm ging, ob er tatsächlich heiraten würde. Selbst auf die Gefahr hin, sich über Benedikts Oberflächlichkeit zu ärgern, mit der er sie schon so oft im Dunkeln gelassen hatte über das, was ihn wirklich beschäftigte: Sie musste ihm schreiben, um Antworten auf ihre Fragen zu erhalten. Sie beschloss, sich am nächsten Tag darum zu kümmern. Es war dann noch früh genug. So ließ sie Theo in Ruhe zu Ende trinken, setzte ihn in den Tragegurt vor ihren Bauch und verließ das Hotel in Richtung Apartmenthaus, wo sie am Vormittag das Auto geparkt hatte. Sie raste mehr als dass sie ging, erst nach und nach wurden ihre Schritte ruhiger und langsamer, während sie die schmale Straße nahm, die abgesehen von wenigen Feriengästen, die häufiger kamen, nur Einheimische nutzten. Theo sah zur Seite, und Sophia war erstaunt, wie sicher er den Kopf schon halten konnte. Als ihm die Kraft ausging, legte er die kleine Stirn an Sophias Brust, sodass sie seinen Atem auf ihrer Haut spüren konnte. Gleich war die Hälfte des Weges geschafft. Nach weiteren hundert Metern bog sie links den Hang hinauf und überholte einige müde Wanderer. Gäste aus ihrem Haus? Sie wusste es nicht genau, denn die Mieter der Ferienwohnungen sah sie nicht so häufig wie die Hotelgäste. An einem Baumstumpf, der als Wassertränke diente, kühlte sie ihre Hände. Es war zwar nicht wirklich heiß, doch das Quellwasser gab ihr neue Energie für das letzte Stück des Wegs, noch ein paar Meter, dann eine Kurve nach links und schon stand sie vor dem weiß getünchten dreistöckigen Haus mit den über die vielen Jahre nachgedunkelten Holzbalkonen, die üppig bepflanzt waren und jeden einzuladen schienen, der vorüberging.

Jeden Abend, wenn Sophia auf den Weg zum Hof von Alexanders Familie einbog, schienen die Blumenkästen dort sie willkommen zu heißen an diesem Ort, der seit einiger Zeit ihr Zuhause war.

Das Gebäude war wie die meisten der Umgebung weiß gestrichen und hatte grün-weiß gestreifte Fensterläden. Am breiten Giebel fand sich das Grün noch einmal wieder. Sobald Sophia die Fensterläden sah, wusste sie, nun konnte sie abschalten und runterfahren. Es war ihre Idee gewesen, die ehemals roten Fensterläden grün-weiß zu streichen, und Alexander hatte sie machen lassen.

„Es soll ja auch dein Haus sein", hatte er gesagt.

Direkt an das Haus grenzte der vor ein paar Jahren neu gebaute Kuhstall, der keinen direkten Zugang mehr zum Haus hatte – auch wegen des Geruchs. Alexander hatte den alten Stall abreißen lassen, nachdem er sich entschieden hatte, den Hof weiterzubetreiben. Der neue war ein funktionaler Anbau aus Holz, das jedes Jahr ein wenig dunkler wurde. Die Kühe konnten sich rechts und links der Stallgasse frei bewegen, wurden nicht mehr angebunden, wie noch in dem alten Stalltrakt vorgesehen. Viele Bauern in der Gegend hatten die Landwirtschaft komplett aufgegeben, sodass Alexander die Chance ergriff, Land dazuzukaufen oder zu pachten. In den Stall passten hundert Kühe und er überlegte, noch einen weiteren zu bauen. Als Sophia das Wohnzimmer betrat, saß er in eine Fachzeitschrift vertieft auf dem Sofa, und er saß dort immer noch lesend, als sie Theo ins Bett gebracht hatte und sich nun erschöpft neben ihn fallen ließ.

„Es kann doch nicht sein, dass man so erschöpft ist und am liebsten gleich mit einem Baby ins Bett gehen möchte." Sophia lehnte ihren Kopf an Alexanders Schulter.

„Ich glaube, das geht allen Eltern so. Vor allem, weil du nachts noch aufstehst und den Kleinen den ganzen Tag bei dir hast." Er legte die Zeitschrift zur Seite.

Sophia nickte langsam und nahm Alexanders Hand.

„Bist du denn glücklich mit der Situation, wie sie jetzt ist, oder müssen wir etwas ändern?", fragte er und forschte in ihren Augen. Sophia beugte sich vor und küsste ihn auf die Stirn.

„Du bist großartig!"

„Wieso?"

„Einfach für die Frage", dankte sie aus tiefstem Herzen und rügte sich für ihre Zweifel, die Benedikts Karte am Mittag in ihr ausgelöst hatte.

„Na ja, ich bin mir bewusst, was du zurzeit leistest. Ich frage mich manchmal, woher du deine Kräfte nimmst."

„Das weiß ich manchmal selbst nicht. Ich sehe, was ich leiste, und bin trotzdem unzufrieden, weil es mit meinen Plänen nicht vorangeht."

„Was meinst du? Die Sache mit dem Café?"

„Ja, es ist Verschwendung, den Raum nur zum Frühstück zu nutzen. Die Aussicht von dort auf die Berge ist phänomenal und ich glaube, viele Urlauber würden kommen, wenn der Kuchen gut ist."

Alexander schaute seine Frau mit hochgezogener linker Augenbraue an. Sophia stand auf und stellte sich vor ihren Mann, damit sie ihn besser sehen konnte.

„Also richtig guten Kuchen gibt es hier nirgends." Während sie sprach, waren ihre Arme immer in Bewegung. „Ich meine so gut, dass jeder, den man nach einem Café fragt, nur eines nennt, weil der Kuchen so unwiderstehlich ist. Stattdessen sehe ich im Sommer die Wanderer beim Bäcker einen Kuchen holen, und im Winter bleiben alle in ihren Hotels, wenn sie die Skischuhe erstmal ausgezogen haben. Das muss man doch ändern! Das eine Café, das alle empfehlen, sollte meines sein."

Alexander lehnte sich auf dem Sofa zurück und lachte. „Du bist wirklich sagenhaft, wenn du eine Idee hast."

Sophia ließ die Arme sinken.

„Wieso?"

„Weil du so ein Strahlen bekommst, dem sich niemand entziehen kann. Jeder, dem du von einer Idee erzählst, muss sie in dem Moment für das Größte halten."

„Na, dann hätte ich ja schon viel erreicht", freute sie sich.

„Aber wie willst du das anstellen?"

„Ich suche mir einen richtig guten Konditor, der Lust hat, etwas aufzubauen."

„Und du meinst, du findest hier so einen?"

Sophia sah vor sich hin.

„Du hast doch diesen Bekannten mit der Café-Kette", fuhr Alexander fort.

„Ja", antwortete sie zögerlich.

„Frag den doch, ob er dir einen Rat geben kann."

„Ich brauche keinen Rat."

Alexander nahm ihre Hand.

„Ich weiß. Du kannst alles allein. Aber vielleicht wäre es ja eine Möglichkeit. Und wenn er nur zufällig einen geeigneten Konditor kennt, wäre dir doch schon geholfen."

Sophia entzog Alexander ihre Hand. Einerseits war sie froh, dass Alexander sich an Benedikt erinnerte. Das legitimierte irgendwie ihren Kontakt zu ihm. Andererseits fühlte sie sich schuldig, so viel Zeit für ein paar Zeilen an Benedikt verschwendet zu haben, die sie hätte besser mit ihrem Mann und Theo verbringen sollen.

„Vielleicht solltest du das Ganze aufschieben, bis Theo in der Kita ist und du wieder etwas mehr Luft hast", überlegte Alexander laut.

Sophia nickte, vermutlich hatte Alexander Recht. Zugleich war sie frustriert.

„Und dann warte ich noch, bis das zweite Kind groß genug ist, oder was?"

Alexander lächelte.

„Vielleicht wäre das vernünftig. Ja." Er zuckte mit den Schultern. „Bist du schon schwanger?"

„Puh", lachte sie. „Gönn mir eine Pause, bitte."

Sophia ließ sich erschöpft aufs Sofa sinken, nahm den leicht herben Geruch ihres Mannes war und schlief in der Geborgenheit seiner Nähe ein.

Am nächsten Morgen öffnete sie die Email an Benedikt, las sie noch zweimal, löschte alles und formulierte einen unverbindlichen Gruß, als würde sie einer entfernten Freundin zur bevorstehenden Vermählung gratulieren. Dann drückte sie auf „senden".

5
Fünf Jahre später

„Es war ein Traum", versuchte Benedikt sich zu überzeugen, noch während Sophias letzter Satz in seinem Kopf nachhallte. „Es war ein Traum", wiederholte er, doch in seinen Gedanken stand sie noch immer da mit Blick auf den See. Ihre Haare hatte sie zu einem Pferdeschwanz hochgebunden, so fiel Benedikts Blick zunächst auf ihre Ohren. Sie waren größer und standen weiter vom Kopf ab, als er es in Erinnerung hatte. Er beobachtete von der Seite, wie sie sich leicht reckte, um einen freien Blick aufs Wasser zu haben. Ihre Schultern gingen dabei weit zurück und der Hals streckte sich. So aufrecht stand sie, dass alles Belastende einfach von ihren Schultern am Rücken herunterrutschen würde, dachte Benedikt. Sein Unterbewusstsein wehrte sich, dieses Bild herzugeben, aber schließlich verblasste es und verschwand. Erst als auch die Farben und ihre Wirkung auf sein Gemüt nachließen, schlug er die Augen auf. Die Tür zum Flur stand offen und der Raum wurde vom Nachtlicht, das den Flur sanft beleuchtete, in dämmrige Helligkeit getaucht, während schon der Morgen graute. Der Geruch nach Holz, die Leinengardinen am Fenster – kein Zweifel, er war auf der Fraueninsel. Ein leises Atmen neben ihm holte ihn vollends in die Wirklichkeit zurück, und er erinnerte sich, Frederik irgendwann in der Nacht, als er weinte, zu sich genommen zu haben. Anne war noch in Nürnberg und würde sich dort am Vormittag mit ihrem Vorgesetzten treffen, um mögliche Perspektiven des Wiedereinstiegs auszuloten. Erst am späten Nachmittag würde Benedikt sie gemeinsam mit den Kindern vom Anleger abholen. Doch bis dahin hatte er seine Kinder ganz für sich.

Zu seinem Sohn gedreht, beobachtete Benedikt einen Moment lang, wie der kleine Körper sich leise und gleichmäßig beim Atmen hob und senkte. Seine Kinder zauberten in seiner Vorstellung eine ähnliche Farbe wie das Gelb im Traum eben, dem nur eine Spur mehr Orange beigemischt war. Frederik betrachtend, roch er die leicht süßliche Mischung aus nicht mehr Baby und noch nicht Kind, das auch mal Zeit allein verbrachte.

Leise stand er auf und ging in die in der Dämmerung nur schwach beleuchtete Küche. Benedikt liebte diese frühen, ruhigen Momente am Morgen, setzte sich mit einem Kaffee in die kleine Kammer neben der Küche, wo er ein Arbeitszimmer eingerichtet hatte, und begann zu schreiben:

„Liebe Sophia,
in den letzten fünf Jahren ging es mir endlich gut ohne Dich. Doch nun zeigt sich das Vergessen als eine Illusion.

Heute Morgen, ich bin mit meinen Kindern allein auf der Fraueninsel, hatte ich einen Traum. Du bist einfach da gewesen. Zusammen mit uns. Mit meiner Familie – hast so getan, als würden alle wissen, dass es Dich in meinem Leben gibt. Sogar die Kinder. Und ich war wie früher erfüllt von dem tiefen Gelb, dass nur Du mir zu geben vermagst. Diese Farbe ist noch immer das Beeindruckendste, was ich je in meinem Kopf gesehen habe. Ihr Licht dringt bis in die letzte Zelle meines Körpers. Wenn dieses Gelb vor meinem inneren Auge erscheint, nehme ich nichts anderes wahr, rieche, höre und sehe nichts, da ist nur die Empfindung dieser Farbe. Bis die Wut kommt, weil es falsch ist, sie mit einer Frau zu verbinden, die mich nicht will. Das Gefühl dieser Wut ist so übermächtig und vermag das Gelb dennoch nicht zu vertreiben, sondern graut es nur ein – die depressivste Tönung, die ich kenne.

Zwischen diesen beiden Extremen scheint nichts zu existieren, und vielleicht kannst Du Dir vorstellen, wie froh ich war, in den letzten Jahren in einer Zwischenwelt leben zu dürfen. Anne beschenkt mich zwar nicht mit solchen Glücksgefühlen, aber auch ins Negative schlägt es weniger aus, wenn wir beisammen sind. Vielleicht ist das für eine langjährige Beziehung die klügere Alternative ... Während ich hier sitze und Dir schreibe, schlafen die Kinder noch. Ich betrüge auch sie mit meinen Gedanken an Dich, besonders aber Anne. Ich werde anders zu ihr sein, wenn ich sie nachher vom Anleger abhole. Vermutlich werde ich flirten, um zu überspielen, dass ich eigentlich an Dich denke. Und wenn sie mir von dem Gespräch mit ihrem Chef erzählt, das sie heute Vormittag hat, werde ich ihr kaum folgen können, obwohl wir entscheiden müssen, in welchem Umfang wir Klara und Frederik in Zukunft betreuen lassen wollen, damit auch Anne ihre beruflichen Ambitionen verwirklichen kann.

Wie Du das wohl regelst?

Gestehst Du noch immer jedem sein Leben zu? Wie gern würde ich mit Dir reden, so wie damals auf dem Steg. Nur dasitzen, dem Schwappen der Wellen am Ufer lauschen und einfach aussprechen, was mir in den Sinn kommt. Ich hätte Dir erzählt, dass Anne heimlich Deine Kanne mit hierher auf die Insel gebracht hat, als wir das erste Mal nach Frederiks Geburt zu viert hier waren. Sie solle wieder nach Hause, hat sie gesagt. Schon als ich sie im Papier ertastet hatte, kamen mir die Tränen, und in meinem Kopf explodierte ein Feuerwerk aus Farben der Wut, Traurigkeit, schlechtem Gewissen und alles überstrahlend das Dunkelgelb unerfüllter Liebe. Vielleicht hätte ich mich über die Kanne gefreut … doch die Gewissheit, dass meine Gedanken an Dich durch diesen Gegenstand an Stärke gewinnen würden, drohte alles einzutrüben, auch mein Familienglück. So wusste ich nicht, wie ich reagieren sollte. Nun ist die Kanne seit zwei Jahren wieder da, wo sie hingehört. Nur Du fehlst … Ich hoffe noch immer, das wundervolle Gelb einmal zu sehen, wenn ich mit Anne zusammen bin. Sie hätte es verdient, doch ich habe das Gefühl, niemals jemanden so lieben zu dürfen wie Dich.

Dein Benedikt"

Er faltete den Brief, steckte ihn in einen unbeschrifteten Umschlag und legte ihn in sein persönliches Ablagefach ganz nach unten.

„Was hast du mit deinem Chef besprochen?", fragte Benedikt, als sie die Kinder ins Bett gebracht hatten, und setzte sich zu Anne aufs Sofa. Sie erzählte, was er ihr angeboten hatte, doch entweder es wäre Vollzeit gewesen und der andere Job hatte sie nicht interessiert, weil die Herausforderung fehlte. „Schließlich habe ich beschlossen, ein weiteres Jahr zu Hause zu bleiben, bis Frederik in den Kindergarten geht. Dann sehen wir weiter."

Anne hob die Beine auf das Sofa und zog sie an sich heran. Als wäre ihr kalt, schlang sie die Arme um die Knie und zog sie an den Körper, doch als Benedikt ihr eine Decke hinhielt, schüttelte sie den Kopf, beugte sich zum Wohnzimmertisch, schenkte eine Tasse Tee ein und hielt sie wärmend vor die Brust. Benedikt musterte sie und überlegte, ob er nun von seinem Plan erzählen und wie er am besten anfangen sollte. Er musste ihr davon erzählen. Schließlich hatte auch er Wünsche, Träume; Anne als seine Frau sollte davon wissen. Er setzte sich aufrecht hin und strich sich durch die Haare, wie um Mut zu sammeln.

„Du weißt, dass ich nicht immer glücklich bin mit meinem Leben", begann er vorsichtig und nahm Annes Hand, als sie erschrocken aufblickte. „Es hat nichts mit dir zu tun, mit uns. Dennoch fehlt mir etwas." Anne hob den Kopf, sie hörte ihm zu. Noch einmal holte Benedikt Luft und sagte dann: „Ich habe mir bei einem Coach einen Termin geholt."

Annes Blick bekam etwas Verächtliches. „Wieso denn ein Coach?", fragte sie verständnislos. „Du machst einen interessanten Job, hast Familie, dein gutes Auskommen." Sie nahm einen großen Schluck Tee.

„Weil ich trotzdem unzufrieden bin", antwortete er, um eine ruhige Stimme bemüht, und fügte „beruflich" hinzu, als sie nicht reagierte und seine Hand losließ, um mit beiden Händen ihre Tasse zu umklammern.

„Na danke, dass du das erwähnst."

Annes angriffslustige Körperhaltung ließ Benedikt hellhörig werden – und vorsichtig.

„Ich weiß nicht, warum es so ist", fügte er hinzu und stand vom Sofa auf, um auf den Sessel zu wechseln, in der Hoffnung, damit die Spannung ein wenig zu lösen.

„Du hast den Himmel auf Erden, was wünschst du dir noch?", nahm Annes Wut nun Fahrt auf.

„Nein, habe ich nicht."

„Aber du hast alle Freiheiten der Welt. Du kannst dir deinen Job einteilen, wie du willst, deine Zeit auch. Und ich halte dir komplett den Rücken frei." Anne hatte die Stimme erhoben, entflocht sich aus ihrer Kuschelstellung, stellte die Beine auf den Boden und nahm ein Kissen vor die Brust wie ein Schild zur Verteidigung.

Benedikt legte die Hände auf die Oberschenkel, als suchte er Halt, und atmete einmal tief aus, bevor er antwortete.

„Obwohl ich scheinbar alles habe, was ich mir wünschen kann, bin ich trotzdem nicht davor gefeit, nicht uneingeschränkt glücklich zu sein."

„Wo liegt dein Problem?"

„Willst du das wirklich hören?" Benedikts Stimme klang spröde vor Anspannung.

„Ich bin mir nicht sicher, ob ich deine Gründe ernst nehmen kann. Aber da ich deine Frau bin, möchte ich natürlich gern wissen, was dich umtreibt und unglücklich macht."

Benedikt beugte sich ein Stück weit nach vorn, als könnte Anne dann besser verstehen, was er sagt. „Du sollst mir nicht zuhören, weil du meine Frau bist. Du sollst mir zuhören, weil dich mein Innenleben interessiert."

Anne tat das Kissen zur Seite und suchte seinen Blick.

„Nun leg nicht jedes meiner Worte auf die Goldwaage. Ich kann mir einfach nicht vorstellen, dass du ein nennenswertes Problem hast. Was soll ich denn sagen? Alle zerren an mir. Die Kinder. Mein Wunsch beruflich etwas zu leisten. Du."

„Jeder Mensch strebt nach seinem ganz persönlichen Glück. Für jeden kann das etwas anderes bedeuten und muss nicht immer hundertprozentig mit dem übereinstimmen, was gesellschaftlich anerkannt ist. Für viele Frauen wäre es das pure Glück, zwei Kinder großzuziehen und sich komplett darauf zu konzentrieren, bis sie aus dem Haus sind. Wenn sie damit zufrieden sind, ist es für sie auch der richtige Weg."

Anne sah ihn an, sagte aber nichts, sondern nahm still einen Schluck Tee. Benedikt war sich nicht einmal sicher, ob sie ihm überhaupt zuhörte.

„Darüber hinaus verändert sich im Laufe des Lebens unsere Vorstellung von Glück. Das heißt, was mich gestern glücklich gemacht hat, muss mich morgen nicht mehr erfüllen. Früher habe ich meinen Job geliebt. Jetzt sehe ich nur Schwarz, wenn ich an ihn denke."

Anne nickte stumm, erwiderte nichts. Er stand frustriert auf, weil sie scheinbar nicht begriff, was dieses „Schwarz" für ihn bedeutete.

„Geh bitte nicht", sagte sie da.

„Warum? Du hörst mir nicht mal zu!"

„Ich war in der Bank auch nicht mehr glücklich", begann sie nun. „Deswegen habe ich gewechselt. Ich weiß, wie es ist, sich im Job unglücklich zu fühlen."

Benedikt nickte schwach.

„Aber ich dachte immer, weil du selbständig bist, kann dir das nicht passieren."

Benedikt setzte sich wieder und schenkte sich nun ebenfalls Tee ein.

„Ich habe die letzten Jahre Spaß daran gehabt, die Kaffeeküche so aufzustellen, wie sie jetzt dasteht, um mir eine Existenz aufzubauen. Aber das ist abgeschlossen."

„Und dir ist jetzt langweilig?"

Benedikt zuckte mit den Schultern und nickte. „Vielleicht."

„Deshalb der Coach? Er soll dir aus der Patsche helfen?" Sie hatte einen Apfel aus dem Obstkorb genommen und biss nachdenklich hinein.

„So wie ich das verstanden habe, holt man sich nur selbst aus dem Sumpf heraus. Der Coach hilft höchstens herauszufinden, in welchem Sumpf man steckt. Und warum."

Anne nickte. „Dann bin ich gespannt, was bei deinem Coach herauskommt." Damit war für sie das Thema abgeschlossen, und sie nahm wieder ihr Buch zur Hand, das sie für das Gespräch mit Benedikt zur Seite gelegt hatte. Gerade las sie einen Karriereratgeber nach dem anderen oder Biografien über erfolgreiche Manager. Auf dem Cover ihrer aktuellen Lektüre war eine Frau abgebildet, die frontal zum Betrachter stand und breit grinsend eine Peitsche in der Hand hielt. Benedikt musste lächeln, als sein Blick darauf fiel. „Guck dir aus dem Buch bloß nicht zu viel ab“, sagte er und gab Anne lächelnd einen Kuss. Dann verabschiedete er sich in das winzige Arbeitszimmer neben der Küche, wo er seinen Laptop aufklappte und die Seite des Coaches eingab, mit dem er einen Termin vereinbart hatte. Er gab den Code ein und lud eine Aufgabe herunter, um sie als Vorbereitung auf das erste Treffen zu bearbeiten.

Er sollte malen? Benedikt las die Aufgabe ein zweites Mal, bevor er sich ein leeres Blatt Papier holte und es gerade vor sich auf den Tisch legte. Ein Bleistift mit weicher Miene schien ihm geeignet, sein Arbeitsleben auf einem Bild festzuhalten. Nach einigen Minuten aber hatte er den Stift von der Mitte des Blattes aus noch nicht einmal bewegt. Ihn nur aufgesetzt auf dem Papier, wo ein dicker Punkt entstanden war. Sollte er doch lieber Farben nehmen? Schließlich sah er die stets verlässlicher als alles andere. Auch um darzustellen, was die Arbeit ihm bedeutete und wohin es mit seiner Beziehung zu Anne gekommen war, könnten sie hilfreich sein und der Wahrheit dienen. Trotz dieser Überlegungen blieb er beim Grau des Bleistiftes, starrte weiter auf das strahlende Weiß des Blattes, ohne auch nur eine Linie zu zeichnen, und stand schließlich nach ein paar Minuten auf, um sich ein Glas Wein aus der Küche zu holen. Kurz lugte er in den großen Wohnraum.

Anne war mit dem Buch in der Hand eingeschlafen. Anstatt sie wie sonst zu wecken und ins Bett zu begleiten, zog er nur die Decke ein wenig höher, damit sie nicht fror.

Leise ging er die Treppe hoch zum Kinderzimmer, stellte sich an die Betten der Kinder und horchte auf ihren Atem. Der von Klara war so leise, dass man ihn gar nicht hörte. Benedikt legte seine Hand auf ihren Bauch, bis er die langsamen Auf- und Abbewegungen des Oberkörpers spürte. Frederik hingegen gab klare Geräusche von sich, er schmatzte und grunzte im Traum und räkelte sich von einer Seite des Bettes zur anderen, als Benedikt die Schlafdecke über ihn zog. Er strich über den Kopf seines Sohnes, woraufhin der sich nochmals streckte. Dann verließ er das Zimmer, ließ die Tür aber einen Spalt breit offen. In der Küche suchte er lange nach einer Flasche Rotwein, die zu seiner Stimmung passte, und entschied sich schließlich für einen Nero D'Avola. Er nahm noch ein Glas und setzte sich wieder an seinen Schreibtisch, sortierte die wenigen farbigen Stifte vor seinem Blatt Papier von hell nach dunkel und begann.

Mit schwarzem Folienstift malte er ein kleines, auf einem großen See schwimmendes Motorboot. Rundherum zeichnete er Pfeile in allen möglichen Farben, deren Spitzen in verschiedene Richtungen wiesen und seine Unsicherheit darstellten, wohin er das Boot steuern sollte. Was genau er vorfinden würde, wenn er den einzelnen Pfeilrichtungen folgte, war ungewiss. Deshalb setzte er Fragezeichen ans Ende der Pfeile. In die rechte obere Ecke des Blattes malte er sein Firmenschild und mattierte es, indem er sanft mit Bleistift darüberging. Unten rechts malte er in Orange einen Berg und die Fraueninsel, die als Kreis mit einem kleinen Haus darauf dargestellt war.

Zufrieden lehnte er sich zurück, goss sich Wein ein und schwenkte sein Glas, ehe er einen Schluck trank. Immer leichter fielen die Gedanken aus dem Kopf direkt auf das Papier. Er brauchte mehr Farben. Leise schlich er erneut ins Kinderzimmer. Dank des Nachtlichtes entdeckte er schnell Klaras Stifte-Koffer, den sie überallhin mitnahm. Alle wussten, wie gern sie malte, und jeder, der ihr eine Freude machen wollte, schenkte ihr entweder ein Malbuch oder Stifte. Wie oft hatte Benedikt sich gefragt, wie all diese Stifte jemals aufgebraucht werden sollten. Aber jetzt freute er sich über die vielen verschiedenen Farben.

Auf dem Weg zurück in sein Büro stellte er fest, dass Anne nicht mehr auf dem Sofa lag. Wahrscheinlich war sie schlafen gegangen. Benedikt zog die Tür leise hinter sich zu und setzte sich wieder an den Schreibtisch und sah in den Garten, den See konnte er in der Dunkelheit nur noch erahnen. Plötzlich wusste er, wie er das Blatt Papier weiter füllen sollte. Oben links zeichnete er in knalligem Rot eine Rakete am Start, die mit dicken schwarzen Tauen am Boden verschnürt war.

Weiter unten auf dem Blatt sollte es um seine persönlichen Beziehungen gehen und die Frage, wie die sich auf sein Berufsleben auswirkten.

Zunächst notierte er nochmals „Kaffeeküche“ und machte einen Kreis darum. Daneben malte er vier Strichmännchen und ein türkisfarbenes Herz, das sein permanentes schlechtes Gewissen seiner Familie gegenüber symbolisierte.

Seinen Vater stellte er auf die andere Seite, er gab ihm die Farbe Grün für den absoluten Respekt und das Vertrauen, das er ihm stets entgegengebracht hatte. Darunter skizzierte er mit neongelbem Textmarker seine Mutter – ihren Neid auf alles und jeden empfand er als allgegenwärtig. Die Freunde malte er als Gruppe über der Familie. Neben die Strichmännchen kam ein Ausrufezeichen in Dunkelblau als Symbol für ihre Ratschläge, deren Neutralität er so sehr schätzte.

Benedikt lehnte sich im Stuhl zurück und nahm das Bild zur Hand, um es nochmals genau zu betrachten. Er trank den letzten Schluck Wein.

Das Boot, die Strichmännchen, Pfeile und Ausrufezeichen: Alles zusammen wirkte recht wirr auf einen Betrachter, doch Benedikt war gespannt, was der Coach daraus lesen und ableiten würde. Nachdem er das Blatt wieder flach vor sich auf den Tisch gelegt und eine weitere Weile angesehen hatte, nahm er das dunkelste Gelb, das er finden konnte, und setzte oben auf dem Blatt zu einem großen Kreis an, um alles zu umrunden, hielt dann aber inne und schüttelte entschieden den Kopf, legte den Stift beiseite und nickte. So war es fertig.

6

Kühle Luft begrüßte Sophia, als sie die Tür zur Küche öffnete. Sie blieb stehen und atmete tief durch, ehe sie den großzügigen Raum betrat, dessen Mobiliar, soweit die Küchengeräte es erlaubten, wieder aus Zirbelholz gefertigt war – der erste Raum, den umzubauen sie sich gegönnt hatte, nachdem sie in dieses alte Bauernhaus eingezogen waren.

Alexander stellte den mit noch warmen Brötchen und Brezeln gefüllten Brotkorb auf den Tisch und trat neben sie.

„Wie schön, dass es diese Woche zumindest einmal klappt mit uns beiden“, sagte er und gab ihr einen innigen Kuss. Bei seiner Umarmung sog Sophia abermals die Luft tief in sich ein und entspannte sich mit jedem Ausatmen ein wenig mehr. Sie war hungrig und löste sich von Alexander, setzte sich auf ihren Lieblingsplatz auf der Holzbank, die sonst den Kindern vorbehalten war.

„Hast du ein neues Dirndl?“ Bewundernd musterte er ihre schlanke Gestalt.

Sophia strich zaghaft mit den Händen über das Kleid und betrachtete den hellblau schimmernden Stoff, ehe sie den Kopf hob.

„Wofür steht es?“, fragte er neugierig.

„Für Neuerungen.“ Sie blickte wieder an sich herunter. „Hoffe ich. Alles, was sonst in meinem Kleiderschrank hängt, fühlt sich irgendwie nach Muttersein an." Kurz vergewisserte sie sich, dass Alexander ihr zum Tisch folgte, den sie gedeckt hatte, während er die Brötchen holte. Er füllte den Kaffee in eine Thermoskanne und kam zu ihr. „Weißt du", griff sie den Faden wieder auf, „es läuft super in der Kita, ich kriege genug Schlaf, Hotel und Wohnungen sind gut gebucht, und ich habe engagierte Leute, auf die ich mich verlassen kann." Die Worte sprudelten nur so aus ihr heraus. „Aber jetzt möchte ich wieder mehr an mich denken, meine Projekte verwirklichen … Fast sechs Jahre später als geplant."

Alexander setzte sich ihr gegenüber auf den Stuhl und stellte die hellgrüne Thermoskanne in die Mitte des Tisches.

„Die Kinder haben dich ganz schön vereinnahmt die letzten Jahre. Das weiß ich." Er legte seine Hand auf den Tisch, und Sophia nahm sie, tat ihre in seine. „Und ich kann dir nur danken, dass du zurückgesteckt hast", fuhr er fort.

Sophia zog ihre Hand zurück und legte sie in ihren Schoß. „Ich möchte genau das aber nicht mehr", antwortete sie und knetete unter dem Tisch ihre Finger. „Weißt du, ich konnte meine Projekte bei Weitem nicht so voranbringen, wie ich es gewollt und vor allem gekonnt hätte."

Alexander nahm ein Brötchen. „Ich dachte, du hättest die Zeit mit den Kindern genossen."

„Habe ich auch. Aber anders als du."

„Wie meinst du das?" Er griff zu seinem Messer, ließ das Brötchen aber auf dem Teller liegen.

„Na ja, du hast den Feierabend mit den Kindern verbracht und vielleicht mal einen Tag am Wochenende", sagte sie, ohne die Stimme zu senken.

„Aber?"

„Der Alltag lag bei mir. Die ganze Verantwortung."

„Die Kinder sind doch fast den ganzen Tag in der Kita." Er stach das Messer in die Seite des Brötchens.

Sophia lachte höhnisch. „Aber die Verantwortung spüre ich in jedem einzelnen Moment. Außerdem ist fünfzehn Uhr nicht der ganze Tag."

„Hast du denn eine Idee, wie du daran etwas ändern könntest?", fragte er, während er sein Brötchen aufschnitt und aufmerksam den Käseteller begutachtete.

Sophia schenkte Kaffee ein und verspürte den dringenden Wunsch, einfach mal nur arbeiten zu dürfen. Theo nicht zum Inhalieren bringen zu müssen, weil er ständig erkältet war, nicht fürs Abendessen sorgen oder für die Nachmittage mit den Kindern etwas organisieren zu müssen, und zu allen Seiten von einem schlechten Gewissen geplagt zu sein: den Kindern gegenüber ebenso wie ihrem Beruf. Sie nahm einen Schluck Kaffee. Ihr Leben bestand aus nichts anderem als den Notwendigkeiten ihres Alltags. Am Abend war sie froh, wenn alles geklappt hatte und der Tag vorbei war. Mehr war da nicht.

„Denkst du gerade an dein Projekt?", drang Alexander weiter in sie.

„Hm?" Erst jetzt nahm sie ein funkelndes Strahlen in seinen Augen wahr.

„Dann hatten wir wohl gleichzeitig eine ähnliche Idee. Wie früher." Er lächelte, als er dies sagte, doch sie spürte in sich eine Anspannung wie bei einem Tier, das zur Flucht ansetzte. Aber dann erinnerte Sophia sich daran, dass sie nicht nur Mutter und Unternehmerin war, sondern auch Ehefrau.

„Woran denkst du genau?“, fragte sie und versuchte ihm in die Augen zu sehen, damit er ihren inneren Druck nicht spürte.

„Diesmal ist es nicht nur ein bisschen Land, das ich gern erwerben würde.“ Alexander nahm ein weiteres Brötchen, obwohl er das erste noch gar nicht gegessen hatte, schnitt es auf und reichte Sophia die untere Hälfte. „Ich habe gedacht, vielleicht investieren wir gemeinsam.“

„Wir haben unsere Geschäfte doch sonst auch immer getrennt gehalten“, gab Sophia schroffer als beabsichtigt zurück und betrachtete das halbe Brötchen auf ihrem Teller, während Alexander die Butter zu sich heranzog und begann, seins zu bestreichen.

„Ich weiß, aber es geht in diesem Fall um einen ganzen Hof – während ich eigentlich nur das Land brauche.“

Sophia nahm einen Schluck Kaffee und dachte kurz über die Neuigkeit nach. „Und da hast du gedacht, ich übernehme die Gebäude?“ Sie schob ihren Teller ein Stück weit von sich und stützte ihre Ellenbogen auf. „Welcher Hof ist es?“, fragte sie dann in ihrem neutralen Geschäftston.

„Der vom Huber.“

„Warum macht's der Sohn nicht?“

„Der Sohn lebt mit seiner Familie inzwischen in Köln und will nicht zurückkommen. Der Alte hat mich angerufen, es würde ohne Makler gehen.“

Sophia biss in ihr Käsebrötchen und kaute zu schnell, sodass sie sich verschluckte. Um Zeit zu gewinnen, nahm sie ein Zopfgummi aus der Tasche und band die Haare zurück, bevor sie fragte: „Ist das Haus denn noch zu gebrauchen?"

„Ich bin mir nicht sicher. Du solltest es dir ansehen."

„Der Blick von dort auf die Berge ist schön." Sie biss ein weiteres Mal von ihrem Brötchen ab und nahm einen Schluck Kaffee dazu. „Wenn sich aus dem Haus noch etwas machen lässt, könnten wir darüber reden." Sie lächelte Alexander aufmunternd zu.

„Dann bist du auf immer an mich gebunden", sagte er fröhlich und griff erneut ihre Hand. Jetzt lachte Sophia, und sie begannen, Pläne zu schmieden. Nachdem ein erster Preis besprochen war, den zu zahlen sie anbieten würden, sah Sophia auf die Uhr.

„Du musst los", stellte Alexander fest, Sophia zuckte mit den Schultern und deutete ein Kopfschütteln an.

„Was gibt es denn bei dir? Du hast doch nicht ohne Grund dieses Dirndl an", hakte er beharrlich nach.

„Na ja, ich wollte mich heute eigentlich um das Café-Projekt kümmern. Endlich anfangen, einen Businessplan zu schreiben." Sophia stellte ihre leere Kaffeetasse bestimmt vor sich auf den Tisch. Alexander erinnerte sich an Benedikt, den er ihren „alten Bekannten" nannte, doch auf seine Frage, ob sie schon Kontakt zu ihm aufgenommen hatte, wandte Sophia ein, sie hätte schon lange nichts mehr von ihm gehört. „Triff dich mit ihm und frag ihn aus. Etwas Besseres kann dir doch gar nicht passieren als jemanden an der Hand zu haben, der sich mit dem Café-Geschäft so gut auskennt."

Sophia blickte nun ihren Mann an. „Ich habe ihn nicht mehr an der Hand und weiß gar nicht, ob Benedikt bereit ist, sich mit mir zu treffen."

Alexander lachte. „Wer würde dich nicht gerne wiedersehen?!" Er stupste sie am Arm. „So zögerlich kenne ich dich gar nicht. Du hattest doch so lange mit ihm Kontakt. Was machen da die paar Jahre, die ihr euch nicht gesehen habt?"

Sophia nickte langsam. „Und wer kümmert sich um die Kinder, wenn ich in Nürnberg bin?"

„Es ist doch nur für einen Tag, oder vielleicht zwei. Da sollte sich eine Lösung finden lassen."

„Benedikts Mutter wohnt am Chiemsee. Ich könnte ihn sicher auch dort treffen und gleichzeitig Opa besuchen", überlegte sie sich ein zusätzliches Argument.

„Na wunderbar." Alexander schob ihr das Handy hin und nickte ihr aufmunternd zu, doch Sophia schob es zur Seite, nuschelte „später" und stand auf.

„Ich muss jetzt wirklich los", sagte sie, gab Alexander einen schnellen Kuss auf die Wange und entglitt ihm, bevor er sie nochmals umarmen konnte. Je mehr sie sich ihrem Auto näherte, desto stärker wurden die Krämpfe im Magen, die sich immer regten, wenn sie etwas unternehmen wollte, von dem sie nicht überzeugt war. Normalerweise hörte sie auf dieses Gefühl, doch diesmal schob sie es beiseite. Wenn sie das Café-Projekt nicht endlich vorantrieb, würde wieder etwas dazwischenkommen. Wie schnell waren die Jahre verflogen! Tatendurstig und widerwillig zugleich startete sie das Auto, dessen Bluetooth sich sofort mit ihrem Handy verband. Auf dem

Beifahrersitz lag die Liste mit den Telefonnummern, die sie anrufen musste. Sie hatte hier inzwischen ihren festen Platz.

Sophia prüfte die Uhr auf der Anzeige. Halb zehn. Sie hatte alle Zeit der Welt, die Nummern auf ihrer Liste durchzutelefonieren. Und sich bei Benedikt zu melden.

„Stell dich nicht so an", rief sie sich selbst zur Räson, „es ist nur ein Telefonat mit einem alten Bekannten, den du lange nicht gesprochen hast. Nichts weiter." Sie fuhr auf der schmalen Straße, die kaum ein Tourist je benutzte, rechts an den Rand, setzte den Blinker und googelte „Kaffeeküche Nürnberg". Schnell fand sie die Telefonnummer der Zentrale und drückte auf „Anruf". Als es klingelte, fuhr sie bereits weiter, denn die Konzentration auf den Straßenverkehr beruhigte sie.

„Guten Morgen in den Kaffeeküchen. Mein Name ist Louise Schiefer?"

Sophia bog nach links in eine weitere schmale Straße, die durch bunt blühende Wiesen führte.

„Guten Morgen. Wie kann ich Ihnen helfen?", wiederholte die sympathische Stimme. Ob Benedikt sie eingestellt hatte?

„Ich hätte gern Herrn Moser gesprochen", sagte Sophia geistesabwesend. „Sophia Brunner mein Name."

„Darf ich fragen, worum es geht?"

Sophia stockte, für einen Moment rang sie um Atem, doch dann meldete sich klar und deutlich die Geschäftsfrau in ihr und erinnerte sie an ihr Hotel und die Ferienwohnungen, die zwei Kinder, manchmal auch den Hof, was alles sie managte. Während das hier nur ein Anruf war, noch dazu bei jemandem, den sie schon ihr halbes Leben lang kannte.

„Gern. Ich rufe aus einem privaten Grund an." Sie öffnete das Fenster und atmete die würzige Sommerluft ein.

„Ich stelle Sie durch, einen schönen Tag noch!"

„Danke, das wünsche ich Ihnen auch." Während Sophia bei quälend harmonischer klassischer Musik in der Warteschleife hing, schluckte sie so schnell hintereinander, dass ihr kurz die Luft wegblieb ... und da hörte sie schon seine Stimme, während sie unvermittelt Gas gab.

„Sophia? Das ist ja eine Überraschung!"

„Ich weiß", sagte sie vorsichtig und zugleich bemüht, ihren Worten Festigkeit zu verleihen.

„Wie lange haben wir nichts mehr voneinander gehört? Fünf Jahre?"

Sophia fuhr langsamer und bog in eine Feldeinfahrt.

„Geht es dir gut?", schob Benedikt hinterher, um das Schweigen zu brechen, als Sophia endlich den Motor abstellte.

„Ja, danke, und dir?" Seine freundliche, aber distanzierte Stimme verunsicherte sie, hatte sie doch sonst immer genau spüren können, wie er sich fühlte. Doch jetzt war da nichts, und Benedikts Gesichtsausdruck konnte sie sich nicht vor Augen führen, wusste nicht, wie seine Körperhaltung war oder ob er gerade auf seiner Schreibtischunterlage herummalte.

„Du rufst das erste Mal hier im Café an. Hat das einen bestimmten Grund?"

Sie brauchte einen Moment, bis ihr Kopf wieder klar war. „Ja. Ich möchte mein Hotel um ein Café erweitern und dachte mir, dass es wohl niemanden gibt, den ich besser um Rat fragen könnte als dich."

„Das ehrt mich sehr. Auch wenn ich mir kaum vorstellen kann, dass du von mir einen Rat benötigst."

„O doch, jede Menge."

„Was würdest du denn wissen wollen?"

„Tja …" Sie schwieg einen Moment und betrachtete die vor dem ersten Schnitt so farbenprächtige Sommerwiese. So intensiv würde sich die Blüte dieses Jahr nicht mehr wiederholen, denn die meisten Blumen und Kräuter hatten bis zur nächsten Mahd nicht genügend Zeit, um so hoch nachzuwachsen.

„Tja?"

„… weil ich dir das so genau gar nicht sagen kann. Ich bin gerade dabei, ein Konzept für ein Café zu erarbeiten und möchte es mit dir durchgehen. Würdest du dich mal mit mir treffen?" Sie startete wieder den Motor und fuhr rückwärts auf die Straße zurück, dort blieb sie erneut stehen. Tat sie das Richtige?

„Warum nicht. Wo denn?", hatte Benedikt bereits geantwortet, bevor sie ihren Zweifeln weiter nachgehen konnte und schlug ihm ein Treffen am Chiemsee vor. Sie stellte die Gangschaltung auf „P" und überlegte kurz, ob sie das Treffen noch eine Weile hinauszögern sollte. „Nein!", dachte sie, als ein vorbeifahrendes Auto sie anhupte, weil sie ohne Blinker einfach mitten auf der Straße stehen geblieben war. „Ich muss mein Projekt endlich voranbringen." Sie verabredeten einen Termin für die kommende Woche in Prien, Sophia trug ihn in ihren Kalender ein, stellte die Schaltung auf „D" und gab Gas. Nachdem sie aufgelegt hatten, wählte sie die Nummer ihres Großvaters.

„Hallo Opa!"

„Hallo, mein Liebes! Du klingst fröhlich heute."

„Bin ich das nicht immer?"

„Doch, aber heute besonders. Gibt es einen Grund?"

„Ich komme dich nächste Woche besuchen. Ganz allein."

„Wie schön! Nur wir zwei – das hatten wir schon lange nicht mehr."

Sophia hörte, wie Georg die Tür zur Terrasse öffnete, und hatte plötzlich den Garten mit seinen vielen Büschen und Verstecken vor Augen, wo sie sich vor der Welt verkriechen konnte und immer so geborgen fühlte. Wie viele glückliche Kindertage hatte sie hier verbracht! „Ja, das hätten wir schon viel früher machen sollen."

Ihr Großvater ließ einen kleinen Moment verstreichen, ehe er antwortete.

„Bist du geschäftlich hier?"

„Ja, auch. Ich treffe mich mit Benedikt, weil ich endlich mit meiner Café-Idee weiterkommen möchte. Er kann mir sicherlich ein paar hilfreiche Tipps geben. Erinnerst du dich an ihn?"

„Ja, natürlich. Aber bist du sicher, dass er als dein Berater der Richtige ist?"

„Ich kenne niemanden sonst mit Erfahrung in diesem Bereich."

„Warum brauchst du überhaupt Unterstützung? Immerhin managst du ein Hotel, das erfolgreich läuft.

Dann wirst du doch auch ein Café allein zum Laufen bringen."

„Beim Hotel hast du mir geholfen."

Sie fuhr auf den Parkplatz des Apartmenthauses am Mühlenhang und stellte den Motor ab.

„Stimmt, finanziell."

„Nicht nur. Auch dein Knowhow war wichtig." Sie kramte den Autoschlüssel aus der Mittelkonsole.

„Mir ging es vor allem darum, mein Geld gut anzulegen. Das schien mir bei dir der Fall zu sein."

Er machte eine Pause, und Sophia begleitete in Gedanken seinen Blick an den prächtigen Rosenbüschen vorbei zum alten Zwetschgenbaum, von dessen Früchten die Großmutter bis zu ihrem Tod den leckersten Kuchen gebacken hatte. Heute stand an seinem Stamm eine schmale Bank.

„Wann hast du Benedikt zuletzt gesehen? Er war sehr verliebt in dich", kommentierte Georg in die Stille hinein.

„Ja, das war er wohl", sagte sie und sah Benedikt noch bei ihrem Großvater am Tisch sitzen. Eigentlich hatten sie ausgehen wollen, und er wartete nur auf sie. Doch stattdessen nahmen sie die Einladung des Großvaters zum Essen an, verschoben ihr Vorhaben tanzen zu gehen immer wieder auf später, bis sie ganz beim Großvater blieben und den Abend noch zusammen saßen, nachdem er lange zu Bett gegangen war.

„Soll ich uns noch einen Wein besorgen?", fragte Benedikt, als er die leeren Gläser bemerkte. „Georg hat mir vorhin gezeigt, wo ich Nachschub finde."

„Ah! Er hat dich sogar schon in die Geheimnisse seines Weinkellers eingeweiht?“, scherzte Sophia damals, und Benedikt antwortete mit einem Lächeln.

„Ihr seid eine tolle Familie“, sagte er dann, stand auf und trat neben Sophia, legte ihr eine Hand auf die Schulter. Sie sah zu ihm hoch, ohne sich zu regen, und spürte unmittelbar seine Wärme, seine ihr zugewandte Stärke und Kraft, als er ihre Hand fasste. Doch sie konnte die Berührung nicht erwidern, irgendetwas hinderte sie, und mit einer schnellen Bewegung befreite sie sich aus seinem Griff.

Benedikt nahm den Blick von ihr und ging in Richtung Keller.

„Warum hat dein Großvater sein Hotel eigentlich verkauft?“, fragte er, als er schließlich mit frisch gefüllten Weingläsern wieder an den Tisch kam.

„Es hat nicht mehr zu seinem Leben gepasst. Er hat es zusammen mit meiner Großmutter aufgebaut, und nach einigen Jahren wollte er es alleine nicht mehr führen, nachdem sie gestorben war. So hat er es mir zumindest erklärt.“

„Wollte er das Hotel nicht für dich erhalten? Damit du es weiterführen könntest, wenn du es wolltest?“

„Ich war damals noch zu jung, um auf diese Karte zu setzen.“

Benedikt griff nun wieder nach ihrer Hand, ohne seinen Blick von ihr zu wenden. Seine grünen Augen drangen tief in sie hinein. Wie ein sich in Lehm fressender Wasserstrahl, der die Kraft hatte, Neues zu formen und Altes zu zerstören.

„Deine Stimme hat sich gerade verändert. Hart und unnahbar klingt sie plötzlich", sagte er sanft. „Ich würde so gerne wissen, warum das so ist."

Sie sprang auf, das Glas in der Hand, und stellte es klirrend auf dem Tresen ab. Sie hatte nicht bemerkt, wie Benedikt zu ihr getreten war, den Blick noch immer ruhig auf sie gerichtet. Aber plötzlich spürte sie seine Intensität und konnte nur auf ihr Glas, dann auf den Boden starren. Sie wollte weg, seiner Nähe entkommen – und zugleich bei ihm sein.

Benedikt beugte sich zu ihr, plötzlich war seine Hand bei ihrem Gesicht, und sanft drückte er ihr Kinn nach oben, sodass sie ihn ansehen musste.

Warum kann ich ihn nicht einfach küssen, anstatt mich so mädchenhaft schüchtern zu verhalten?, dachte sie. Machen doch alle anderen auch. Sie hob kurz den Blick, um ihn sofort wieder zu senken, und dachte angestrengt über ihre Verstocktheit nach. Warum war da diese Wand, an der sie ihn immer wieder abprallen ließ, wo war die Leichtigkeit einfach hinüberzufliegen, die ihr sonst im Leben so oft in schwierigen Situationen weiterhalf?

„Heirate mich", sagte er da plötzlich.

Da hatte Sophia sich wiedergefunden und lachte alle Schwere aus ihrem Körper, trat einen Schritt zurück, und endlich fielen ihr auch wieder Worte ein.

„Du kennst mich nicht viel besser als an dem Abend, als wir uns zum ersten Mal begegnet sind, und nun fragst du mich das schon wieder."

„Ich brauche dich nicht näher zu kennen." Er nahm ihre Hände in seine, verschränkte seine Finger mit ihren.

Fest, aber doch locker genug, dass Sophia sich aus seinem Griff hätte lösen können. „Keine andere Frau möchte ich heiraten", fuhr er fort, und erneut legte sich die Ernsthaftigkeit seines Begehrens wie Blei auf Sophias Gemüt. „Ich muss dich noch nicht einmal küssen", sagte er schließlich, „um sicher zu sein, dass deine Küsse die besten meines Lebens sein würden."

Sie waren Anfang zwanzig, woher nahm er die Gewissheit, in ihr der Frau seines Lebens begegnet zu sein?

„Weshalb auch immer du das weißt, ich möchte jetzt ins Bett", sagte sie mit gepresster Stimme, ohne seine Hand loszulassen.

Benedikt nickte, nahm sein Glas und stellte es neben das Waschbecken, bevor er sich anschickte, die Küche zu verlassen. Kein weiteres Flirten, keine Einwände. Erst als er sie zum Abschied nochmals umarmte, löste er seine Hand aus der ihren.

Sophia tauchte aus der Erinnerung an die Intimität ihrer Berührung auf und brauchte einige Sekunden, ihrem Großvater auf seine Frage zu antworten, wann sie Benedikt zuletzt gesehen hatte.

„Es ist lange her", erwiderte sie langsam und sah sich um. Sie stand vor ihrem Apartmenthaus am Mühlenhang. Ein dreistöckiges weiß getünchtes Haus mit Balkonen aus hellgebeiztem Holz, an denen üppige Blumenmeere wucherten. Es gehörte ihr, sie war dafür verantwortlich, wie auch für das kleine Hotel und bald für ihr Café. Doch sie war nicht nur Unternehmerin. Sie war auch verheiratet und Mutter zweier Kinder.

„Er ist ein netter junger Mann."

„So jung inzwischen auch nicht mehr, wir werden alle älter."

Ihr Opa lachte leise, fast klang es wie das schüchterne Kichern eines Jungen.

„Das vergesse ich immer." Er kicherte wieder. „Wann genau kommst du?"

„Mittwochvormittag. Ich werde hier sehr früh losfahren und nehme mit dir mein zweites Frühstück? Ich treffe mich erst gegen Mittag mit Benedikt."

Als sie sich verabschiedet hatten, stieg sie aus dem Auto und tat noch ihren Notizblock in die Tasche, in dem sie immer alles Mögliche aufschrieb, spontane Beobachtungen oder flüchtige Gedanken, die sie sonst wieder vergessen würde. An diesem Tag notierte sie Fragen, die sie Benedikt stellen wollte und später im Hotel nochmals überarbeitete. Was lief bei ihm gut, was schlecht, welche Einrichtung würde er für ihre Region wählen? Traditionell? Oder mit einem modernen Touch? Wie groß waren die Anteile von Süßem und Herzhaftem im Angebot, wie viele regionale Spezialitäten sollte sie anbieten … den ganzen Tag zog es sie in den großen Raum, wo bisher das Frühstück serviert wurde, und immer fiel ihr noch etwas ein, das sie vorher nicht bedacht hatte. Erst am späten Nachmittag klappte sie den Notizblock zu und fuhr nach Hause.

Alexander hatte die Kinder bereits aus der Kita abgeholt und sie mit alten, an den Knien schon löchrigen Jeans und T-Shirts stalltauglich angezogen. Sophia war früh genug zurück, um mit ihnen gemeinsam in den Kuhstall zu gehen. Sie tauschte ihr Dirndl gegen Jeans und T-Shirt und folgte in Gummistiefeln ihrer Familie.

Als sie in den Stall kam, hatten Michel und Theo ihre Kinderforken in den Händen und standen am Tor, um die Kühe hereinzuwinken, wenn die Stallknechte die Herde nach Hause trieben.

„Wollen wir zu den Kälbern gehen, solange sie noch nicht hier sind?"

„Ja!", schrien die beiden wie aus einem Mund, drehten sich um und rannten um den Stall herum zum Kälberstall, während Sophia die achtlos hingeschmissenen Forken aufhob und an die Wand stellte. Über ein halbe Stunde dauerte es, bis sie das ersehnte „Hopp! Hopp!" der Männer hörten. Heute waren sie spät dran, warum auch immer. In der Zwischenzeit versuchte Sophia sich um die Kinder zu kümmern und ganz für sie da zu sein, während sie zugleich den Kopf noch voll hatte mit unerledigten Telefonaten und immer wieder über das bevorstehende Treffen mit Benedikt nachdachte. Sie wollte klug ihre Fragen stellen und nicht unsicher wirken.

Als endlich die Kühe am Ende der Straße, die zum Hof in eine leichte Kurve einschwenkte, zu sehen waren, seufzte sie innerlich und lauschte gemeinsam mit ihren hippelnden Söhnen dem gemächlichen Getrappel der Tiere, das hin und wieder von einem Muhen unterbrochen wurde. Sie wünschte sich die Zeit zurück, als sie von der Anmut der Kühe, die scheinbar gleichgültig einen Huf vor den anderen setzten, während sie zur Weide liefen oder zurück in den Stall, noch so fasziniert gewesen war, dass sie die ganze Welt darüber vergessen hatte. Doch erst als die Kinder zu ihrem Vater in die Milchkammer gerannt waren und nachdem sie die Stalltür hinter der letzten Kuh geschlossen hatten, fand sie diese Ruhe wieder. Sie zog einen der Strohballen, die neben dem Tor gestapelt waren, herunter und ließ sich mit einem tiefen Seufzer darauf fallen. Erst eine halbe Stunde später fand sie die Kraft sich aufzuraffen und ihren Alltagspflichten nachzukommen. Sie musste das Essen richten.

Als sie aus dem Stall trat, schlug ihr der Duft der inzwischen abgekühlten Abendluft entgegen, eine Mischung aus Lavendel, Rosen und frischem Gras. Vor der Haustür hielt sie kurz inne und lauschte den Amseln, die aus den Büschen ihr Lied zwitscherten, und entschied, diesen Moment des Tages, den sie nur für sich hatte, zu nutzen. Das Abendessen konnte noch etwas warten. Sie wandte sich um und lief schnurstracks auf den neuen Fendt zu, der mit angekoppeltem Mähwerk und integriertem Auffangkorb schon vor der Scheune bereitgestellt war, um Frischfutter für die Kühe zu holen, die nicht auf die Weide durften. Sein Motor schnurrte wie ein Kätzchen, als sie ihn anließ, lief leise und gleichmäßig. Schwungvoll nahm sie auf dem weichen, breiten Sessel Platz, rollte vom Hof und erreichte bald eine Geschwindigkeit von vierzig Stundenkilometern, sodass es nicht lange dauerte, bis sie bei der Wiese anlangte, deren erste Reihen bereits am Vortag gemäht worden waren. Still lag sie im Abendlicht, bunt leuchteten die Kräuter und Blumen. Sophia ließ das Mähwerk herab und fuhr langsam parallel zum

Zaun. Als Beifahrer wäre sie von dem gleichmäßigen Geruckel des Treckers sofort eingeschlafen, doch jetzt beruhigte es sie nur.

Erst als sie genug Gras gemäht hatte, damit der kleine Ausflug sich auch lohnte, begannen ihre Gedanken wieder um das bevorstehende Treffen mit Benedikt zu kreisen. War es richtig? Würde sie geschäftlich davon profitieren? Während des gesamten Abends dachte sie darüber nach und auch die nächsten Tage überlegte sie immer wieder, ob sie die richtige Entscheidung getroffen hatte.

Als sie nach gut drei Stunden Fahrt endlich in Prien angekommen war, freute sie sich auf ein ausgedehntes Frühstück mit ihrem Großvater.

„Was gibt es bei dir Neues?", fragte sie schließlich, nachdem sie eine Weile zusammengesessen und sie eigentlich nur von sich erzählt hatte.

„Ach, ich bin nicht mehr so viel unterwegs", sagte er. „Ich genieße es inzwischen sehr, zu Hause zu sein." Georg stand auf und öffnete die Terrassentür.

„Bist du noch im Hotelgeschäft tätig?"

„Ich berate noch ein paar Manager, die ich seit vielen Jahren kenne. Ich kann sie nicht einfach abweisen, wenn sie mit Fragen zu mir zukommen."

Sophia trat zu ihrem Großvater und legte ihre Hand auf seinen Arm. „Willst du nicht trotzdem langsam aufhören? Du bist nun über achtzig …"

Da drehte Georg sich abrupt zu ihr hin, und seine Stimme hatte wieder ganz ihre alte Festigkeit gewonnen. „Willst du nicht bei mir mit einsteigen?", fragte er.

„Ich glaube nicht, dass ich das kann. Ich habe selbst mein kleines Hotel und ein paar Ferienwohnungen", antwortete Sophia, nachdem sie an ihm vorbei auf die Terrasse getreten war und ihr Gesicht in die Sonne hielt.

„Ich glaube doch. Und ich lag noch nie daneben, was deine Fähigkeiten angeht. Oder meinst du, ich hätte fast mein gesamtes Kapital in deine Häuser gesteckt, wenn ich nicht an dich geglaubt hätte?"

„Ich bin deine Enkelin …"

„Das hätte nicht gereicht. Du musstest gut sein, sehr gut sogar. Wahrscheinlich besser als jemand, mit dem ich nicht verwandt gewesen wäre."

Sophia lächelte. „Danke, Opa. Es tut gut, das zu hören."

„Du weißt, wie ich denke." Er hatte sich wieder an den Tisch gesetzt, machte es sich in seinem dunkelgrauen Polyrattan bequem und bedeutete Sophia, ihm zwei rote Kissen zu reichen, die neben der Terrassentür gestapelt lagen.

„Es ist nicht immer leicht, von etwas zu leben, das man sich nicht selbst erarbeitet hat", sagte sie.

„Du hast das Geld doch nur als Grundlage bekommen, den Gewinn erwirtschaftest du selbst, und du stehst gut genug da, um davon zu leben und die nächste Immobilie selbst kaufen zu können", gab er zu bedenken und lehnte sich in seinem Stuhl zurück.

„Ich weiß. Aber du hättest dir einfach ein größeres Haus kaufen können, anstatt das Geld mir zu geben. Eines mit Seezugang zum Beispiel", wandte Sophia ein. Da erzählte der Großvater von ihrer Oma Magda, an die Sophia sich nur schwach erinnern konnte, weil sie so früh gestorben war. Ohne sie hatte er sich nicht vorstellen können, nochmals in ein anderes Haus umzuziehen. Doch ehe er weiter in seine Erinnerungen eintauchen konnte, unterbrach Sophia ihn schweren Herzens.

„Ich muss mich langsam fertigmachen."

„Wo trefft ihr euch?"

„Am Markt beim Weber. Ich räum nur eben den Tisch ab."

In seiner charmanten und direkten Art hielt er sie davon ab und schlug Sophia stattdessen vor, sie zu ihrem Treffen zu fahren und sich hinterher in Ruhe ums Aufräumen zu kümmern. Schließlich mache sie das zu Hause mehrmals am Tag, und eine Auszeit würde ihr sicher guttun, bemerkte er noch.

Am Marktplatz angekommen wurde sie von ihrer eigenen Aufregung überrascht. Die ganzen Tage hatte sie dieses Gefühl gut unterdrückt, doch plötzlich empfand sie es so intensiv, dass sie sich kaum richtig von Georg verabschieden konnte. Doch er tätschelte ihr die Hand, wünschte „viel Erfolg" und ließ Sophia keine Wahl als auszusteigen, da er mit laufendem Motor mitten auf der Straße angehalten war und gleich weiterfahren musste.

„Es ist ein Geschäftstermin, nichts weiter", beruhigte sie sich. „Wir treffen uns am Mittag, und alle wissen davon." Als sie vor dem Eingang des Cafés stand, wo sie verabredet waren, war die enorme Nervosität, die sie kurz zuvor noch empfunden hatte, einer vergleichsweise harmlosen Aufregung gewichen.

Sophia trat ein und wurde von einem Duftgemisch aus Kartoffelsuppe und Kaffee empfangen, begleitet vom geschäftigen Gemurmel der zahlreichen Gäste, die hier zum Mittag eingekehrt waren. Benedikt saß in der Ecke an einem etwas abseits stehenden Holztisch, wo sie ungestört würden miteinander reden können.

Er stand auf, als er sie sah, und fuhr sich durch die inzwischen an den Schläfen leicht ergrauten Haare, die er bis über die Ohren trug, länger als früher. Sophia blieb stehen, noch bevor sie ganz bei ihm war. Ein bisschen dicker war er geworden, vielleicht auch nur nicht mehr so durchtrainiert. Doch seine feinen Gesichtszüge, die die dunkle Linie seiner Augenbrauen etwas abmilderten, hatten sich nicht verändert. Sophia trat die letzten Schritte auf ihn zu und nahm ihn in den Arm.

„Schön, dich zu sehen", flüsterte Benedikt ihr ins Ohr, noch während sie sich umarmten, und als sie dann voreinander standen und er sie nochmals musterte, konnte er sich ein „Wow, siehst du gut aus" nicht verkneifen.

„Danke, du auch", gab sie vorsichtig zurück und fühlte sich plötzlich um Jahre zurückversetzt. Das Kompliment brachte sie ganz durcheinander. „Hast du schon etwas bestellt?", fragte sie daher schnell.

„Nein, ich habe auf dich gewartet."

Als sie sich hingesetzt hatten, nahm Sophia die Karte und wählte zunächst einen Tee. „Isst du was?", fragte sie und betrachtete Benedikt ausgiebig, suchte vergeblich das bedrohliche Gefühl, das die Treffen mit ihm früher so oft begleitet hatten. Benedikt hielt ruhig ihrem Blick stand und schüttelte lächelnd den Kopf.

„Nein, und du kannst jetzt aufhören, mich anzugucken, als wäre ich aus einer anderen Welt."

Sophia räusperte sich verlegen und bedeutete der Kellnerin, bestellen zu wollen. Wortlos warteten sie, bis sie an ihren Tisch kam, und gaben die Bestellung auf.

„Also, du möchtest ein Café aufmachen", brach Benedikt das Schweigen, als die Kellnerin gegangen war, und sah sie erwartungsvoll an.

„Ja, in meinem Hotel." Sophia begann ihren Plan zu erläutern, zog ihren Zettel aus dem Terminkalender, wo sie alles notiert hatte, und ging ihn Punkt für Punkt durch. Währenddessen schaute er sie immer wieder an, mal mit dem Blick eines Mannes, der Geschäfte besprach, dann eines Fremden, der eine attraktive Frau ansah, und schließlich als der Benedikt von früher.

Motivierter denn je trug sie ihre Idee vor und dachte endlich einmal nicht an ihre Pflichten als Mutter und Ehefrau. Ganz frei fühlte sie sich, richtete sich von Satz zu Satz ein wenig mehr auf, und während sie begeistert von Ihren bestehenden Plänen erzählte, fanden schon neue Ideen den Weg in ihre Gedanken, die mühelos in ihr Konzept einflossen. Ihr Tee, noch mit Beutel im Wasser, war inzwischen kalt geworden, während Benedikt seinen zweiten Kaffee geordert und getrunken hatte. Jetzt war sie fertig und lehnte sich strahlend in ihrem Stuhl zurück, um sich gleich darauf kurz vorzubeugen und Benedikts Hand zu drücken.

„Ich danke dir, dass du dir das angehört hast." Doch schon erschrak sie über sich selbst und zog die Hand schnell zurück. Benedikt betrachtete für einen Moment lächelnd seine Hand, auf der gerade noch die ihre geruht hatte, ehe er kaum wahrnehmbar den Kopf schüttelte und sich wieder Sophia zuwandte.

„Sehr durchdacht", sagte er anerkennend, „aber ich habe von dir nichts anderes erwartet." Er bestellte für Sophia einen frischen Tee und für sich selbst ein Wasser, dann fuhr er fort: „Ich kann dir anbieten, dass du dich bei uns mal in Ruhe für ein paar Tage umsiehst. Jede Filiale ist ein bisschen anders, das Angebot ist individuell auf die Nachfrage abgestimmt. Der Anteil von herzhaft und süß wird dem Wetter entsprechend angepasst ..."

„Meinst du das ernst?" Am liebsten hätte sie noch einmal seine Hand gedrückt oder ihn gleich ganz umarmt, aber sie hielt sich zurück.

„Ja."

In ihrem Kopf tauchten Alexander und die Kinder auf, wie sie abends alle drei auf dem Sofa schliefen. „Ich weiß nicht. Du hast mir heute schon sehr geholfen."

Nun beugte sich Benedikt weit über den Tisch zu ihr vor und seine Augen versanken für Momente in ihrem Blick, bis die Kellnerin kam und die Getränke brachte.

„Bisher habe ich gar nichts getan. Nur zugehört", sagte er und musterte sie. „Was hält dich zurück? Du kannst aus meinen Erfahrungen und Fehlern nur lernen."

Sophia starrte auf die Holzmaserung vom Tisch. Diese sich unaufdringlich einschleichende Macht seiner Anwesenheit über ihre Gefühle hatte sie von Anfang an gespürt und immer wieder aus der Bahn geworfen, hatte ihre Fähigkeit zu denken eingeschränkt und führte auch jetzt dazu, dass sie nur flach atmen konnte. Doch anders als früher schoben sich ihre Gefühle für Alexander wie ein Bollwerk schützend vor die Intensität von Benedikts bis in ihre Seele dringenden Blicks.

„Nichts. Ich nehme das Angebot gern an", sagte sie, während sie den Teebeutel mit dem Löffel in das heiße Wasser drückte. Gleichzeitig zückten beide ihre Handys, um nach möglichen Terminen zu suchen. Sophias Frage nach dem Befinden seiner Mutter beantwortete er nur kurz, und als das Gespräch auf seine weitere Familie zu schwenken drohte und damit unweigerlich auch auf seine Frau, wechselte er abrupt das Thema.

„Was ist mit deinem Opa? Wie geht es ihm?"

„Georg arbeitet immer noch, aber nicht mehr viel, nur wozu er wirklich Lust hat. Alles andere hat er abgegeben."

„Das ist doch super! Unglaublich, wie fit er noch ist!"

„Stimmt. Vorhin hat er mich gefragt, ob ich nicht bei seiner Beratungsfirma einsteigen möchte."

„Wow, du musst gut sein, er setzt große Stücke auf dich."

Sophia zuckte mit den Schultern. „Keine Ahnung. Ich versuche so zu arbeiten, dass ich mir sicher bin, es nicht besser zu können. Und immer etwas dazuzulernen."

Benedikt nickte und leerte den letzten Tropfen der Wasserflasche in sein Glas. „Mach ich auch so."

Da war es wieder, das Gefühl, einander auch ohne Worte zu verstehen, das Gleiche vom Leben zu wollen und vom anderen zu erwarten – und alles dafür zu tun, dass es sich im Miteinander richtig anfühlte. Sie saßen da, keiner sagte etwas. Allzu gern hätte Sophia Benedikt gefragt, ob er glücklich war, doch sie verkniff es sich.

„Fährst du gleich noch zu deiner Mutter?"

„Ja, das habe ich vor."

„Siehst du sie oft? Sie freut sich bestimmt."

„Da bin ich nicht sicher. Wir haben nicht das beste Verhältnis."

„Warum? Weil du die Läden deines Vaters übernommen hast?"

„Wie kommst du darauf?" Sein Blick distanzierte sich, wurde angriffslustig.

„Na ja, sie ist nie über die Trennung von deinem Vater hinweggekommen, und zwischen euch beiden herrschte immer eine gewisse Distanz. Dann hast du die Cafés deines Vaters übernommen. Ist doch eigentlich logisch, dass sie das nicht gut findet."

Anstatt zu antworten, gab Benedikt der Kellnerin ein Zeichen, zahlen zu wollen. Für ihn schien das Gespräch beendet und er machte nur noch ein paar kurze Bemerkungen zum Wetter, als er schon aufstand, im Stehen zahlte und Sophia schließlich anbot, sie zu ihrem Großvater zu fahren.

Auf dem Weg zum Auto ging er so dicht neben ihr, dass sich ihre Schultern berührten.

„Schön, dich nach so vielen Jahren mal wieder getroffen zu haben", sagte Benedikt und stupste sie dabei ein wenig in die Seite. Er zog seine dünne Jacke aus und hängte sie sich über die Schulter. Nach einigen erst zögerlichen Schritten lockerte er sich bald und schritt immer schneller, schwungvoller aus. Sophia widerstand dem Drang, es ihm gleichzutun, und blickte ihn lediglich einmal von der Seite an, ging ansonsten schweigend neben ihm her zu seinem Auto.

„Danke, dass du dir Zeit für mich genommen hast", sagte sie, nachdem Benedikt vor dem Haus ihres Großvaters gehalten hatte. Als er sie verschmitzt ansah, begann Sophias Herz zu pochen und schlug lauter, als ihr lieb war. Aber zum Glück hörte er das nicht. Schnell wollte sie zum Abschied kurz seine Hand streifen, doch Benedikt stellte die Warnblinkanlage an und stieg aus. Sie war nicht sicher, ob sie noch wissen wollte, wie sich sein Griff bei einer Umarmung anfühlte oder vielleicht verändert hatte. Aber als er seine Arme ausbreitete, war da gleich wieder diese starke Vertrautheit von früher, und eine Sehnsucht. Sie wollte sich an ihn schmiegen und seine Wärme aufsaugen wie ein Schwamm, der lange kein Wasser mehr bekommen hatte. Doch es ging nicht, ihre Umarmung war nicht mehr selbstverständlich. Sophia verkrampfte innerlich und löste sich schnell von ihm. Sein weicher, hoffender und etwas fordernder Blick von früher wandelte sich, wurde starr und unbeweglich. Viel zu hastig sagte er „Tschüss", hob die Hand, als würde er sich von einem Geschäftstermin verabschieden, stieg ins Auto und fuhr los.

Mit einer Mischung aus Bedauern und der Vorfreude auf ihr nächstes Treffen in Nürnberg sah Sophia ihm einen Moment hinterher.

7

„Wie war dein Termin?“, fragte Anne, als Benedikt sie am Abend aus dem Gästezimmer seiner Mutter anrief. Während er Gerda durch die offene Tür in der Küche werkeln hörte, stand er vor dem Spiegel und war noch ganz benommen. Seine Augen offenbarten alles, was er empfand, tiefste Verwirrung, ein buntes Spiel der Farben in seinem Kopf.

„Gut“, antwortete er kurz und tupfte sich das Wasser, mit dem er sein Gemüt zu kühlen versucht hatte, mit einem der weichen weißen Handtücher ab, die seine Mutter stets auf einem Stapel in dem an das Gästezimmer angrenzenden Bad drapierte.

„Konntest du ihr helfen?“

„Ich denke.“ Er trat ins Zimmer, streifte mit seinem Blick das Bett mit der schweren Tagesdecke und den Kissen am Kopfende, dann den Bildband über die Chiemsee-Region auf dem Nachtisch. Sogar einen Wasserkocher und eine Auswahl an Teesorten gab es auf einer hölzernen Anrichte in der kleinen Sitzecke, wo er sich in den opulenten Sessel fallen ließ.

„Und wie war es, sie nach so langer Zeit wiederzusehen?“

„Es kam mir nicht so vor, als hätten wir uns so lange nicht gesehen. Es war vertraut, wie ein Treffen mit einer alten Freundin.“

Benedikt trat ans Fenster, sein Blick folgte den winzigen Wellen des Chiemsees.

„Nur eine alte Freundin?" Annes Stimme klang verhalten.

„Ja. Ich habe ihr angeboten, sich bei mir in der Firma einmal umzusehen."

„Musste das sein?"

Durch das geöffnete Fenster beobachtete er einen Ruderer, der seine abendliche Runde drehte und gegen den Wind ankämpfte, der zwar warm, aber nicht weniger hinderlich war.

„Sie ist eine gute Bekannte, die Unterstützung braucht. Warum soll ich ihr nicht helfen?"

„Hm ..."

Benedikt spürte, wie Anne sich zusammenriss. „Wann kommt sie denn?", fragte sie.

„Das muss sie mit ihrer Familie klären, weil sie wahrscheinlich mehr als einen Tag bleiben wird, um einen Überblick übers Geschäft zu bekommen."

„Ich habe ein komisches Gefühl bei der ganzen Sache." Anne räumte nebenher irgendetwas herum, das sich anhörte wie das Stapeln von Tupperdosen. Immer wenn sie nervös war, begann sie etwas zu sortieren – das gab ihr das Gefühl, eine Ordnung wiederherzustellen.

„Warum?", hielt er ihr entgegen.

„Stell dich nicht dumm, du bist einmal sehr verliebt in sie gewesen."

„Stimmt. Aber die Betonung liegt auf ‚gewesen'."

Er ging zum Schränkchen in der Ecke beim Fenster, das eine kleine Bar beherbergte.

„Außerdem habe ich die ganze Zeit immer wieder Kontakt zu ihr gehabt", sagte er, während er sich einen

Martini einschenkte, „seit ich sie kenne – wie zu ein paar anderen Leuten von früher. Du doch auch."

„Da ist aber keine männliche Sophia dabei."

„Die gibt es auch nur als Frau", versuchte Benedikt zu scherzen, doch Anne sprang nicht darauf an und schwieg. „Pass auf", nahm Benedikt den Faden wieder auf. „Sie ist eine alte Freundin. Wir haben alle paar Monate mal gemailt oder telefoniert, die letzten Jahre noch seltener. Aber nun braucht sie einen Rat, und ich helfe ihr. Mehr ist es nicht. Mach also bitte kein Ding daraus."

Der Ruderer hatte inzwischen umgedreht und kam nun mit dem Wind im Rücken deutlich schneller voran, während Benedikt das intensive Gelb analysierte, das er gerade wieder vor Augen hatte. War es nur eine Illusion aus der Vergangenheit, oder hatte es auch für die Gegenwart noch eine Bedeutung?

„Wie war denn dein Tag?", wechselte er das Thema, nachdem Anne auf seine Worte nicht reagiert hatte.

Sie begann von den Kindern zu berichten, und ihre Laune hob sich, je länger sie erzählte. Entspannt ließ Benedikt sich mit seinem Glas in der Hand wieder in den Sessel fallen und stand erst auf, als Anne aufgelegt hatte und sein Glas schon lange leer war. Ein wunderbarer Duft nach Frikadellen lockte ihn in die Küche.

„Riecht das lecker!", bemerkte er und stellte sich an den Tresen mit Blick in den zum Garten offenen Raum, in dessen Mitte auf dem langgezogenen Tisch schon ein Teller mit fertiggebratenen Frikadellen stand.

„Kommt noch jemand?", fragte er.

„Wieso?"

„Weil du so viele machst. Die können wir unmöglich zu zweit essen", sagte er und zeigte auf den Berg ungebratener Frikadellen, die noch neben dem Herd auf die Pfanne warteten.

„Ich dachte, du kannst die restlichen mitnehmen, wenn du morgen nach Hause fährst."

„Gerne", wunderte Benedikt sich über die Fürsorglichkeit seiner Mutter und hoffte, dass Anne den Proviant nicht als Abwertung ihrer Kochkünste verstehen würde. „Darf ich mir schon eine nehmen?"

„Der Kartoffelbrei ist gleich fertig, warte einen Moment."

Er nahm die zum Teller ausgestreckte Hand zurück und sah Gerda geduldig zu, während sie den Brei stampfte und ihn mit großen Bewegungen in eine Schüssel tat. Als die letzten Frikadellen fertig waren, füllte sie das restliche Bratfett in eine kleine Schale, und Benedikt trug alles an den großen Esstisch.

„Triffst du dich heute Abend noch mal mit Sophia, oder warum bleibst du hier?", fragte Gerda, als sie sich gesetzt hatten.

„Nein, ich wollte heute nicht mehr nach Hause fahren. Wann haben wir das letzte Mal zusammen zu Abend gegessen? Das muss ewig her sein."

„Ihr seid sonst immer auf dem Sprung, wenn ihr mich besucht ..."

„Oder du ...", antwortete Benedikt, bemüht, ihren vorwurfsvollen Ton zu ignorieren, und nahm sich einen Schlag Kartoffelbrei.

„Was hält Anne davon, dass du dich mit Sophia getroffen hast?"

„Das war rein geschäftlich."

Gerda zog die Augenbrauen hoch und nagte mit den Schneidezähnen ein wenig Kartoffelbrei von der Gabel. „Man trifft eine alte Liebe nicht ausschließlich geschäftlich", kommentierte sie.

„Sophia ist keine alte Liebe."

„Wenn du das abstreitest, machst du es nur schlimmer."

„Guten Appetit", sagte er genervt und goss heißes Fett über seinen Kartoffelbrei.

„Ich an Annes Stelle würde dich für ganz schön egoistisch halten." Gerda schnitt eine Frikadelle in so winzige Stücke, als wollte sie ein Kleinkind damit füttern.

„Warum sollte sie? Weil ich mal eine Nacht nicht zu Hause bin?"

„Weil du eine Nacht nicht zu Hause bist, obwohl du da sein könntest." Jetzt spießte sie eines der Frikadellenstückchen auf und führte es zum Mund.

„Mama. Ich bin gern mal allein und außer Reichweite für die Familie. Mir tut das gut."

„Das finde ich schauderhaft."

„Nein, ist es nicht. Ich achte nur darauf, dass ich selbst nicht zu kurz komme. Jeder sollte das tun." Das Rot in seinem Kopf, das nie brodelnder war, als wenn seine Mutter ihn zur Weißglut brachte, überwältigte ihn, während sie weitersprach.

„Ermöglichst du solche Freiheiten auch deiner Frau?"

„Natürlich, wenn sie es möchte. Jeder muss für sich entscheiden, seine Bedürfnisse anzumelden."

Darauf erwiderte Gerda nichts, aber ihr schnippisch-trotziger Gesichtsausdruck sprach Bände und ließ dunkelrote, blubbernde Bläschen in Benedikts Kopf entstehen. Er stand auf, ging einige Schritte im Raum hin und her und setzte sich dann wieder hin.

„Und die Bedürfnisse können sich sogar ändern, Mama."

Gerda zog wieder die Augenbrauen hoch. Benedikt legte Messer und Gabel auf den Teller und sah ihr angriffslustig in die Augen. „So, wie du gern in Urlaub fährst, brauche ich nur meine Arbeit und hin und wieder eine Auszeit, um glücklich zu sein."

Gerda erhob sich und holte eine Wasserflasche aus der Küche.

„Lass uns nicht streiten", bat sie, während sie einschenkte.

„Das ist kein Streit, ich habe dir nur meine Argumente dargelegt. Alles, was du sagst, ist ein Angriff."

„Das stimmt nicht."

„Ich sage dir nur, wie es ist", ergänzte er, ohne auf sie einzugehen.

Gerda starrte auf ihren Teller und aß ihn stumm leer. Benedikt tat es ihr gleich, obwohl der Teller vor ihm nicht leerer werden wollte. Schließlich hatte er doch sein letztes Frikadellenstück in den Mund geschoben, deckte den Tisch ab und räumte das Geschirr in die Spülmaschine.

„Du bist anders heute." Gerdas Stimme klang verändert, als sie wieder zu reden begann, sie war weicher geworden. „Liegt das an Sophia?" Fast herzlich kamen die Worte über ihre Lippen, und als Benedikt ihren Gesichtsausdruck prüfte, fand er Verständnis in ihrem Blick.

„Ich bin nicht anders heute."

„Hast du mit Sophia über die Fraueninsel gesprochen?"

„Nein, wir brauchen nicht darüber zu sprechen."

„Bist du sicher?"

„Hast du mit Papa jemals über das Scheitern eurer Ehe gesprochen?"

„Papa war meine große Liebe. Willst du deine Gefühle zu Sophia damit vergleichen?"

Wärme stieg in ihm hoch. Noch während er darüber nachdachte, was das zu bedeuten hatte, sprach seine Mutter weiter.

„Dann war sie dir wichtiger, als ich vermutet habe."

Benedikt setzte sich auf einen der Stühle am Tresen, spürte, wie die Wärme sich im Körper verteilte. „Ich wollte nur sagen, dass man nicht über alles reden muss. Alte Beziehungen begleiten einen einfach." Er sah zu seiner Mutter. „Wobei ich nicht meine, dass Sophia eine Beziehung war, das war sie nicht."

Gerda dachte über seine Worte nach, während sie Wein nachschenkte.

„Meinst du das ernst?"

„Ja. Das meine ich. Jede Begegnung mit einem Menschen hat das Potential, uns nachhaltig zu beeindrucken oder gar zu beeinflussen. Das können unter Umständen auch zufällige kurze Gespräche sein." Er hielt kurz inne. „Verstehst du, was ich meine?"

„Ich weiß nicht. Mich begleitet nur eine Beziehung."

Gerda erzählte, wie sein Vater sie bis zuletzt mit seinem starken Willen und dem Tatendrang beeindruckt hatte, aber wie schwer es auch gewesen war, sich daneben als Partnerin zu behaupten. „Liebst du Anne?", fragte sie plötzlich überraschend offen.

Das Glas klirrte auf dem Steintresen, als Benedikt es abstellte. „Selbstverständlich!", sagte er.

Gerda lächelte ihn weich an, das gelbbunte Farbenwirrwarr in seinem Inneren veränderte sich, wurde harmonischer, die Schwingungen ruhiger, anders als sonst, wenn er mit seiner Mutter zusammen war, wo die Farben sich oftmals verdichteten, Flächen sich verkleinerten, zu pulsierenden Bällen wurden, die wie Seifenblasen zersprangen.

„Ich erinnere mich noch an deine Euphorie jedes Mal, nachdem du dich mit Sophia getroffen hast", sann sie vor sich hin. „Immer habe ich dir eine solche Liebe gewünscht, groß und tief." Sie sah ihren Sohn auffordernd an.

„Ich bin mit Anne verheiratet und glücklich." Als seine Mutter ihn weiter freundlich forschend betrachtete, fügte er hinzu: „Und ich denke, ich werde auf der Fraueninsel übernachten."

Gerda zuckte lächelnd mit den Schultern. „Tu das."

„Ich war so lange nicht mehr alleine da", sagte er schon im Aufstehen.

Ruhig und ohne etwas zu erwidern holte Gerda etwas Brot, Käse und ein gekochtes Ei für ein Frühstück am nächsten Morgen, und stellte ihm die restlichen Frikadellen hin, die Benedikt hektisch in seine Tasche packte. Er hatte es plötzlich sehr eilig.

Im Haus auf der Fraueninsel angekommen, riss er zuerst die Fenster auf, um die abgestandene Luft nach draußen zu lassen, und lief durch den Garten über den Uferweg zum Steg. Hier hatte er Anne seinen Heiratsantrag gemacht. Und auch Sophia hatte er an diesem Ort um ihre Hand gebeten. Nun waren beide Frauen gleichzeitig in seinem Leben. Die eine als seine Ehefrau, die andere als die Frau, die er immer hatte haben wollen und die doch unerreichbar für ihn geblieben war. Jetzt rückte sie erneut in seine Nähe. Versonnen blickte er über den See, drehte sich dann abrupt um und ging zur Terrasse, wo er sich auf einen der verwitterten Holzstühle setzte und in den noch immer hellen Himmel sah.

Genau an einem solchen lauen Abend war er mit Sophia hier glücklich gewesen, bis sie ihm an seinem liebsten Flecken Erde den Boden unter den Füßen fortriss. Mit allem wäre er klargekommen. Sie hätte sich Bedenkzeit erbitten können, sogar sagen, dass sie ihn nicht liebte. Stattdessen wiegte sie den Kopf, den Blick über den See gerichtet, und schwieg für lange unendliche Augenblicke, bis sie sich schließlich wieder ihm zuwandte und erklärte, dass er sie vielleicht liebte, doch eine andere Frau brauche, eine, die bereit sei, sein Leben mit ihm zu teilen, sich ihm anzupassen. Wie innerlich befreit schien sie jetzt und wiederholte, sie passe nicht zu ihm – und schlief danach trotzdem noch einmal mit ihm, ohne ihre Worte zurückzunehmen.

Danach hatte er aufgegeben, seinen Gefühlen zu trauen, doch als Farben fanden sie ungefragt und oftmals unerwünscht ihren Weg in sein Bewusstsein zurück. Bis zu dem Zeitpunkt hatte er die Farben als Ratgeber in seinen Kopf gerufen, doch plötzlich kamen sie ungebeten, waren einfach da. Er konnte sie weder wegwischen noch sich selbst belügen. Gerade in Momenten, wo er sich vor ihrer Wahrheit zu verschließen versuchte, malten sie umso kraftvollere Bilder. Sophias Gelb mischte sich jetzt mit ängstlichem Braun, worin graue Unglücksboten wie Funken aufblinkten und wieder verschwanden. Ehe sie erneut auftauchen konnten, sprang Benedikt abrupt auf.

Er hatte hier nichts zu suchen. Das Gelb war sicher nur ein Test für seine große Liebe zu Anne gewesen, versuchte er sich einzureden, und entschied, nach Hause zu fahren. Schnell packte er seine wenigen Sachen zusammen, nahm auch die Lebensmittel seiner Mutter aus dem Kühlschrank und wusste schließlich nicht, wie er zu dem Parkplatz vor seinem Haus gelangt war, in dem Anne und die Kinder jetzt kurz vor Mitternacht ruhig schliefen.

Anne lag nur mit einer dünnen Decke bedeckt auf dem Sofa und war sofort hellwach, als er leise ins Haus schlich.

„Was machst du hier?“ Sie ließ das gedimmte Licht in der Ecke neben dem Sofa aufleuchten.

Benedikt blieb stehen und suchte das Farbenspiel. Aber in seinem Kopf war endlich Ruhe eingekehrt, alle Farben verschwunden. So trat er jetzt zum Sofa, setzte sich neben Anne und gab ihr einen langen Kuss.

„Es hat sich auf einmal nicht mehr richtig angefühlt“, sagte er erklärend. „Also bin ich nach Hause gefahren.“

„Wieso?“

„Genau weiß ich es nicht. Ich habe mich einsam gefühlt ohne euch.“

Anne nahm seine Hand. „Hast du ein schlechtes Gewissen?"

„Nein, wieso? Ich wollte zu dir und den Kindern." Er sah sich um. „Warum liegst du hier?"

Anne richtete sich mühsam auf und erzählte ausführlich, was sie alles versucht hatte, die Kinder in ihren eigenen Betten zum Schlafen zu bringen. Aber nichts hätte geholfen, am Ende lagen beide bei ihr im Bett, sodass sie schließlich umgezogen war. Gerade als Benedikt mit seinen Gedanken abzuschweifen drohte, fragte sie nach seiner Mutter. Doch Benedikt war zu erschöpft, das Gespräch in seinem Kopf aufzurufen und sich eine Version für Anne zu überlegen.

„Lass uns schlafen gehen", sagte er deshalb und knipste das Licht aus. „Ich erzähle morgen." Dann wartete er kurz, bis seine Augen sich an die Dunkelheit gewöhnt hatten, und nahm, erfüllt von einem zarten Gelb, Annes Hand.

Wie sehr sich das Gelb, das er auch die nächsten Tage immer wieder in Annes Gegenwart wahrnahm, von dem Ton unterschied, den er mit Sophia in Verbindung brachte, begriff er, als er eine Woche später Sophias Stimme hörte, die lebhaft mit Frau Schiefer sprach, ehe sie an seine Bürotür klopfte. Bevor er „Herein" rufen konnte, öffnete sich schon die Tür, und Sophias Anwesenheit erfüllte den ganzen Raum. Genau das hatte Benedikt schon bei der ersten Begegnung an ihr fasziniert. Ihre Präsenz. Sie war einfach da und stand jetzt vor ihm, in einem dieser Dirndl, die keine moderne Frau noch trug. Aber sie sah umwerfend darin aus.

„Ich fühle mich wie am ersten Tag eines Praktikums", begann sie gleich zu plaudern und lachte ihn fröhlich an. Benedikt nahm sie bei den Schultern und gab ihr rechts und links einen Kuss. Sie benutzte noch immer dasselbe Haarshampoo wie damals, stellte er schmunzelnd fest. In Prien war ihm das gar nicht aufgefallen.

„Komm, lass uns runter ins Café gehen und erst mal alles ansehen."

Sophia nickte und hielt sich im Treppenhaus hinter Benedikt, nahm jede Kleinigkeit in sich auf. Zu den Büros ging es durch einen Seiteneingang, durch den sie jetzt die Straße betraten. Sophia hielt einen kurzen Moment inne.

„Was ist?", fragte Benedikt und blieb vor der Tür des Cafés stehen.

„Lass mich kurz staunen, bitte."

„Worüber?"

Sie trat einen Schritt zurück, deutete mit einer großen Bewegung auf das im 19. Jahrhundert erbaute, graublau gestrichene Haus. „Darüber?!"

Benedikts Gesicht begann zu strahlen, doch er zuckte mit den Schultern. Unbefangen redete sie weiter. „Ich habe von dir nur die Studentenbude gesehen. Jetzt stehst du als Geschäftsmann vor deinem eigenen Haus, das nicht nur einen kleinen Laden beherbergt, sondern eine Firmenzentrale – das ist schon etwas anderes."

Benedikt hielt die Glastür auf, und Sophia atmete tief den Duft nach frischem Kaffee ein, der ihr noch auf der Straße in die Nase zog.

„Wow. Wie kriegt ihr diesen Geruch zustande?"

„Wir rösten den Kaffee hier selbst. In den anderen Cafés verteilen wir unauffällig Duftstoffe in den Räumen.“

Sie traten ein, aber Sophia hatte gar nicht viel Zeit sich umzusehen, da Benedikt sie gleich in Richtung Tresen lenkte. Er hatte seine Hand auf ihren Unterarm gelegt und zog sie jetzt verlegen zurück.

„Am Kaffee verdient ihr am meisten, oder?“, sprudelte es aus Sophia heraus, während er nur kurz nickte. „Das heißt“, fuhr sie fort, „wenn die Leute eigentlich kommen, um sich etwas zu essen zu kaufen, nehmen die allermeisten noch einen Kaffee mit. Nur des Geruchs wegen.“ Sie grinste.

„Unser Kaffeeverkauf ist auf jeden Fall rasant gestiegen, seit wir mit dem Duftaroma arbeiten.“

Er stellte sie seinen Mitarbeiterinnen vor, die hinter dem Tresen standen, und bestellte einen Milchkaffee für Sophia, für sich einen schwarzen. „Du trinkst doch noch Milchkaffee, oder?“ Er sah sie kurz an.

Sophia nickte. „Woher auch immer du das weißt.“

„Hast du mir mal erzählt“, sage er lächelnd und ließ sich drei verschiedene Kuchen geben. Mit dem Tablett in der Hand dirigierte er sie in Richtung eines alten Küchenschranks vor einer mit hellblauen und weißen Kacheln gefliesten Wand. Auf der Arbeitsfläche standen Kaffeetassen und Teller sorgfältig gestapelt, dazwischen ein paar Kannen, Milchtöpfchen und Zuckerdosen. „Und das verkauft ihr auch?“, frage Sophia.

„Ja. Wir haben eine Designerin, die sich die Muster ausdenkt“, erwiderte Benedikt stolz, während er sie zu einem kleinen Tischchen lenkte und das Tablett dort abstellte.

„Wie viele Kollektionen produziert ihr pro Jahr?" Sophia wirkte ganz aufgekratzt, zugleich konzentriert.

„Eine. Das Design ist jedes Jahr neu, aber im gleichen Stil gehalten, sodass es miteinander harmoniert und kombiniert werden kann. Mehrere Kollektionen wären bei der jetzigen Unternehmensgröße aber ein zu großer Aufwand."

„Willst du denn weiter expandieren?"

Benedikt beugte sich zu ihr vor. „Ich weiß es nicht", flüsterte er.

„Warum weißt du das nicht?", sprach auch Sophia jetzt leise und war ihm ein Stück über den Tisch entgegengekommen, sodass ihre Köpfe sich fast berührten.

„Weil ich nicht weiß, wie lange ich das mit den Cafés noch machen möchte." Benedikt hatte ein erstauntes Gesicht erwartet, doch Sophia griff die Idee auf, als sei es das Normalste auf der Welt, dass der Besitzer der Kaffeeküche noch andere Pläne schmiedete. Sie setzte sich wieder aufrecht auf ihren Stuhl.

„Hast du schon etwas Neues im Kopf?"

„Erzähl ich später." Mit diesen Worten hielt er ihr eine Gabel hin und begann, noch bevor sie von den Kuchen auf dem Tablett vor sich probieren konnte, ihr ausführlich Herstellung und Zutaten des Gebäcks zu erklären. Sie musste schmunzeln über seinen Eifer.

„Ich bin mindestens einen Tag im Monat fest in der Versuchsküche", beendete er seine Ausführungen. „Da habe ich keine Termine und tüftel den ganzen Tag, probiere alles Mögliche aus."

„Mit Erfolg", seufzte Sophia, als sie den Teller von sich schob. Nur noch ein paar Krümel lagen darauf.

„Da wäre ich gerne mal dabei …", fügte sie hinzu.

„Wirklich?" Ohne Sophias Nicken abzuwarten, nahm er sein Handy und suchte den nächsten Versuchstag heraus. Mit dem Tablett in der Hand stand er auf.

„Wollen wir jetzt in einige Filialen fahren?"

„Hast du so viel Zeit? Ich kann sonst hier unten auch erst mal die Praktikantin spielen, wenn du noch zu tun hast."

„Nein, ich habe mir freigenommen, um dir alles zu zeigen."

Sophia strahlte ihn an, vermied aber den Blick in seine Augen. „Danke", sagte sie.

Benedikt lächelte etwas verlegen und verschwand für einige Minuten, den Autoschlüssel zu holen.

Als er wieder in den Laden kam, bediente Sophia gerade eine Kundin. Man konnte regelrecht zusehen, wie sich ihre Freude daran als gute Laune auf die Kundin übertrug. Als sie in ihrem Dirndl um den Tresen herumkam, hätte Benedikt sie für die Chefin gehalten, wüsste er es nicht besser.

Er winkte sie zu sich, und ihr kleiner Ausflug zu einigen Filialen, von denen Benedikt meinte, sie würden besonders interessant für Sophia sein, konnte beginnen. Während der Fahrt bombardierte sie ihn mit Fragen.

„Musst du das alles wirklich wissen?", fragte er schließlich erschöpft, nachdem sie wieder einmal eine Antwort gar nicht abgewartet hatte und schon die nächste Frage aus ihr heraussprudelte. Er setzte den Blinker und suchte eine Parklücke, um ihr in Ruhe erwidern zu können.

„Nein", antwortete sie vergnügt. „Ich muss nicht, aber wissen kann man nie genug. Wie groß also war das Unternehmen, als du es von deinem Vater übernommen hast?"

Benedikt erzählte von den Strukturen, die damals vorhanden waren und was er aufgrund seiner Expansion hatte anpassen müssen.

„Was macht dir am meisten Spaß?"

Jetzt stockte er und sah vor sich hin, schwieg plötzlich. So intensiv durchdrangen ihn Wellen eines Orange, wie er es in der ersten Zeit immer wahrgenommen hatte, wenn er eine seiner Kaffeeküchen betrat. Es hatte ihm damals immer die Sprache verschlagen – wie jetzt. Doch dieses Mal hatte das Orange nichts mit seiner Arbeit zu tun, sondern es betraf ihn selbst, das spürte er unmittelbar.

Sophia blickte ihn musternd von der Seite an.

„Was ist los?"

Immer noch unter dem Eindruck jenes langsam fließenden Orange, drehte Benedikt sich zu ihr hin. Er fühlte sich ganz bei sich, voller Zufriedenheit.

„Ich glaube, Anne hat mir in all den Jahren noch nie so viele Fragen gestellt wie du in ein paar Stunden", sprach er bedacht.

„Na ja, ich will ja von dir lernen." Sie sah aus dem Fenster zu ihrer Seite. Menschen liefen den Bürgersteig entlang, ohne auf ihr Auto zu achten. „Und ich habe von dir gelernt. Dass die Leute im innerstädtischen Bereich mehr Herzhaftes essen als an ländlich geprägten Standorten, wo mehr Filterkaffee getrunken wird und Sojamilch keine Rolle spielt. Dass ökologisch und regional produzierte Waren immer wichtiger werden, aber Erdbeerkuchen trotzdem gerne das ganze Jahr über im Sortiment sein sollte. Und dass zur Saison in den touristischen Hochburgen regionale Spezialitäten beachtliche Umsatzbringer sind, ebenso wie kulinarische Mitbringsel." Sie sah ihn von der Seite an. „Da habe ich viele Informationen erhalten und einige meiner Annahmen bestätigt bekommen." Sie legte ihre Hand auf seinen Unterarm. „Ich danke dir." Ohne auf ihren Monolog zu reagieren, fuhr Benedikt jetzt langsam wieder an. Einige Minuten schwiegen sie.

Als sie auf dem Hof der Pension angekommen waren, in der Sophia ein Apartment gebucht hatte, blieb Benedikt im Auto sitzen.

„Kommst du noch mit rein? Du wolltest mir doch erzählen, was du mir im Café heute Morgen nicht sagen konntest."

„Nein." Mehr bekam er nicht heraus. Zu mächtig war das Gelb, dessen Vlies sich über seine Stimmbänder gelegt hatte und die Furcht schürte, dass auch nur ein weiteres Wort ihn vollends entblößen würde. Auf Sophias Frage hin, wann sie am nächsten Morgen im Büro erscheinen solle, antwortete er nur knapp. „Ich bin um acht da", sagte er und ignorierte ihren fragenden Blick ebenso wie ihre Anstalten zu einer kurzen pflichtbewussten Umarmung. Ehe sie die Tür zugeschlagen hatte, fuhr er an.

Anne hatte bereits den Tisch gedeckt, die Kinder waren bettfertig – alles war wie immer und dennoch hatte Benedikt das Gefühl, Anne zog sich vor ihm zurück wie ein verschrecktes Tier.

„Ich zieh mich nur eben um“, warf er ihr nach der Begrüßung der Kinder und einem schnellen an die Wange gehauchten Kuss zu.

Im Schlafzimmer setzte er sich für einige Atemzüge aufs Bett. Die Farbe, die Sophia in ihm zum Leuchten gebracht hatte, löste ein unvergleichliches Wohlgefühl aus. Nichts war zwischen sie getreten, das diesem Gefühl hätte etwas anhaben können, er hatte es über die Jahre nur verdrängt. Er setzte sich aufrecht, streckte den Rücken durch und zog einen Kapuzenpulli über sein Hemd.

Als er nach unten ins Wohnzimmer kam, saßen die Kinder mit einem Brotteller vor dem Fernseher. Anne war noch in der Küche. Er ging zu ihr und legte seinen Arm um sie, sofort wurde sein Kopf klarer. Das hatte sich also nicht verändert, stellte er beruhigt fest: Allein Annes Anwesenheit brachte Struktur in seine Gedanken. Dennoch wusste er nicht, was er sagen sollte, und stellte natürlich die falsche Frage. „Hattet ihr einen stressigen Tag, oder warum dürfen die Kinder fernsehen?“, rutschte es ihm heraus, weil der Brotteller vor dem Fernseher immer ein Notanker war, wenn für anderes keine Zeit blieb.

„Ist das ein Vorwurf?“, erwiderte Anne prompt, ohne ihn anzusehen, und wand sich aus seinem Arm. Wortlos setzte sie sich an den Tisch und begann, eine Scheibe Brot mit Butter zu bestreichen. Erst nach dem ersten Bissen fuhr sie fort: „Dass du dich heute mit einer Exfreundin getroffen hast, ist für mich ein schlimmes Gefühl.“

„Sophia ist keine Exfreundin, wir kennen uns nur von früher." Benedikt öffnete den Kühlschrank und musterte lange den Inhalt.

„Was ist da zwischen euch auf der Fraueninsel gewesen?", fragte sie, während sie abwechselnd aufstand, konzeptlos die Küche aufräumte, um sich gleich wieder zu setzen und einen Bissen vom Brot zu nehmen.

„Woher weißt du, dass ich mit Sophia auf der Fraueninsel gewesen bin?"

Da brach es plötzlich aus Anne heraus. In einem Redeschwall berichtete sie von Benedikts Mutter und den Bemerkungen, die sie hinter seinem Rücken gemacht hatte an jenem Tag, als es um den Verkauf des Hauses auf der Fraueninsel gegangen war. Benedikt nahm einen langen Schluck Bier, das er im Kühlschrank hinter Milchschnitten und Joghurt versteckt gefunden hatte, und zögerte mit seiner Antwort.

„Wir beide hatten uns zuvor getrennt", sagte er vorsichtig, „wenn du dich erinnerst."

„Also warst du doch mit ihr zusammen?", fragte sie fordernd.

Annes Beharren auf Dinge, von denen sie nichts wusste, machte ihn sauer. „Das habe ich nicht gesagt", erwiderte er kurz.

„Warum hast du dich denn damals von mir getrennt?" Die Stille, die ihren Worten folgte, war schneidend, und Benedikt antwortete nicht sofort. Er musste irgendetwas sagen, das sie beruhigte, sollte die Diskussion nicht im Streit enden.

„Ich kann heute weiß Gott nicht mehr nachvollziehen,

was mir damals durch den Kopf gegangen ist", versuchte er ungelenk zu flirten.

„Dir ist einfach durch den Kopf gegangen, dass es dir nicht reicht mit mir."

Benedikt lehnte sich an den Kühlschrank, sagte nichts.

„Bist du mit Sophia auf der Fraueninsel gewesen – oder nicht?"

„Die Antwort weißt du von meiner Mutter." Er ließ sich auf einen der Stühle fallen und seufzte. „Und unsere Trennung ist …", er machte mit den Händen eine wegwischende Bewegung in die Luft, „weiß Gott wie viele Jahre her. Warum kannst du damit nicht aufhören?" Sein Ton war rauer, als er es beabsichtigte.

„Das mag sein, aber das Treffen mit Sophia hat dir zumindest so viel bedeutet, dass du nicht bist wie sonst."

„Ich reagiere nur auf dich. Glaubst du allen Ernstes, ich hätte dich geheiratet, wenn es da noch eine andere Frau gegeben hätte?"

„Das weiß ich nicht, das kannst nur du beantworten."

„Ich habe dir ein Eheversprechen gegeben." Er nahm Anne an den Schultern und sah ihr fest in die Augen. „Dir. Und keiner anderen", bekräftigte er und begann, wie um Anne zu beruhigen, von seinem Tag zu erzählen. Wie er mit Sophia im Hauptgeschäft gewesen war, mit ihr Kuchen gegessen und ihr von der Versuchsküche erzählt hatte, ihr Besuch bei den anderen Filialen, die Pläne für den nächsten Tag; und auch, dass sie noch einmal kommen würde, damit er ihr die Versuchsküche zeigte, verschwieg er Anne nicht.

„Und ich muss mir wirklich keine Gedanken machen?"

„Nein, musst du nicht." Er gab ihr einen Kuss, ihr mattes Lächeln rührte ihn. „Und weißt du was?", fügte er hinzu. „Heute bringe ich mal die Kinder ins Bett, und danach trinken wir noch ein Glas Wein zusammen auf der Terrasse. In Ordnung?"

„Klingt gut." Wieder lächelte sie vorsichtig, wie zur Versöhnung.

Benedikt nickte, schnappte sich die Kinder einzeln über die Schulter und trug sie unter lautem Gekreische in ihr Bett, wo er Klara rechts, Frederik links auf sein Bein nahm und ein Pixie-Buch nach dem anderen vorlas. Als das Telefon klingelte und er Anne sprechen hörte, ließ auch sein schlechtes Gewissen nach, weil er sich so viel Zeit mit den Kindern ließ. Warum kam er nicht häufiger früher nach Hause, um noch ein paar Minuten am Abend mit ihnen zusammen zu sein?

Als Frederik auf seinem Schoß eingeschlafen war, brachte er ihn ins Bett und legte sich zu Klara, die sich in ihre Decke gekuschelt hatte und noch ein paar Minuten vom Kindergarten erzählte, ehe auch sie von seinem gleichmäßigen Streicheln an der Schläfe eingeschlafen war.

Als er wieder zu Anne kam, hatte sie zwei Gläser Wein auf den Wohnzimmertisch gestellt und lächelte ihn an.

„Danke, das war gut jetzt. Etwas Ruhe", sagte sie. „Ich habe mit deiner Mutter telefoniert."

„Das klingt nach einem freundlichen Gespräch?"

„Ja. Sie war irgendwie anders heute."

Benedikt nahm Anne an der Hand und zog sie hoch, hinter sich her auf die Terrasse. Dort setzten sie sich auf die Bank, die im Schutz vor Regen und Wind direkt an der Hauswand stand, und blickten in den kleinen, von allen Seiten durch Zäune begrenzten Garten.

„Inwiefern war sie anders?"

„Kann ich gar nicht genau sagen. Sie war offen, hat erzählt."

„Und was?"

Anne nahm einen Schluck Wein.

„Wie sie früher in den Kaffeeküchen gearbeitet hat, als du noch nicht auf der Welt gewesen bist. Wusstest du, dass die Idee mit dem Geschirr von ihr ist und sie auch die ganze Inneneinrichtung entworfen hat?"

„Nein."

Benedikt ging barfuß ein paar Schritte über den Rasen, spürte bei jedem Auftreten das vom Tag noch warme Gras. Anne hatte ihre Füße auf einen der Stühle gelegt und suchte Benedikts Blick.

„Sie hat mich gefragt, ob es nicht eine Option für mich wäre, für die Kaffeeküchen zu arbeiten."

Benedikt blieb stehen.

„Ich dachte immer, du bist glücklich im Finanzbereich großer Unternehmen. Hat sich da etwas verändert?"

Anne schüttelte den Kopf.

„Nein, aber ich bin offen für vieles", überlegte sie weiter. „Es wird schwierig sein, eine für mich sowohl geistig herausfordernde als auch finanziell lohnende Stelle zu finden."

„Vielleicht ist das gar keine schlechte Idee, die meine Mutter da hatte." Er unterbrach seinen Spaziergang durch den Garten und setzte sich wieder zu ihr auf die Bank. „Wir sollten darüber nachdenken."

„Wusstest du, dass deine Mutter einen super Studienabschluss hat?“, wechselte Anne das Thema.

„Ja, aber es war für sie nie von Bedeutung.“

„Ich glaube, das stimmt so nicht.“

„Wie kommst du darauf?“

Nun stand Anne auf und zog mit dem rechten großen Zeh die Zwischenräume der Terrassensteine entlang. „Sie hat nach dem Studium von ihren ersten Arbeitgebern sehr gute Bewertungen bekommen und wollte in den Brauereibetrieb ihrer Eltern einsteigen, doch die haben das nicht zugelassen und stattdessen einen externen Geschäftsführer eingestellt.“

„Warum? Weil sie eine Frau war?“

„Genau das haben sie ihr gesagt. Ist das nicht schrecklich? Sie hatte alle Voraussetzungen und hat sie verschenken müssen, weil sie von zu Hause keinen Rückhalt bekam.“ Anne strich weiter gedankenverloren mit ihrem Zeh über die Fugen.

„Vielleicht solltest du doch wieder arbeiten.“ Er drehte sich zu ihr und versuchte zu verstehen, was in ihr vorging.

„Bei der Erzählung deiner Mutter war ich davon überzeugt, genau das zu wollen.“ Sie hielt in der Bewegung inne und setzte sich wieder. „Ich wollte unbedingt mein Potential ausschöpfen. Jetzt sofort … Aber ich habe nachgedacht. Ich bin gern mit den Kindern zusammen, und es ist gut für sie so. Die Arbeit kann warten.“

Er sah sie erstaunt an. „Viele Kinder gehen schon mit einem Jahr für neun Stunden in den Kindergarten und später in die betreute Grundschule. Du musst auch an dich denken!“

Gerade wollte er an Anne heranrutschen, als ihm Sophia in den Sinn kam. Sie schaffte es mit zwei Kindern scheinbar mühelos, ein großes Rad zu drehen.

„Wenn du für die Kaffeeküchen arbeiten würdest, könntest du es vermutlich besser als in anderen Jobs mit den Kindern verbinden."

„Aber ich habe keine Lust, Menschen zu bedienen."

„Du musst ja nicht hinterm Tresen stehen", sagte er. „Du könntest das Controlling übernehmen. Das mache derzeit noch ich, und ich würde mich über eine Entlastung hier freuen." Nun zog er Anne zu sich heran und legte seinen Arm um ihre Schultern. „Was meinst du?"

Schweigend saßen sie einen Moment da, spürten die Nähe des anderen.

„Ich mag die klaren Strukturen in großen Konzernen. Außerdem bist du mit der Kaffeeküche gar nicht mehr so glücklich, oder?"

„Erstens kann es sein, dass ich nur mehr Freiräume brauche, um mich um die Weiterentwicklung zu kümmern, und zweitens mache ich genau deswegen das Coaching: um herauszufinden, was ich will."

Anne nickte und lehnte ihren Kopf an seinen. Benedikt nahm ihre Hand und fuhr mit den Fingern über ihre weit hervorstehenden Fingerknöchel. Dabei sog er das Gefühl einer tiefen Zweisamkeit und Vertrautheit in sich auf.

Am nächsten Morgen Punkt neun hörte er, wie Sophia sich bei Frau Schiefer im Büro anmeldete – und kurz darauf stand sie in der Tür. Mit offenen Haaren wirkte sie vollkommen anders, weicher, doch die Wucht ihrer

Erscheinung, ihr inneres Strahlen waren genauso stark wie tags zuvor.

Wie um sich zu wappnen, holte Benedikt sich die Szenen mit Anne ins Gedächtnis zurück, während Sophia einen Stuhl neben seinen zog und sich wissbegierig der Liste auf dem Schreibtisch mit den Firmendaten zuwandte, die Benedikt ausgedruckt hatte. Wütend beobachtete er, wie das Gelb sich aus dem Hintergrund seines Bewusstseins nach vorne schob und bald eine gleichmäßige Fläche bildete. Dennoch bemühte Benedikt sich um Kühle und Distanz, während er mit Sophia sein internes Controlling besprach, das Warenwirtschaftssystem, Kalkulationen und Umsätze.

„Danke, dass du mir so offen alles zeigst."

So also klang ehrliche Dankbarkeit, dachte er und spürte, wie sein Widerstand brach. „Ich weiß ja, dass es bei dir gut aufgehoben ist", antwortete er und überlegte, ob auch sie manchmal von ihm träumte. Gerade war sie mit dem Stuhl etwas zur Seite gerückt und hatte sich frontal zu ihm hingedreht.

„Nun erzähl mal, worüber du gestern im Café nicht reden wolltest."

Das Gelb in seinem Kopf war so intensiv, dass er keinen klaren Gedanken fassen konnte.

„Was grübelst du?"

„Warum siehst du, dass ich grübele?", fragte er verwundert und schob hinterher: „Das geht dich nichts an."

Sophia schreckte zurück.

„Habe ich etwas falsch gemacht?"

Benedikt sah sie an und wusste, dass sein Blick seine ganze innere Zerrissenheit zeigte.

„Nein, natürlich nicht“, schnauzte er, wobei er „natürlich“ betonte und ein „Entschuldige“ ergänzte.

Sophia sah ihn an. „Was ist los? Seit gestern Abend bist du komisch.“

„Es ist doch alles komisch, findest du nicht?“

Sophia stand auf und holte ein Wasser vom kleinen Konferenztisch und zwei Gläser. Dann setzte sie sich wieder auf ihren Stuhl und goss ein.

Als sie nichts sagte, fügte er hinzu: „Hast du in all den Jahren manchmal an mich gedacht?“

Sophias Blick wurde nun weich – und gequält.

„Willst du eine ehrliche Antwort?“

„Glaubst du, mir ist die Frage leichtgefallen?“

Sophia setzte sich kerzengerade hin, ehe sie ihm erwiderte. „Ich habe anfangs ständig an dich gedacht, und das ist nicht schön gewesen.“

„Was meinst du mit ‚anfangs‘?“

„Nach der Fraueninsel.“

Benedikt nahm ihre Hand und spürte, wie ihm Tränen in die Augen schossen. Sophia sprach weiter.

„Und wenn es gerade weniger wurde, dann hattest du Geburtstag, und alles ging wieder von vorne los. Aber mit den Jahren ist es besser geworden.“ Sophias Lachen klang künstlich.

„Als du geheiratet hast?“, wollte Benedikt wissen.

„Als *du* geheiratet hast“, antwortete sie.

„Du hast mir immer nur kurz geschrieben“, wandte er ein.

„Hättest du denn mehr Kontakt haben wollen?“

Benedikt überlegte. „Nein, du hast Recht. Ich wollte das

nicht. Aber es fühlte sich in Prien und auch gestern wieder so an, als wären all die Jahre dazwischen nicht gewesen."

„Verrückt, nicht?"

„Und was machen wir jetzt?" Es war ihm herausgerutscht, und innerlich ohrfeigte sich Benedikt für diese Frage, schon als sie ausgesprochen war.

„Nichts, wir sind beide verheiratet", erwiderte Sophia mit der ihr eigenen Klarheit. Doch dann stutzte sie und ergänzte leise: „Bist du eigentlich glücklich?"

„Ja." Und das stimmte. „Und du?"

„Ich habe alles erreicht, was ich mir erträumt habe."

Diese Aussage schmerzte ihn bedeutend mehr, als er sich eingestehen wollte.

„Ich bin glücklich mit dem Hotel und dem Apartmenthaus. Die Wohnungen in unserem Bauernhaus würden wir allerdings gern selbst irgendwann nutzen und so her richten, wie wir es uns vorstellen."

„Wie *du* es dir vorstellst."

Sophia lächelte. „Oder so."

Benedikt betrachtete sie, sah ihr ins Gesicht, auf die Bluse, dann wieder ins Gesicht.

„Wo ist dein Dirndl?"

„Ich habe mich gestern zu …" Sie hielt inne, überlegte kurz. „Im Dirndl bin ich Gastgeber und ganz ich", fuhr sie fort. „Irgendwie fand ich es nicht passend für heute."

„Ist es nicht gut, absolut man selbst zu sein?"

„Doch, natürlich."

„Warum trägst du dann heute kein Dirndl?"

Sie zuckte mit den Schultern. „Ist egal. In Jeans, Bluse und Jackett fühle ich mich angepasster. Punkt."

„Du hast mich gestern sehr an unser Kennenlernen erinnert. Da hast du auch so gestrahlt."

Sie lächelte ihn an. „Lass uns arbeiten."

Sie rutschte mit ihrem Stuhl wieder an Benedikt heran und sah auf das Blatt vor sich. Um Konzentration bemüht und alle Farben erfolglos ignorierend fuhr Benedikt mit seinen Erläuterungen fort, bis Sophia keine Fragen mehr hatte.

„Erzählst du mir jetzt, was dich umtreibt?", fragte sie, als sie ihre Unterlagen in die Tasche gepackt hatte.

„Das geht dich eigentlich nichts an."

„Ich weiß, ich frage aber trotzdem."

Lachend stand Benedikt auf und ging einige Schritte in die Mitte des Raumes hinein, als brauchte er mehr Platz um sich herum. Als er gute zwei Armlängen Abstand zum Schreibtisch, sämtlichen Regalen sowie zum Konferenztisch hatte, drehte er sich zu Sophia um und räusperte sich.

„Ich habe bei einem Coaching herausgefunden, dass ich mich fühle wie ein Boot auf einem See, das nicht weiß, wohin es fahren soll."

„Dann gib ihm doch eine Richtung vor."

„Das kann ich nicht, weil ich sie selbst nicht kenne. Ich weiß nur, dass ich etwas anderes machen will."

Sophia nickte und überlegte. Sie erhob sich nun ebenfalls von ihrem Stuhl und trat ans Fenster. Den Blick auf die Fußgängerzone gerichtet, fragte sie: „Wie geht ihr bei dem Coaching vor? Wie findest du heraus, was du dir für deine Zukunft wünschst?"

„Wir befragen gerade mein inneres Team."

Sie drehte sich zu ihm. „Was ist das?"

Benedikt zeichnete einen Kreis in die Luft.

„Du nimmst dir eine Frage, die du dir stellen möchtest." Im Kopf fokussierte er einen Konferenztisch, ging zum Schreibtisch und nahm ein leeres Blatt Papier, in dessen Mitte er im Stehen ein Oval malte. „Dann überlegst du, wer mit im Konferenzraum sitzt und was die einzelnen Personen sagen." Er war zu Sophia getreten und malte, das Papier gegen die Fensterscheibe drückend, kleine Kreise um das Oval herum.

„Was denn für Personen?"

„Das sind Anteile von dir, zum Beispiel der Pessimist oder der Sicherheitsbedürftige, der Mutige oder der Neugierige. Jeder beantwortet deine Frage anders. Das ist spannend."

Sophia lehnte entspannt mit der Schulter zum Fenster an der Fensterbank. „Und wie kommst du zu einem Ergebnis, wenn alle nur ihren Senf abgeben und ihre Meinungen vielleicht gar nicht zusammenpassen?"

„Na, du bist ja der Chef und moderierst das Ganze wie ein Meeting." Er malte einen etwas größeren Kreis links neben die Frage.

„Das funktioniert?", fragte sie lachend.

„Ja, meistens sehr gut."

„Und du findest Sachen raus, die du sonst nicht gewusst hättest?", wollte sie wissen.

„Auf jeden Fall, aber so ein Coach hat auch eigene Ideen und hilft, wenn es mit der Moderation mal nicht so ganz klappt."

„Und was hast du bis jetzt herausgefunden?"

Benedikt trat einen Schritt zurück und legte das Blatt auf die Fensterbank.

„Dass mir die Herausforderung fehlt. Ich habe zwar viel zu tun, und meine Arbeit an sich ist abwechslungsreich, aber vieles wiederholt sich auch. Ich würde mich gern in einen ganz neuen Bereich einarbeiten."

„Bist du denn finanziell für einen Neustart bereit?"

„Na ja, ich habe noch Verbindlichkeiten meinem Vater bzw. bald der Bank gegenüber. Ich denke eher langfristig."

„Finde ich super." Sie sah ihn an, und Benedikt wusste, dass sie es wirklich so meinte.

„Du bist ganz unglaublich." Er trat noch ein wenig näher an sie heran, ohne sie zu berühren.

„Wieso denn ich? *Du* bist der erfolgreiche Unternehmer, der bereit ist, alles aufs Spiel zu setzen, und einfach mal überlegt, was er sonst noch machen kann. Das finde ich mutig."

„Du willst es mir nicht ausreden?"

Sophia trat an den Schreibtisch, trank ihr Wasser aus und überlegte.

„Erstens steht es mir nicht zu, anderen in ihr Leben reinzureden."

Benedikt nickte und wollte etwas sagen, doch Sophia sprach schon weiter.

„Und zweitens stellt sich bei jedem im Leben immer wieder einmal die Frage, wohin es gehen soll, ob die Richtung noch stimmt. Darum geht es doch."

„Hast du dir die Frage auch schon mal gestellt?"

„Die ergibt sich von ganz allein. Immer wenn man merkt, dass man unzufrieden ist, stellt sie sich. Dabei meine ich nicht, wenn man mal einen schlechten Tag hat." Sie tippte auf ihren Bauch. „Ich meine, wenn man hier spürt, dass man nicht mehr glücklich ist mit einer Situation, die einen vielleicht die letzten Jahre noch zufrieden gemacht hat."

„Änderst du dann was?", fragte Benedikt und schenkte Wasser nach.

„Ich versuche es meist."

„Wann nicht?"

Sophia sah Benedikt ernst an, und ihre Stimme verlor etwas an Festigkeit.

„Manchmal weiß ich nicht, ob ich dem Gefühl trauen kann."

„Zum Beispiel?"

„Nein, Benedikt, ich kann nicht über alles mit dir reden. Wir hatten zu lange keinen Kontakt."

„Was hat das damit zu tun?"

Dass sie plötzlich zumachte und nicht bereit war, über Dinge zu sprechen, die sie tief bewegten, ertrug Benedikt nur schwer. Er wollte alles von ihr wissen. Wer sie heute war, wie sie dachte, was sie mochte und was nicht. Welche Spuren die Jahre in ihr hinterlassen hatten. Es stimmte, dass alle wichtigen Beziehungen uns ein Leben lang begleiteten. Er hätte Sophia damals nicht mit dem Boot wegfahren lassen sollen. Hätte auf einer Antwort auf sein „Warum" beharren müssen.

Irgendwann bemerkte er ihren Blick, sie schwieg jetzt.

„Wo warst du denn gerade?", sagte sie gezwungen vergnügt. Sie hatte ihre Leichtigkeit verloren, als wüsste sie, worüber er nachdachte.

„Das möchte ich dir nicht sagen", antwortete er knapp.

„Ich glaube, so ein Coaching sollte ich auch mal machen", wechselte Sophia das Thema, um wieder zur Normalität eines Gesprächs zwischen Freunden zurückzukehren.

Benedikt war froh. Er erzählte kurz, wie er herausgefunden hatte, was Sophia schon lange wusste: dass sein Vater seine eigentliche Bezugsperson in der Familie gewesen war, während er in der Beziehung zu seiner Mutter immer Zwang empfunden hatte, und endete mit den Worten: „Alles andere gehört nicht hierher."

„Ich muss jetzt auch fahren", sagte Sophia und nickte ihm kurz zu. „Wir haben ja einen neuen Termin. Ich komme am Abend vorher an, und bin morgens pünktlich hier. Wann fängst du in der Versuchsküche an?"

„Um acht, spätestens. Das sind lange Tage."

Sie standen so dicht voreinander, Benedikt hätte seine Hände nur ein Stückchen bewegen müssen, um ihre zu greifen.

„Kann ich mich irgendwie vorbereiten?"

Die zarte Wärme ihres Körpers strahlte zu ihm herüber, die Farben in seinem Kopf schlugen Alarm. Aber er gab dem Impuls, sie zu berühren, nicht nach.

„Kann ich mich irgendwie vorbereiten?", wiederholte sie und wartete, bis Benedikt einen Schritt zurückgetreten war.

„Wenn du ein Rezept hast von einem Kuchen, der dir so gut schmeckt, dass du ihn am liebsten täglich essen würdest, dann bring es mit. Vielleicht eines von deiner Oma?"

„Ich denk darüber nach. Oder soll ich besser nicht noch mal kommen?“

„Doch, doch. Ich habe es versprochen.“

„Wir sind keine kleinen Kinder. Wenn du dich umentschieden hast, ist das in Ordnung.“

„Nein, komm gern.“

„Gut.“ Sophia umarmte ihn kurz, bedankte sich ein weiteres Mal, und schon wandte sie sich ab und ging zur Tür.

Benedikt sah ihr hinterher. Kurz bevor sie die Klinke drückte, rief er nochmals ihren Namen. Er hing wie eine Frage im Raum.

Sie drehte sich um. „Ja?“

Benedikt schüttelte den Kopf.

„Ach nichts. Wir sehen uns nächste Woche.“

„Verdammter Mist!“, fluchte er, als sie gegangen war und er noch hörte, wie sie sich fröhlich bei Frau Schiefer verabschiedete. „Du bist ein Feigling!“

8

Sophia empfing das gleichmäßige Brummen der Melkmaschinen, als sie, die Tasche unter den Arm geklemmt, aus dem Auto ausstieg. Aus dem Stall hörte sie ihre Kinder, doch anstatt sie zu begrüßen, ging sie ins Haus, um sich zuerst umzuziehen. Schon auf dem Weg nach oben überlegte sie es sich jedoch anders und ging zunächst in die Küche. Sie öffnete den Kühlschrank und schloss ihn kurz darauf wieder, ohne etwas herausgenommen zu haben.

An den Küchentisch gelehnt, betrachtete sie das Chaos, das ihre Männer hinterlassen hatten. Einige Apfelschnitze, mit und ohne Schale, lagen auf dem Tisch verteilt. Sie griff nach einem Stück, an dem offenbar eins der Kinder versucht hatte, die Schale zu entfernen, und steckte es in den Mund. Es hatte zu lange herumgelegen und schmeckte leicht faulig, sie spuckte es aus. Sie würde später etwas essen, entschied sie, wenn sie innerlich ruhiger war, und ging die Treppe hinauf ins Schlafzimmer.

Noch immer war sie in Gedanken bei Benedikt. Hätte sie versuchen sollen, ihm genauer zu erklären, warum sie damals gesagt hatte, eine andere Frau würde besser zu ihm passen? Obwohl sie es noch immer nicht in klare Worte fassen konnte? Aber nein, sie wollte nicht weiter darüber nachdenken, geschweige denn, mit ihm über sich reden. Die Fraueninsel war Vergangenheit. Die Beziehung zu Benedikt war Vergangenheit.

Während sie sich auszog, sah sie aus dem Fenster, vor dem sich in wenigen Kilometern Entfernung die Berge erhoben. Sogar die kleinen Wanderwege, die sich durch die Wiesen zu den Almen hinaufschlängelten, konnte sie von hier aus erkennen, so klar war die Sicht. Sie öffnete die Balkontür und atmete tief die Luft in sich ein, spürte ihre Kühle auf der Haut. Nirgends konnte sie so entspannen und zur Ruhe kommen wie hier in den Bergen.

„Es ist alles gut so", sagte sie überzeugt zu sich selbst, wandte sich entschlossen um, zog Jeans und ein altes T-Shirt an, aus dem die Farbe schon ausgeblichen war, und ging dann zu Alexander und den Kindern in den Stall, wo Theo gerade von seinem Vorschulkurs berichtete und Michel vom Musikunterricht. Still blieb sie eine Weile, von Alexander und den Kindern unbemerkt, an der Tür stehen und lauschte dem kleinen Wettstreit. Theo und Michel unterbrachen sich gegenseitig, bis sie sich anschrien und Alexander jedem zwei Minuten Redezeit gab, ohne dass der andere unterbrechen durfte. Doch weil weder Theo noch Michel ein realistisches Zeitgefühl hatten, protestierten beide permanent, der andere würde längere zwei Minuten reden dürfen. Mit feuchten Augen ging sie zu ihnen, gab zuerst Alexander einen Kuss und umarmte dann ihre Söhne. Gemeinsam fegten sie die Stallgasse und ließen die Kühe auf die Weide.

Als die Jungs nach dem Abendessen in Theos Zimmer spielten, holte sie für sich und Alexander eine Flasche Bier aus dem Kühlschrank und lehnte sich entspannt gegen die Arbeitsfläche.

„Du strahlst so! Warst du erfolgreich?“ Alexander setzte sich an den Küchentisch.

„Ich glaube schon. Ich habe etliches mehr erfahren, als für uns hier nötig ist. Auf jeden Fall habe ich gesehen, wie viel man mit Kaffee und Kuchen verdienen kann, wenn man es richtig anstellt.“

„Tut Benedikt das?“

„O ja. Aber er hat ein Konzept, das für uns nicht in Frage kommt.“

„Warum nicht?“

„Weil er ein ganzes Firmen-Feeling kreiert und verkauft, einschließlich Designer-Geschirr, während wir nur Gäste bewirten wollen, die gemütlich einen Kaffee trinken möchten und ein gutes Stück Kuchen oder Torte dazu genießen.“

Alexander nahm einen Schluck Bier. Warum sie ihn beim Biertrinken so besonders anziehend fand, konnte sie noch immer nicht sagen, aber sofort erinnerte Sophia sich an den Abend, als sie ihn das erste Mal gesehen hatte. Damals war sie gerade auf der Suche nach einem Ort, an dem sie leben wollte, und war für ein paar Tage in Oberstdorf, um ein Gefühl für die Region zu bekommen. Auch da trank er gerade ein Bier, stand lässig an der Bar und wirkte trotzdem, als wüsste er nicht um seine Ausstrahlung.

Sie konnte ihre Augen nicht von ihm nehmen, und als er sie anlächelte, wünschte sie nichts sehnlicher, als mit ihm ins Gespräch zu kommen. Doch das war nicht passiert, die Leute hinter ihr drängten sie weiter, und dann war er plötzlich verschwunden. Ein paar Tage später trafen sie sich zufällig in Oberstdorf in der Fußgängerzone. Alexander hatte sie angesehen, von der anderen Straßenseite zu ihr herübergenickt, und wie ferngesteuert war sie zu ihm gegangen. Schon aus zwei Meter Entfernung hielt er ihr seine Hand entgegen und sagte: „Komm, lass uns einen Kaffee trinken gehen."

Dass er ein so liebevoller und geduldiger Vater sein würde und ein so verständnisvoller Partner in allen Lebenslagen, ahnte sie zu dem Zeitpunkt noch nicht.

„Aber es scheint, als hättest du seit deinem Besuch bei Benedikt noch mehr Lust auf das Café als vorher", durchdrang seine Stimme ihre Erinnerungen.

„Ja, das stimmt. Für nächste Woche hat er mich eingeladen, einen Tag in die Versuchsküche zu kommen, wo er Kuchenrezepte ausprobiert. Torten gibt es bei ihm nur als Blechkuchen, weil die in der Vitrine weniger Platz wegnehmen."

„Und das stört die Leute nicht?"

„Offenbar nicht. Aber man muss sehen, ob das Konzept hierher passt."

„Das heißt, du bist nächste Woche noch mal weg?"

„Ja, würde ich gern." Sophia führte aus, wann und wohin er die Kinder bringen müsste. Sie hatte im Kopf schon alles organisiert. „Kannst du das einrichten?"

„Na klar." Er stand auf und schlenderte langsam in ihre Richtung. „Weißt du eigentlich, wie anziehend du bist, wenn du dich für etwas begeisterst?"

Sophia lächelte still. „Nein?"

Er gab ihr einen Kuss. „Hat er dich angebaggert?"

„Warum sollte er?"

„Weil er ein Mann ist und ich mir kaum vorstellen kann, dass es auch nur einen Mann auf der Welt gibt, der sich deiner Ausstrahlung entziehen kann." Er küsste sie wieder.

„Benedikt ist anders. Er würde nie seine Frau betrügen."

Sophia machte den Kühlschrank auf und holte zwei neue Biere heraus. Alexander nahm sie ihr ab, öffnete sie und gab ihr eines zurück.

„Zwischen betrügen und anbaggern ist viel Platz ..."

„Dafür kennen wir uns zu lange", erwiderte Sophia.

„Na gut, ich bin überzeugt", sagte er und strich ihr zärtlich eine Haarsträhne aus dem Gesicht. „Und wie wirst du weiter vorgehen?"

Sophias Ideen sprudelten nur so aus ihr heraus. Sie erzählte von dem Architekten, den sie engagiert hatte, einer Innenarchitektin, die ihr empfohlen wurde, von den Espressomaschinen, die sie wegen des einzigartigen Espressos übernehmen würde.

Sophia spähte an ihm vorbei in Richtung Parkplatz. Erst als sie festgestellt hatte, dass keine Gästeautos dort standen, trat sie aus der Küche hinaus ins Freie. Sie mochte keine Zuschauer für ihr Privatleben.

„Und was ist mit unserem Gemeinschaftsprojekt?", fragte Alexander vorsichtig, während er die Terrassentür weiter öffnete und Sophia folgte.

„Hast du es durchgerechnet? Trägt der Hof sich nicht von alleine?" Jetzt prüfte sie mit einem schnellen Blick die oberen Balkone, bevor sie sich in einen der Rattanstühle fallen ließ, die von allen Seiten gut sichtbar unter einem Baum standen.

„Er ist auf jeden Fall mit weniger Risiko verbunden als ein Café."

„Man findet die eigenen Ideen immer einfacher, weil man sie durchdacht hat und daher meint, sich auf sicherem Terrain zu befinden."

„Cafés sind aber kein sicheres Terrain für dich."

„Es fühlt sich für mich jedoch so an."

Alexander nickte abwägend. „Hast Recht."

Mit der einen Hand griff er ihre und stellte mit der anderen ihr Bier auf den Boden. Sophia ließ sich von ihm zurück in die Küche führen, sah ihm lange und tief in die Augen. Wären nicht die Kinder, hätten sie jetzt an Ort und Stelle miteinander geschlafen; ihr Körper reagierte sofort auf seine Nähe, wie früher in den ersten Monaten in diesem Haus, als sie noch keine Kinder hatten. Viel zu groß war das Haus für ein junges Paar gewesen, den zweiten und dritten Stock konnten sie gar nicht nutzen, weshalb sie diesen Raum in den ersten Jahren vermieteten, auch um Alexanders zwei Geschwister auszuzahlen, weil er als ältestes der Kinder den Hof bekommen hatte. Nun führte er sie die Treppe hinauf, doch anstatt ins Schlafzimmer gingen sie ins Kinderzimmer. Ein schneller inniger Blickwechsel noch, dann hockten sie sich zu Theo und Michel auf den Boden und halfen ihnen bei den Zinnen der Lego-Burg, die die beiden gerade aufgebaut hatten.

Als ihre drei Männer sich vertieft hatten, verließ Sophia den Raum und betrat ihr kleines Arbeitszimmer, das früher vermutlich eine Kammer für eine der Mägde gewesen war. Schmal und lang schnitt sich der Raum am Ende des Flurs in die dicken Mauern, doch hier hatte sie Ruhe und einen freien Blick über den Parkplatz vor dem Haus, wo gerade eine Familie einfuhr, die, mit Körben und Handtüchern bepackt, offensichtlich von einem abendlichen Picknick am See kam. In der Hoffnung, dass niemand von ihnen klingeln würde, griff sie ein leeres Blatt Papier und einen Stift und notierte „Was reizt mich an den Cafés?“ darauf.

Sie dachte an Benedikts imaginäres Team. Zuallererst stellte sie sich einen Konferenzraum vor, mit einem großen ovalen Tisch aus dunkelbraunem Holz in der Mitte. Da niemand sonst im Raum war, setzte sie sich zaghaft auf das harte, schwarze Leder des mit Chrom eingefassten Stuhls an das eine Kopfende und betrachtete die kahlen, grellweißen Wände des Raumes. Ein Unbehagen überkam sie.

„Wer hat Lust, mit mir gemeinsam ein paar Fragen zu beantworten?“, sagte sie mehr zu sich, und da tat sich die schwere, von innen dick mit Leder gepolsterte Tür auf. Jemand trat ein, ohne dass Sophia ein Bild im Kopf hatte, denn die Person hatte keine menschliche Gestalt. Dennoch spürte sie, dass sie nicht mehr allein im Raum war.

„Wer bist du?“, fragte sie deshalb.

„Anton Abwechslung.“

„Warum bist du hier?“

„Weil mir langweilig ist, wenn du immer nur das Gleiche machst.“

Wieder öffnete sich die Tür, dieses Mal betraten mehrere Gestalten den Raum, die miteinander flüsterten. Wie selbstverständlich bat sie um eine kurze Vorstellung.

„Harald Herausforderung“, sagte eine erste Stimme.

„Frieda Finanzierung“, eine zweite, und schließlich:

„Frank Freiheit."

Dann kamen immer mehr, und Sophia hatte Mühe, die Anwesenheitsliste zu führen, und hoffte, später ihre eiligen Aufzeichnungen entziffern zu können.

„Katharina Kindermädchen."

„Zacharias Zeitmanager."

„Tobias Träumer."

„Sarah Selbstverwirklichung."

„Stopp!", rief sie, als sie das Gefühl hatte, den Überblick zu verlieren, und wunderte sich, als plötzlich Stille herrschte.

„Setzt euch erst mal hin", wies sie die Anwesenden an, als sie hörte, dass noch mehr an der Tür rüttelten. „So, jetzt können die Nächsten kommen."

Paul Positiv und Emil Eigensinn betraten den Raum, gefolgt von Markus Miesmacher. Dieser machte eine extrem langsame Verbeugung, bevor er sich neben Zett Zuviel setzte, der nach ihm hereingerannt gekommen war und schon einen Platz gefunden hatte.

Intuitiv trennte Sophia die beiden, setzte den Miesmacher zwischen den Positiven und die Selbstverwirklichung, ließ dann die Tür ein weiteres Mal schließen, und das Meeting in ihrem Kopf begann. Für einen kurzen Moment überließ sie die Diskussion sich selbst und ging auch nicht gegen Zwischenrufe vor. Doch die Verwunderung, wie viele Stimmen sich hier versammelt hatten, wich schnell dem Drang, Ordnung ins Chaos zu bringen. Sie gab zunächst Anweisungen, die Wände zu streichen und die harten Stühle auszutauschen. Der Tisch veränderte sich, je länger sie hier zusammensaßen, wie von selbst, das Holz wurde heller, zeigte Abnutzungsspuren, Kratzer und Flecken. Und er war jetzt nicht mehr oval, sondern eckig. Durch den Austausch des grauen, strapazierfähigen Teppichs durch einen warmen Holzfußboden hallte der Raum nicht mehr, die Stimmen klangen freundlicher. Jetzt war der richtige Zeitpunkt für ihre Fragen gekommen.

Doch der Miesmacher erstickte jede Idee im Keim, und Tobias Träumer und Sarah Selbstverwirklichung tuschelten die ganze Zeit miteinander. Nachdem sie sie umgesetzt und den Miesmacher nach mehreren Ermahnungen vor die Tür geschickt hatte, war endlich Ruhe. Da betrat als Letzte Berta Beratung den Raum – wie immer zu spät, weil sie von einem Meeting zum nächsten hetzte.

Wenngleich Sophia Berta Beratung ebenso wenig wie die anderen Anwesenden sehen konnte, spürte sie ihre starke Präsenz, eine auffällige, geradezu strahlende Erscheinung. Unaufdringlich, aber gut wahrnehmbar sprach sie unaufhörlich vor sich hin. „Vergiss das Angebot deines Opas nicht", wiederholte sie. „Vergiss das Angebot deines Opas nicht", während Zacharias Zeitmanagement dazwischenschrie: „Keine Zeit, keine Zeit!!!" Doch die wollte Sophia sich für Berta Beratung unbedingt nehmen, nur noch nicht gleich. „Mit dir beschäftige ich mich später", beschwichtigte sie Berta, „ist das in Ordnung?"

Erstaunt stellte Sophia fest, dass sie sofort aufhörte, vor sich hinzubrabbeln, und sich geduldig in einer Ecke niederließ.

Sophia nahm ein weiteres Blatt und schrieb „Ist Opas Beratungsfirma eine Option für mich?" darauf. Dann legte sie es über das aktuelle Arbeitsblatt.

Nachdem ihr inneres Team alles gemeinsam abgewogen hatte, formulierte sie ein erstes Ergebnis: Das selbständige Arbeiten war noch immer der richtige Weg für sie, das Café eine neue Herausforderung mit relativ überschaubarem finanziellen Aufwand und gut mit der Familie vereinbar. Es sprach also nichts dagegen, die Idee weiterzuverfolgen.

„Sind alle mit dem Ergebnis einverstanden?", fragte sie in die Runde. Als keiner Einspruch erhob, lehnte sie sich im Stuhl zurück, betrachtete das Blatt Papier vor sich und ließ, was gerade in ihrem Kopf passiert war, in sich nachwirken.

Einige Minuten später klopfte es an der Tür, und Theo steckte den Kopf ins Zimmer.

„Liest du uns was vor?"

„Ja, mach ich. Sucht ein Buch raus, dann bin ich gleich da."

„Haben wir schon." Er kam zu ihr und nahm ihre Hand.

„Einen kleinen Moment noch." Sie lächelte Theo bittend an. Er nickte, blieb aber neben ihr stehen und rührte sich nicht.

Froh, dass Theo noch nicht lesen konnte, griff Sophia schnell ein neues Blatt Papier und schrieb eine weitere Frage in die Mitte, die Emil Ehrlich leise angebracht hatte. In Großbuchstaben stand dort nun: „Welche Rolle spielt Benedikt in meinem Leben?" Ein letzter Blick, dann legte sie das Papier unter andere Unterlagen, damit es nicht offen herumlag.

9

Benedikt drehte das Radio laut, um sich von dem bunten Flirren in seinem Kopf abzulenken. In den letzten Tagen hatte es sich verstärkt und nun, seit dem Coaching, von dem er gerade kam, beherrschte es ihn vollends. Zum Glück war Anne mit den Kindern bei ihren Eltern, so hatte er Zeit, das Erarbeitete in Ruhe wirken zu lassen, ohne ihr gleich davon erzählen zu müssen. Jetzt wollte er erst einmal abschalten und vergessen.

Gerade hatte er einen Song gefunden, der zu seiner Stimmung passte, da klingelte das Handy, und die Melodie wurde von der Freisprechanlage abgewürgt.

„Moser?“, sagte er mit gereizter Stimme.

„Hey, hier ist Sophia.“

Benedikt atmete tief durch.

„Störe ich?“, fragte Sophia, als er nicht antwortete.

„Nein, nein. Ich fahre gerade die letzten Meter und bin fast zu Hause.“

„Ok. Ich wollte fragen, wann du morgen früh anfängst. Bleibt es bei acht?“

„Ich wollte gerade Musik hören“, sagte er versunken. Doch warum erzählte er ihr das? Schnell redete er weiter. „Gern etwas später“, überlegte er ganz entgegen seiner sonst so disziplinierten Arbeitsweise. „Vielleicht neun? Dann kann ich morgen früh noch etwas Zeitung lesen.“

„Lassen deine Kinder das zu? Bei mir klappt es nie.“

„Anne ist mit Klara und Frederik für ein paar Tage bei ihren Eltern."

„Das ist ja das Paradies!", antwortete sie, „wenn du nur deine Arbeit hast und dich sonst um nichts zu kümmern brauchst. Ich liebe das."

„Aber du hast es hier ja auch ..."

„... und muss noch nicht einmal richtig arbeiten", fiel sie ihm vergnügt ins Wort. „Was machst du denn heute Abend? Wollen wir zusammen essen?"

Benedikt dachte nach, während er vor dem Haus parkte und den Motor ausstellte. Für einen kurzen Moment kam ihm die Möglichkeit, sie am Abend zu treffen, verlockend vor. „Ja, lass uns essen gehen", sagte er daher schnell, bevor er es sich anders überlegen konnte und die Pause peinlich wurde.

„Ich wollte Spaghetti kochen und dann lesen. Auf das Buch würde ich verzichten", fuhr sie fort, als Benedikt nichts erwiderte, „aber die Spaghetti teile ich gern mit dir."

„Bist du sicher?", fragte er mehr sich selbst.

„Ich habe auf dem Weg eingekauft, es reicht bestimmt für zwei."

Noch als er zusagte und sich dann verabschiedete, erschienen Gelbtöne in allen Schattierungen und ploppten in eckigen Formen auf. Er verstand ihre Botschaft, nur was sollten die Streifen? Hellblau durchzogen sie das beißende Gelb. Löste diese Farbe für gewöhnlich Wohlbefinden in ihm aus, weil sie ein Zeichen für Hoffnung war, fühlte er sich nun bis ins Innerste bedroht. Abrupt öffnete er die Autotür bis zum Anschlag und stieg aus.

„Hoffentlich ist das gut“, murmelte er, als er das Haus betrat, das trotz der vielen herumliegenden Kindersachen stets aufgeräumt wirkte. Er ging direkt in sein Büro, um den nächsten Tag in der Versuchsküche vorzubereiten. Die ersten Minuten fiel es ihm schwer, sich zu konzentrieren, doch dann war er so in seine Planungen vertieft, dass er nicht merkte, wie die Zeit verging und aufschreckte, als das Handy klingelte.

Es war Sophia, die schon auf ihn wartete.

„Oh, ich habe die Zeit vergessen“, entschuldigte er sich, „ich mach mich sofort auf den Weg, du kannst schon das Nudelwasser aufsetzen.“ Er legte auf, holte ein paar Flaschen Bier aus dem Keller, tat sie in einen Korb und fuhr los. Als er gute fünfzehn Minuten später auf dem Bauernhof ankam, in dem Sophia sich eingemietet hatte, lehnte sie an der Stalltür und blickte versonnen zu den Tieren.

Erst als er sich neben sie stellte, bemerkte sie ihn und schaute ihn von der Seite an. Wie sie da stand, wirkte sie locker und entspannt, und auch ihr Blick spiegelte eine innere Ruhe, um die Benedikt sie beneidete. „Ich bin da“, sagte er leise.

Sophia löste sich von der Wand, ohne etwas zu sagen, lächelte nur sanft. Ein letzter Blick zu den Kühen, dann griff sie den Korb mit dem Bier und ging in Richtung Ferienwohnung. Benedikt folgte ihr stumm, nahm ihr lediglich den Korb wieder ab. Ein von Türkis durchleuchtetes Pink erinnerte ihn für einen Moment an seine Familie. Schon neulich hatte er die Farbmischung so wahrgenommen, als er mit Anne zusammen, in Gedanken aber bei Sophia gewesen war, doch jetzt empfand er noch intensiver, wie das Pink und das Türkis ohne Form ineinanderflossen. „Ich will nur für mich klären, was das mit Sophia zu bedeuten hat", versuchte er sich zu beruhigen, „ich betrüge Anne nicht und brauche kein schlechtes Gewissen zu haben." Doch die Farben blieben unverändert stark und wandelten sich erst, als er schon eine Weile mit Sophia in der Küche stand und sie dies und das redeten, während Sophia eine Soße für die Nudeln kochte. Da wurde plötzlich aus dem Pink ein wunderbares warmes Gelb, dessen Flecken in der Mitte dunkler waren, als wäre der Farbton hier konzentriert. Nur am Rand blieb etwas Pink, das zunehmend ausfranste und bald verschwand. Doch Benedikt tat sich schwer, sich dem Farbenspiel hinzugeben und das Gelb willkommen zu heißen. Denn bei dem Gedanken an Anne legte sich sogleich ein grauer Schatten darüber. Aber jetzt war er hier, bei Sophia.

„Was ist das mit dir und den Kühen?", fragte er, als sie am Tisch saßen und die Spaghetti auf ihren Löffeln drehten.

Sie zuckte mit den Schultern. „Keine Ahnung. Es waren schon immer meine Lieblingstiere."

„Nun hast du viele."

„Sie gehören Alexander."

Wie selbstverständlich Sophia diesen Namen in Benedikts Gegenwart aussprach, versetzte ihm einen Stich.

„Ich hätte dir auch eine Kuh gekauft", sagte er und hätte sich am liebsten auf die Zunge gebissen. Wie kam er zu dieser Bemerkung? Seine Entschuldigung gelang nicht, stattdessen schlugen ihm Angst und Verletztheit entgegen.

„Nein, es ist genau richtig. Es wird Zeit, dass wir über all diese Dinge reden."

Sophia schob ihren Teller zur Seite, von dem sie so gut wie nichts gegessen hatte, und lachte verlegen, als Benedikt es ihr gleichtat.

„Bist du glücklich?", fragte er schließlich.

„Das wolltest du schon einmal wissen."

„Stimmt. Aber ich frage dich noch mal."

„Hoffst du, dass ich ‚Nein' sage?" Sophia sah ihn an.

Benedikt erschrak über das dunkle Rot, das sich plötzlich in ihm ausbreitete. Er hatte gelernt, die Farben zunächst wahrzunehmen und nicht gleich zu reagieren. Sie offenbarten ihm oft erst, was er wirklich fühlte, und selbst wenn sie aus einer Mischung bestanden, konnte er diese in ihre Einzelteile zerlegen – und sie analysieren. Doch diesmal gab es nicht viel zu interpretieren, dunkles Rot überdeckte alles andere und drohte, ihn in seinem emotionalen Schmerz zu ertränken. „Ich weiß nicht", sagte er zittrig. „Ich glaube, ich habe vor beidem Angst, vor Ja und auch vor Nein."

Sophia nickte und schwieg einen Moment, bevor sie weitersprach. „Ich habe mir mein Leben so eingerichtet", setzte sie vorsichtig an, „dass ich sagen kann, ich bin glücklich." Am liebsten hätte sie sich jetzt vermutlich gemütlich hingesetzt, überlegte Benedikt, ein Bein angezogen, die Hände ums Knie geschlungen. Doch stattdessen richtete sie sich kerzengerade auf. „Ich habe ein erfülltes Berufsleben", fuhr sie fort, „in das ich mit dem

Café eine neue Herausforderung bringen möchte, damit es nicht langweilig wird." Die Arme vor der Brust verschränkt lehnte sie sich zurück, immer noch aufrecht, ohne den Rücken zu krümmen.

„Und dein Mann?", hakte Benedikt nach. Für einen kurzen Augenblickt glaubte er, sie würde über die Frage hinweggehen, weil sie zunächst schwieg, aber dann war ihre Antwort sehr klar.

„Ich kann mich auch nach Jahren immer noch gut mit ihm unterhalten", sagte sie ernst, „lachen und mich fallen lassen. Und er ist ein hingebungsvoller Vater."

„... der unterm Strich aber nicht deine große Liebe ist?" Was trieb ihn bloß, solche Fragen zu stellen?

„Warum bist du da so sicher?" Ihre Stimme klang neutral, was Benedikt wunderte.

„Woher soll man schon wissen, ob es die große Liebe ist", sagte sie stattdessen.

Weit über den Tisch gelehnt, sah er ihr in die Augen. Es gab wohl kaum etwas, worauf er eine so klare Antwort wusste. Er musste nur an den Augenblick denken, als er Sophia das erste Mal gesehen hatte. „Du weißt es nach einer Sekunde, sie erwischt dich kalt, ohne Rücksicht oder Vorwarnung." Tränen traten in seine Augen, als er fortfuhr. „Die große Liebe ist verwirrend, stark, vielleicht bedrohlich im ersten Augenblick, zugleich leicht und beflügelnd, wenn du ihr nachgibst. Du kannst nicht anders, als alles andere stehenzulassen, um mit diesem Menschen zu sein, den du liebst."

„Wow." Sophia nahm die Arme herunter, beugte sich nach vorn. „Was ist mit tiefer Zuneigung, Respekt, Achtung, auch Verlangen und Hingabe? Wenn mich das mit einem Menschen verbindet: Liebe ich ihn dann nicht?“

„Das sind nur Teilbereiche“, wischte er ihren Einwand beiseite.

„Aber für mich sind die sehr wichtig.“

„Mag sein, doch eigentlich kann man Liebe nicht beschreiben. Es fühlt sich einfach richtig an. Man braucht nicht den Kopf, um es zu erklären.“

„Nur das Herz?“

Benedikt bemerkte ein leises Zittern, das ihren Körper durchfuhr. Sie stand auf und holte eine Decke, die zusammengefaltet über der Sofalehne lag. Ungelenk breitete Sophia sie locker um ihre Schultern, den Blick ganz nach innen gerichtet, als würde sie in sich versinken. Erst als sie einen Schluck Bier getrunken hatte, klärten sich ihre Augen, und sie war in der Lage, das Gespräch fortzusetzen. „Wer heiratet denn schon seine große Liebe?“

„Vermutlich nicht allzu viele. Aber macht es das besser?“

„Wer trifft überhaupt seine große Liebe?“ Sie zog die Decke enger um sich.

„Vermutlich ebenfalls nicht allzu viele“, sagte Benedikt bedacht, obwohl er viel lieber laut „Ich“ gerufen hätte.

„Und wer von den ganzen verkopften Menschen heutzutage merkt überhaupt, wenn er die große Liebe trifft?“

Benedikt zuckte mit den Schultern. „Vermutlich nicht allzu viele.“ Er beugte sich in ihre Richtung. „Aber ich habe dich gefragt, wie es bei dir und Alexander ist.“

Sophia sah an ihm vorbei nach draußen in die Abendsonne. „Als verwirrend oder gar bedrohlich habe ich es nie empfunden. Dafür als verlässlich und beständig, vielleicht weil es langsam wachsen konnte? Ja, ich denke, ich liebe ihn." Sie nahm einen weiteren Schluck. „Und du und Anne?"

„Du weißt, dass sie weder meine große noch die Liebe meines Lebens ist, oder wie immer du es nennen willst." Er sah sie an und hatte plötzlich das Gefühl, dass auch sie das grau überlagerte Gelb, das ihn bis in die kleinste Zelle seines Körpers durchdrang und ihm erneut Tränen in die Augen presste, erspüren konnte. „Ich träume manchmal von dir, davon, dass ich bei dir bin, wir miteinander reden und ich immer Angst habe, dass dein Mann kommt und mich sieht. Oder du bist bei mir und Anne betritt den Raum. Du aber tust so, als wäre es ganz normal und für alle selbstverständlich, dass du da bist."

Sophia schüttelte den Kopf.

„Du kennst das?", fragte Benedikt hoffnungsvoll, während sich alle möglichen Farben wie in einer Spirale drehten. Er erkannte Liebe, Hoffnung, Wut, Unglück, Traurigkeit, Betrug, Neid, Stillstand, ebenso die Farbe seines persönlichen Glücks. Alles wirbelte wild durcheinander. Verstörend, wuchernd.

„Nein, solche Träume habe ich nicht." Sie lächelte ein fernes Lächeln, als hätte sie eine Barriere hochgezogen. „Zum Glück, denn ich rede viel, wenn ich träume."

„Aber?"

„Du hast mich nicht losgelassen."

Dieser Satz musste durch das winzige Loch gekrochen sein, das Benedikt für einen Moment in ihrer Schutzhülle wahrnahm, bevor es sich wieder schloss. Schnell griff Sophia ihren Teller, drehte sich einen großen Löffel Spaghetti und steckte ihn in den Mund.

„So schwer zu ertragen?"

Sie schluckte und zuckte vorsichtig mit den Schultern, den Blick starr auf den Teller gerichtet. Dann sah sie plötzlich hoch und begann ein Gespräch über die Berge, bei dem Benedikt auf seinem Stuhl unruhig hin und her rutschte. Was redete sie da? „Mal sind es eben eher die Gipfel, die einen begeistern, mal die Täler", beendete er das Thema und hoffte damit auch die wütenden roten Punkte zu besänftigen, die in seinem Kopf hin und her floppten.

„Soll ich die Spaghetti noch mal warm machen?", nahm Sophia vorsichtig wieder Kontakt zu ihm auf.

Benedikt schüttelte den Kopf, aber sie stand trotzdem auf und ging mit den Tellern zum Herd in der Ecke des kleinen Apartments. Beide Biere an den Hälsen in einer Hand, folgte Benedikt ihr und griff mit der freien Hand die Pfanne, in die sie mit verkrampften Bewegungen schon die Nudeln geschüttet hatte. Von sich selbst überrascht, doch nicht genug, um sich zu bremsen, stellte er die Flaschen kurzerhand auf den Boden, ließ die Pfanne Pfanne sein und zog Sophia zu sich. Sie entwand sich seinem Griff, drehte sich zurück zum Herd, doch Benedikt hielt sie, fasste um sie herum und schaltete den Herd aus. Er spürte die Nähe zu ihr so sicher wie am ersten Abend. Ein leichtes Zittern durchzog ihren Körper, dennoch strich er die Decke von ihren Schultern; nahezu lautlos glitt sie auf den Boden. Seine rechte Hand strich über ihre stark hervortretenden Jochbeine, dann fuhr er mit seinen Fingern über ihre für eine Frau sehr dichten Augenbrauen, die in den ansonsten filigranen Gesichtszügen zwar eine Irritation darstellten, doch die strahlenden Augen umso stärker zur Geltung brachten. Selbst jetzt, wo sie einen leicht gequälten Gesichtsausdruck hatte, leuchtete das Braun ihrer Augen, als müsste es die ganze Welt erhellen. Sophia stand starr, rührte sich nicht, während sie seinem Blick standzuhalten versuchte, mal mit schützender Wand im Blick, dann für Momente offen bis in die Tiefe ihres Seins.

Bedacht zog er sie zu sich, immer nur so weit, wie Sophia ihren Widerstand aufgab, bis nur noch ein Blatt zwischen ihre Gesichter passte. Als Sophia einen Arm um seine Taille legte, zog er auch ihren Körper ganz zu sich heran, dann senkte sie den Kopf an seine Schulter. So standen sie, einander umarmend. Benedikt spürte ihren rasenden Herzschlag, als wäre es seiner. Erst als Sophias Zittern nachgelassen und ihrer beider Puls sich beruhigt hatte, sprach er wieder.

„Soll ich gehen?“

„Eigentlich wollte ich die Spaghetti noch mal warm machen, aber wenn du gehen möchtest …“, antwortete sie mit leiser, nicht ganz klarer Stimme.

Benedikt schüttelte den Kopf.

„Ich kümmere mich um ein frisches Bier.“

„Es geht doch nichts über ein warmes Essen“, grinste Sophia, nachdem die Nudeln erhitzt waren und sie wieder am Tisch saßen, als hätte sie die Intimität des vorangegangenen Moments einfach abgestreift. Sie rieb Parmesan auf ihre Nudeln und hob die Raspel fragend in Benedikts Richtung.

Er schüttelte den Kopf. „Danke."

Sie nahm das harmlose Gespräch über die Berge wieder auf. Mit Abscheu vor ihrer beider Feigheit ging er auf ihre Fragen ein und erzählte, dass inzwischen sein Beruf ihm die Möglichkeiten bot, sich ganz bei sich zu fühlen. „Nicht mit solch einer intensiven inneren Ruhe, die mich auf einem Gipfel erfasst, aber dennoch entspannt die Arbeit mich." Was redete er da? Hatte er ihr doch schon von seiner Unzufriedenheit im Job und dem Coach erzählt. Aber sie griff den Faden auf.

„Deswegen möchte ich das Café. Weil ich nicht ständig in den Bergen sein kann, wenn ich Ausgeglichenheit suche."

Benedikt sprang auf, er hielt die Spannung nicht mehr aus. Was sollte das Gerede über Zufriedenheit und Bei-sich-sein in den Bergen oder wo auch immer, wenn sie es nicht einmal hier in Sophias Ferienapartment, wo niemand sie störte, hinbekamen, offen und frei miteinander umzugehen. Mit wenigen heftigen Schritten trat er ans Fenster und schaute in den abendlichen Himmel hinaus. Deutlich spürte er ihren Blick auf sich gerichtet. „Wir denken so gleich", formte er lautlos Worte mit seinen Lippen, die er nicht auszusprechen wagte, während er in den Abend hineinlauschte. Er hörte leises Brummen aus dem Kuhstall, eine der mechanischen Bürsten für die Fellpflege, und kehrte schließlich an den Tisch zurück.

„Was sind denn deine Pläne für morgen?", empfing Sophia ihn sachlich, was in Benedikt erneut eine unbeschreibbare Traurigkeit, auch Trotz auslöste.

„Kaffee", maulte er und wusste, dass er sich wie ein kleines Kind benahm, das nicht bekam, was es wollte, aber den Weg nicht gehen wollte, den es brauchte, um seine Situation zu verbessern.

„Kaffee?"

„Ja. Ich habe Proben von neuen Lieferanten, die Kaffee von kleinen Plantagen vertreiben, alles fair gehandelt und in Bio-Qualität. Ich möchte verkosten, was gemahlen geliefert wurde, und dann selbst Proben rösten. Das wird einiges an Zeit in Anspruch nehmen, aber natürlich backen wir auch."

„Cool!", strahlte Sophia. „Ich habe ein Rezept von den Zimtkeksen meiner Oma dabei." Lächelnd stand sie auf und deckte die Teller ab.

„Ist das ein Rausschmiss?" Er ließ den Blick über das kleine Chaos schweifen. „Ich kann dir helfen."

Sophia drehte sich zu ihm um. „Ich muss morgen früh fit sein, sonst stelle ich mich blöd an und kann mir womöglich nichts merken."

„Dann kommst du eben noch mal."

Benedikt stand auf, stellte seine Flasche Bier auf den Tisch und ging langsam auf Sophia zu. Anders als noch vorhin hielt sie jetzt seinem Blick stand.

„Was soll das, Benedikt?", fragte sie, als er immer länger ihren Augenkontakt suchte. Sie hatte die Hände in die Hüften gestemmt. Er antwortete nicht und ging weiter auf sie zu.

„Benedikt, lass das sein." Sophia wich einen Schritt zurück, straffte die Schultern nach hinten. Als er noch einen Schritt tat, hob sie die Hand, und sofort blieb Benedikt stehen. Sie standen nur noch einige Fußbreit voneinander entfernt. Sophia, ganz aufrecht, blitzte ihn aus ihren braunen Augen an. Vergnügt? Angriffslustig? Einfach weiblich? Benedikt war nicht in der Lage, es genau zu benennen. Ein tiefes Gelb verdrängte alle anderen Farben, und als es immer heller wurde und zu strahlen begann, nahm er umso intensiver Sophias Kraft wahr, ihre Stärke. Wie gern hätte er sie berührt, doch ihre Hand war noch immer erhoben, und mit jedem Schritt, den sie nun auf ihn zuging, wich er ein Stück zurück, bis er mit dem Rücken gegen die Terrassentür stieß. Ein enormes Verlangen, sich irgendwo festzuhalten, überkam ihn. Mit seinen Händen stützte er sich an der kalten Glasscheibe ab und erkannte in diesem Moment in ihren Augen genau das, was er den ganzen Abend so sehr ersehnt hatte. Sie wollte ihn. Langsam kam sie näher. Blieb stehen. Jeder ihrer Schritte auf dem Holzfußboden drang wie eine Warnung in seine Ohren, schmerzte. Sophia bewegte sich sicher und selbstbewusst, Benedikt hingegen geriet ins Schlingern, ganz im Bann ihrer Farbe, dieses tiefen satten Gelbs, dessen grauer Schleier bereit war, sich zu lichten.

Nur noch ein Schritt, und Sophia würde so dicht vor ihm stehen, dass er ihren Atem spüren konnte. Bedächtig strich sie ihre Haare hinter die Ohren, immer wieder eine einzelne Strähne, bis jeder Millimeter ihres Gesichtes zu sehen war. Der letzte Schritt. Aus Angst, sein Traum würde bersten, wenn er sich bewegte, rührte er sich nicht. Letzte Spuren von Sicherheit schwanden, zugleich fühlte er sich herausgefordert, die Initiative zu ergreifen. Da durchwanderte Pink das Gelb, bildete Schlieren und wurde immer greller. Betrug. Das hier war keine Grauzone mehr, und es zu begreifen, brauchte er keine Farben. Er löste die Handflächen nur ein wenig von den Scheiben, um sie sofort noch stärker dagegenzupressen. Diese Leidenschaft musste er leben, sie auskosten, selbst wenn er dafür ein Stück seiner Aufrichtigkeit und Geradlinigkeit opferte. Doch anders würde er das Spannungsfeld, in das allein der Gedanke an Sophia ihn brachte, nicht lösen können.

Leicht drückte er seinen Körper in ihre Richtung, erwartete ihre Reaktion. Doch ihr Körper schwieg und warf Benedikt ein weiteres Mal aus seinem Traum.

„Du solltest nach Hause gehen“, sagte sie.

Benedikt spürte die Glasscheibe im Rücken und an den Händen, deren Kälte sich über seinen ganzen Körper ausbreitete und ihn langsam in die Wirklichkeit zurückholte.

„Ja, ich weiß. Das sollte ich tun.“

Erst als Sophia ein paar Schritte zurücktrat und mühsam zu lächeln versuchte, bekam er leichter Luft. Sie hielt ihm den Korb mit den leeren Bierflaschen hin und stellte ihn vor ihm auf den Boden, als er nicht reagierte.

„Soll ich morgen wirklich in die Versuchsküche kommen?“, fragte sie leise in sein Ohr, als er sie sanft und vorsichtig, als könne er etwas zerbrechen, zum Abschied drückte.

„Auf jeden Fall! Wir haben uns doch wunderbar im Griff.“

„Ist es sinnvoll, sich zu sehen, wenn man sich immer unter Kontrolle haben muss?“

Er ließ sie los und sah sie an.

„Ist es besser, sich nicht zu treffen?“

Sophia musste lachen und zuckte mit den Schultern.

Benedikt öffnete die Terrassentür und trat nach draußen. „Wir sehen uns um neun.“

Er wartete Sophias Nicken ab, dann ließ er die Tür zufallen.

10

Zu Hause angekommen war er froh, nicht Anne gegenübertreten zu müssen, denn er war sicher, sie würde die Schwingung spüren, die in ihm nachhallte.

Mit einer Tasse Tee setzte er sich in sein Arbeitszimmer, wo auf dem Schreibtisch immer einige leere Blätter Papier bereitlagen, seit er das Coaching machte. Nun griff er eines und schrieb „Was bedeutet Sophia für mich?" in die Mitte.

Nur einige Sekunden später betrat er den Konferenzsaal, und es öffnete sich eine kleine, sonst unsichtbare Tür in der Wand. Selbstbewusst, langsam und bedächtig trat eine Gestalt hindurch, ging auf den Tisch zu und setzte sich, wortlos. Noch bevor Benedikt auf dieses provokante Verhalten reagieren konnte, öffnete sich die große doppelflügelige Tür und eine weitere Person betrat den Raum, durchmaß ihn mit kraftvollen Schritten und nahm gegenüber der ersten Gestalt Platz. „Ich bin Linus Leidenschaft", rief sie.

Als Nächstes erschienen Gustav Geheimnis, dann Fantoma Fraueninsel.

Benedikt gefiel schon die Zusammensetzung der Teilnehmer dieser Sitzung nicht, doch wie am Abend zuvor fühlte es sich richtig an. Er musste weitermachen. Für sich. Fritz Freiheit setzte sich neben die erste Gestalt, Boris Beherrschung platzierte sich bei Linus Leidenschaft auf der anderen Seite. Die erste Gestalt schüttelte sich langsam und rückte näher an die Freiheit.

Mit jeder Person, die eintrat, wurde es heller im zunächst nur schummrig erleuchteten Raum. Benedikt fühlte sich in seiner Rolle nicht sicher. Sollte er den progressiven Chef geben, der alle Meinungen anhörte und dann so entschied, wie er es für richtig hielt, oder erst einmal abwarten, was passierte, sich aus dem Gespräch zunächst heraushalten?

Noch während er darüber nachdachte, schien die erste Gestalt zu wachsen. So klein und unscheinbar, wie sie den Raum betreten hatte, dominierte sie ihn jetzt. Alle ordneten sich ihr unter, nur Boris Beherrschung nicht, ebenso wenig Rudi Rücksichtnahme, Vroni Versprechen und Volker Verpflichtung. Die Gestalten kommunizierten allein durch ihre Anwesenheit miteinander.

Noch immer gab sich die zuerst eingetretene Gestalt nicht zu erkennen, doch ihre Ruhe, mit der sie alle betrachtete, zog Benedikts Aufmerksamkeit auf sich. Wer war sie? Warum war sie hier?

Erika Ehrlichkeit stand auf und setzte sich hinter die übrigen Teammitglieder, blieb aber in achtsamer Entfernung zu ihnen. Beherrschung, Rücksichtnahme, Versprechen und Verpflichtung bildeten einen Block, wirkten feindselig. Düsternis breitete sich zwischen ihnen aus, während die erste Gestalt zu ihrer ganzen Größe herangewachsen war und mit ihrer Helligkeit alles überstrahlte. Gebannt von der Dynamik, die sich aus den Spannungen dieses Bildes ergab, versuchte Benedikt, eine Farbe zu erkennen. Da klingelte das Telefon. Anne.

„Seid ihr gut angekommen?“, fragte er.

„Ja. Bist du zu Hause?“

„Klar, wo sollte ich sein?“

„Ich dachte, Sophia ist schon da und ihr esst vielleicht gemeinsam.“

Benedikt betrachtete das Blatt vor sich.

„Ich habe noch zu arbeiten.“

„Entschuldige, diese Frau macht mir Angst.“

„Muss sie nicht“, versuchte er sie zu beruhigen und ihren freundlichen Ton aufzugreifen. „Vergiss den Gedanken an sie. Würde sie nicht wegen ihres Cafés meinen Rat suchen, wäre sie gar nicht aufgetaucht. Nicht ich habe sie eingeladen, sondern sie hat mich angerufen. Und der Vorschlag dazu kam noch nicht einmal von ihr selbst, sondern von ihrem Mann.“

Benedikt machte eine Pause, um seine Worte wirken zu lassen. Auf Anne, aber auch auf sich selbst. Doch anstatt Ruhe und Vertrauen zu schaffen, ließen sie ein Feuerwerk an Farben explodieren. Er stand auf und ging rastlos im Raum hin und her, doch er fand keine Ruhe. Als Anne schließlich sagte, er habe sich so verändert, seit Sophia aufgetaucht sei, blieb nur noch Schwärze in seinem Kopf. Er konnte sie nicht zurückdrängen, das Schwarz wucherte überall.

„Hast du Sophia geliebt?“

Benedikt eilte zum Schreibtisch, sah auf das Blatt vor sich.

Anstatt auf die Frage zu antworten, begann er eine Diskussion über den Anspruch vieler Menschen, die einzige Liebe im Leben des anderen sein zu wollen. Vielleicht brauchte jeder Lebensabschnitt seine eigene Liebe? Benedikt konnte förmlich sehen, wie Anne sich zu konzentrieren versuchte, um sich nicht von ihren Gefühlen überwältigen zu lassen. Und er selbst wünschte in diesem Moment nichts sehnlicher als einen kleinen Durchgang zu seinem Hirn, um einen klaren Gedanken zu fassen.

„Wer hat eigentlich Schluss gemacht damals?", schoss die nächste Frage durchs Telefon. Benedikt atmete erleichtert aus. Sie betraf nicht sein derzeitiges Gefühlsleben, und so lichtete sich das Dunkel etwas.

„Keiner."

„Wie: Keiner?"

„Wir waren ja nicht richtig zusammen. Also kann auch keiner Schluss machen."

„Warum sagt deine Mutter dann, dass es so ein Drama gewesen sei?"

„Frag das bitte meine Mutter. Ich habe keine Ahnung, was sie sich da ausgesponnen hat, und möchte mich auf keinen Fall für mein Leben vor dir kleinteilig rechtfertigen."

Einige Male ging es hin und her, und mit jeder Äußerung gewann Benedikt an geistiger Flexibilität zurück. Während sie telefonierten, streifte er treppauf, treppab durchs Haus und erreichte schließlich mit seinen Argumenten auch das logische Denken seiner Frau. So zügelte Anne schließlich ihre Eifersucht und zeigte sich am Ende bereit, in Sophia zu sehen, was auch Benedikt so gern in ihr sehen wollte: eine gute alte Freundin. Nicht weniger. Nicht mehr. Endlich konnte er sich ohne Gewissensbisse und böse Worte von ihr verabschieden.

Zurück im Büro nahm er das Blatt vom Schreibtisch und starrte die Frage an, ehe er es weglegte. Was Sophia für ihn bedeutete, wusste er nach dem Gespräch mit Anne weniger denn je. Wütend auf sich selbst, weil er sich nach all den Jahren wieder in einen solchen Gefühlsstrudel hatte reißen lassen, ging er ins Wohnzimmer und schaltete den Fernseher an. Gerade kamen Nachrichten. Das würde ihn auf andere Gedanken bringen. Doch die Berichterstattung über hauptsächlich Beunruhigendes führte ihm nur wieder einmal vor Augen, wie sehr die Welt aus den Fugen geraten war. Die große Welt ebenso wie seine kleine, um deren Gleichgewicht er bei seinem Coaching rang, was ihm bei seiner letzten Sitzung mit Herrn Weiß offenbar geworden war.

„Was wollten Sie da oben in Gelb malen?", hatte er ihn gefragt, als sie gemeinsam den von Benedikt vor dem ersten Treffen bearbeiteten Zettel analysierten.

„Nichts Wichtiges."

„Wäre es nicht wichtig, hätten Sie den Stift nicht an- und schon gar nicht wieder abgesetzt … Es geht hier", fuhr Herr Weiß fort, als Benedikt unschlüssig schwieg und vor sich hinstarrte, „um Ihre persönlichen Beziehungen und deren Auswirkungen auf Sie und Ihre Situation jetzt und in der Zukunft. Alles beeinflusst sich gegenseitig. Keine Beziehung, auch wenn Sie sich noch so sehr dagegen wehren, bleibt ohne Auswirkung auf Sie selbst und Ihr Lebensumfeld."

Jetzt auf dem Sofa erinnerte Benedikt sein bitter verzogenes Gesicht, auf das Herr Weiß ihn aufmerksam gemacht hatte, und die eng vor der Brust verschränkten Arme.

„Ich wollte einen dunkelgelben Schatten über alles malen", setzte er zur Erklärung an.

„Warum?"

„Ich habe noch nie darüber gesprochen", antwortete er gepresst und krümmte sich nach vorn.

„Dann sollten Sie es jetzt tun, zumindest wenn Sie hier weiterkommen möchten. Denn es scheint Sie so sehr zu beschäftigen, dass es sie blockiert."

Schwarz mit dunklem Rot. Stillstand mit emotionalem Schmerz. Keine hilfreiche Kombination, dachte er. Aber während Herr Weiß ihm ausgiebig erläuterte, warum und wo es Grenzen der persönlichen Weiterentwicklung geben konnte und dass es Zeiten gab, wo man gewisse Dinge anpacken sollte, änderte sich die Farbe langsam in ein neutrales Dunkelblau.

„Als ich neunzehn war, habe ich eine Frau kennengelernt", begann er vorsichtig zu erzählen, als müsse er sich anpirschen.

„Wie heißt sie?"

„Sophia."

Sein Magen verkrampfte sich, doch als er den wohlwollenden Blick seines Coaches wahrnahm, atmete er ein paar Mal tief durch und fuhr dann fort.

„Ich habe nach weniger als einer Sekunde gewusst, dass ich sie heiraten möchte."

„Und das hat sich bis heute nicht verändert."

„Ich habe Anne geheiratet."

„Das tut nichts zur Sache."

Benedikt sah ihn erschrocken an, doch Herr Weiß fuhr unbeirrt fort. „Bitte entschuldigen Sie, dass ich das so hart sage. Aber Sie sind mein Klient, nicht Ihre Frau. Und damit liegen nur Sie mir am Herzen. Meine Aufgabe ist es, *Sie* voranzubringen. Und deswegen sollten wir jetzt nicht über Anne oder Anne und Sie sprechen, sondern über Sophia."

Die Nachrichten waren vorbei, es folgte das Wetter. Benedikt schaltete um und fand eine Comedy-Sendung, über die er nicht lachen konnte. Erst bei einer Talkshow hörte er auf zu zappen. Ein bekannter Politiker hatte gerade die Runde verlassen, die Moderation geriet aus den Fugen. Doch anstatt dem wütenden Schlagabtausch zu lauschen, der dem Eklat folgte, ging er das Gespräch mit seinem Coach weiter durch.

„Ich habe dieser Frau fünf Heiratsanträge gemacht."

„Und sie hat jedes Mal nein gesagt?"

„Ja."

„Vielleicht wollte sie Sie nicht?"

„Nein. Es muss etwas anderes sein. Sie hat all die Jahre Kontakt zu mir gehalten."

„Waren Sie denn richtig zusammen?"

„Nein, nie. Wir haben uns hin und wieder getroffen. Und mich hat es jedes Mal aufs Neue erwischt."

„Haben Sie mit ihr darüber gesprochen?"

„Nein. Nicht explizit."

„Warum nicht?"

„Ich dachte, ich müsste das nicht."

Das blaue, flackernde Licht des Fernsehers blendete ihn, ohne dass er wahrnahm, um welches Thema es gerade ging. In schnellem Tempo hastete er weiter durch das Gespräch.

„Können Sie nicht über Gefühle reden?"

„Wer kann das schon?"

„Na ja, man sollte es versuchen. Unter Umständen kann sich sonst etwas anstauen."

„Und es überschattet dann alles andere?"

„Je nachdem, wie stark die unterdrückten Gefühle sind. Sie suchen sich auf jeden Fall einen Weg an die Oberfläche. Früher oder später."

„Und was mache ich, wenn ich feststelle, dass ich immer noch sie will? Und keine andere?"

„Wissen Sie es nicht jetzt schon?"

„Nein. Die Welt hat sich weitergedreht."

„Gut."

Benedikt versuchte, sich auf das Interview mit einem Schauspieler zu konzentrieren, das die Talkshow abgelöst hatte. Doch seine Gedanken drifteten erneut ab.

„Gut?"

„Ja, weil Sie offenbar die Chance haben abzuschließen, ohne Ihr Leben auf den Kopf zu stellen."

„Aber ich möchte nicht alles noch einmal durchleben."

„Was genau ist denn das für ein Schatten, den Sie zu zeichnen begonnen haben?", erkundigte er sich, ohne auf Benedikts Einwand einzugehen.

Benedikts Augen richteten sich nach innen, holten sich die Farbe, die er beschreiben wollte, ins Bewusstsein.

„Es ist, als würde man eine dunkle Sonnenbrille aufsetzen." Er erzählte von den Farben, die er sah, von den unzähligen Abstufungen und Formen und dem Schatten, hinter dem Formen und Farben verschwammen, wenn er sich darüber legte.

„Ist der Schatten permanent da?“

„Vor allem in besonders strahlenden Momenten fällt es mir auf.“ Seine Stimme wurde leise und brüchig. „Sogar bei den Geburten unserer Kinder.“ Tränen füllten seine Augen, doch nach einer kurzen Pause sprach er weiter. „Als dürfte ich nicht uneingeschränkt glücklich sein.“ Zusammengesunken saß er auf dem Stuhl gegenüber seinem Coach. Immer nur kurz, solange dieser schwieg, konnte er ihm offen ins Gesicht sehen.

„Sie müssen es sich eigentlich nur selbst gestatten.“

Was hatte er damit gemeint? Benedikt schaltete den Fernseher aus und ging zurück ins Büro zu seinem Schreibtisch. Schon auf dem Weg hatte er wieder das Gefühl, Anne zu betrügen. Während des Coachings hatte er genickt, als würde er die Worte verstehen. Doch die Erkenntnis fehlte bis jetzt. Was sollte er sich gestatten? Dass er den Schatten einfach gehen lassen sollte? Sophia aus seinem Leben entlassen? Oder vielleicht, dass er sich nehmen sollte und verfolgen, was ihn glücklich machte? Und damit Sophia fest in sein Leben holen? Schon sah er wieder dieses verführerische und zugleich so ätzende Pink und versuchte sich vorzustellen, wie es aus seinem Kopf floss. Es lief nach unten weg, doch von oben und von den Seiten kam es immer wieder nach. Er starrte aus dem Fenster, die Dunkelheit hatte sich über den Garten gelegt. Mit den Minuten wurde der pinkfarbene Fluss zäher, doch er löste sich nicht auf. Was vorher in Bewegung war, schien jetzt nur erkaltet und erstarrt. Benedikt war sicher: An diesem Zustand würde er so schnell nichts ändern können.

Am nächsten Morgen warf er, noch bevor er sich einen Kaffee kochte, einen Blick auf seine Frage und rief die Teammitglieder auf. Das Bild, das sich nun in seinem Kopf formte, hatte sich über Nacht verändert. Beherrschung, Rücksichtnahme, Versprechen und Verpflichtung hatten sich direkt gegenüber der großen Gestalt postiert. Er war verwirrt und wollte sich später in Ruhe damit beschäftigen, als plötzlich ein Gegenstand in der Mitte des großen ovalen Tisches auftauchte. Die Kanne, die Sophia damals mit auf die Fraueninsel gebracht hatte, hob sich deutlich von dem unscheinbaren Grau der Tischplatte ab.

„Okay, also jetzt", ermutigte er sich und wandte sich deutlich und bestimmt an die Runde, bis alle Teammitglieder nickten. Die große Gestalt klatschte in die Hand. Dann noch einmal und noch einmal, ganz langsam immer weiter, bis ein Rhythmus entstand. Nach und nach stimmten alle Anwesenden ein. Es kamen durch mehrere Türen noch weitere Personen hinzu, die Benedikt nicht alle identifizieren konnte. Das ermutigende Klatschen wurde lauter. Benedikt ließ es auf sich wirken, bis auf einmal eine kleine, drahtige Gestalt den Raum betrat, auf den Tisch stieg und alle anderen nacheinander am Kopf berührte. Es war Viktor Veränderung. Einem Kurzschluss gleich brach Benedikt die Sitzung ab und verließ kurze Zeit später das Haus. Er wollte nicht wissen, um welche Art der Veränderung es ging. Nicht an dem Tag, an dem Sophia zu ihm in die Versuchsküche kam.

Benedikt war früher dran als geplant, eine Mitarbeiterin bereitete noch den Laden für die Öffnung vor und machte ihm einen Espresso, ohne dass er darum bitten musste. Er setzte sich in eine Ecke, die von außen nicht einzusehen war, trank den Espresso so heiß, dass er kaum etwas schmeckte, und ging in sein Büro, obwohl er dort nichts Wichtiges zu tun hatte.

Einige Minuten stand er am Fenster, sah nach draußen, nahm vom Geschehen auf der Straße aber nichts wahr. Sein Blick war nach innen gerichtet. Leise hörte er den Applaus nachhallen, sah leuchtendes Hellorange, das von den Mitgliedern seines inneren Teams ausging. Kurz ließ er sich von diesem ermutigenden Gefühl umgarnen, dann wandte er sich vom Fenster ab und machte sich weit schneller, als ihm zumute war, in die Versuchsküche auf, für die er eine von zwei großen Wohnungen des Dachgeschosses zu einem geräumigen Loft hatte umbauen lassen.

In einer Ecke stand eine Eckbank aus alter Eiche, die er im Internet über eine Kleinanzeige erstanden hatte. Sie stammte aus einem Bauernhaus und bot Platz für mindestens zehn Personen. Die vielen kleinen Unebenheiten konnten sicher spannende Geschichten erzählen, doch darüber machte Benedikt sich an diesem Morgen keine Gedanken, streifte mit seinem Blick nur kurz den bunten Blumenstrauß, den Frau Schiefer an seinen Versuchstagen immer frisch auf den Tisch stellte. Er strich mit den Fingern die weit in den Raum reichende Arbeitsinsel entlang und rief sich ins Gedächtnis, warum er heute hier war. Wie immer, um anderen Menschen Genussmomente zu schaffen. Genauso, wie er es von dem Konditor seines Vaters, Matthias Ruprecht, vorgelebt bekommen hatte. „Nur mit diesem ehrlichen Wunsch kann man die besten

Torten und Dips für die Sauerteigbrote zaubern", hatte er stets beteuert und Benedikt wie nebenbei alle seine konditorischen Grundfertigkeiten beigebracht.

Es klopfte an der Tür. Doch bevor er „Herein" rufen konnte, drehte Sophia sich schon, die Hände mit Brötchen und Kaffeebechern beladen, rückwärts in den Raum. „Die Mitarbeiterinnen unten haben mir gesagt, dass du spätestens nach einer halben Stunde Hunger auf etwas Herzhaftes bekommst, wenn du süße Sachen erfindest. Also haben sie mir gleich etwas mitgegeben." Sie stellte alles auf den Tisch und betrachtete Benedikt einen Moment grübelnd. „Wie siehst du denn aus?"

„Wieso?"

„Nicht ausgeschlafen, als hättest du die Nacht durchgetrunken."

„Na, vielen Dank!"

Schwach lächelnd griff er nach einem der Kaffeebecher und war dankbar, als Sophia das Reden übernahm, von der Kaffeeküche schwärmte und von ihren eigenen Umbauplänen im Hotel erzählte, bis ihr Telefon klingelte.

„Brunner?"

Es war Alexander. Benedikt konnte sich einfach nicht an ihren neuen Namen gewöhnen. Er ging an die Arbeitsfläche, öffnete einige Schränke, ohne etwas herauszuholen, damit sie das Gefühl hatte, in Ruhe sprechen zu können, und angestrengt bemüht, nicht hinzuhören. Als sie aufgelegt hatte, forderte sie ihn lächelnd auf anzufangen.

Nun ging er zielgerichtet an einen Schrank und holte zwei Schürzen heraus, von denen er eine Sophia gab.

„Damit deine Bluse nicht schmutzig wird.“

Sophia nahm sie mit einem Nicken und ging an einen der Kühlschränke. „Was soll ich herausholen? Was machen wir heute?“

„Wir fangen mit deinen Zimtkeksen an. Und ich wollte ein Zimthefebrot ausprobieren.“

„Hast du nicht einen Biobäcker, der dir das Brot liefert?“

„Ja, aber ich habe neulich ein Rezept für einen Zimt-Dinkelzopf gesehen. Eine dicke Scheibe davon mit Butter und Honig ist bestimmt lecker.“

„Kann ich mir gut vorstellen.“

Benedikt betrachtete Sophia, wie sie Mehl, Butter, Öl, Zucker und Zimt auf dem Tisch bereitstellte.

„Und wenn es schmeckt, gebe ich die Idee an den Bäcker weiter. Der verfeinert die Rezeptur und backt es mir, wenn ich genügend Brote bestelle.“

„Also probierst du heute einfach etwas Neues aus?“

„Deswegen sind wir hier.“

Er holte einen dick gefüllten Ordner aus einem der vielen Schränke. „Alles, was mir über den Weg läuft, sammele ich und teste es, wenn ich hier bin. So auch den neuen Kaffee. Ich habe andere Bohnen bestellt, wir verkosten also später noch Kaffee. Hatte ich ja schon angekündigt.“ Er ließ seinen Blick über die Sachen auf dem Tisch schweifen. „Fehlt noch Honig“, sagte er, „die Gläser sind hinten im Schrank rechts unten.“

Sophia öffnete den Schrank, in dessen Richtung Benedikt gezeigt hatte. „O Gott! Was ist denn das?“ Dutzende an Gläsern stapelten sich im Regal.

„Meine Mutter hat eine Honig-Macke, vielleicht habe ich sie geerbt.“ Er grinste.

„Welchen soll ich denn bringen?“

„Such dir aus. Die sind nur nachher zum Probieren, welcher gut zum Zopf schmeckt.“

„Am besten verschiedene Farben, oder?“

„Hätte ich auch so gemacht.“

Sie sahen sich an und lachten. Sophia holte zwei, dann noch mal drei Gläser Honig und stellte sie zu den anderen Sachen. Benedikt brachte Waage, einen Messbecher und ein Rührgerät, blieb vor dem Tisch stehen und überlegte. „Jetzt brauchen wir nur noch etwas Alkohol.“ Sophia sah ihn fragend an.

„Um später den Kaffee damit zu probieren“, erklärte er.

Wortlos holte er Pflaumen- und Bananenlikör. „Mit Pflaume gibt es schon ein Rezept, Bananenlikör ist neu.“ Dann holte er weitere Alkoholika und schob alles ein wenig nach hinten, damit Platz zum Arbeiten war.

Sophia sah ihm dabei zu und betrachtete vergnügt die Unordnung. „Darf ich dich was fragen?“

Diesen Satz hatte Benedikt sich oft als Einleitung zu einem klärenden Gespräch gewünscht, nun hätte er fast zwei Flaschen fallen lassen, so plötzlich ergriff ihn die Angst. Er wollte noch ein paar Stunden genießen, ehe es vielleicht ganz vorbei sein würde.

„Was denn?“ Er wusste um das Zittern in seiner Stimme und hoffte, sie würde es übergehen.

„Warum bin ich hier?“

Unfähig zu antworten, spürte er, wie Hitze als flackerndes Gelb in ihm hochkroch.

„Na, ich bin doch nicht hier, um abgefüllt zu werden", lachte sie, während sie den Blick über den Tisch schweifen ließ. „Besser ist keine Bar ausgestattet." Sie grinste Benedikt an und stupste ihn in die Seite. „Oder ist das alles nur ein Vorwand?"

Benedikt nahm ein paar Flaschen und schob sie quer über den Tisch. Das Hin und Her aus Nähe und Distanz, ja Fremdheit überforderte ihn, machte ihn handlungsunfähig. Auch er konnte einen flirtenden Ton oft nicht unterdrücken, aber wenn sie mit ihm kokettierte, schmerzte es ihn, als würde sie ihn auf offener Straße verhöhnen.

„Alexander hat gleich gesagt, dass es Unsinn ist, jemand anderem beim Backen zuzusehen und zu meinen, man würde an einem Tag all das lernen, was man für einen Cafébetrieb wissen sollte."

Benedikt stellte Mehl, Zucker und Butter in eine Reihe, nachdem er die Flaschen wieder an ihren ursprünglichen Platz zurückgeschoben hatte.

„Nun lass endlich die Sachen auf dem Tisch. Was ist los mit dir?"

Benedikt tat eine Schüssel auf die Waage und schüttete Mehl hinein.

Nur kurz drehte er sich zu ihr um. „Ich beneide dich", sagte er und beschäftigte sich gleich wieder mit seinem Teig, drückte ein Loch in das Mehl und krümelte die Hefe in die Mulde.

„Du? Mich? Wieso das denn? Kannst du mich nicht ansehen, wenn wir miteinander reden?"

„Weil du dein Leben lebst", nun wandte er sich ihr

zu und blickte ihr in die Augen. „Genauso, wie du es dir immer vorgestellt hast."

„Und du nicht? Du bist doch super erfolgreich. Sogar mit einem Job, der dich einigermaßen glücklich macht."

Benedikt drückte Sophia den Messbecher in die Hand und deutete in Richtung Wasserhahn. „Warmes Wasser bitte."

Während Sophia am anderen Ende des Lofts das Wasser anstellte und den Finger in den Wasserstrahl hielt, bis er die richtige Temperatur hatte, lächelte Benedikt deprimiert. Zum Glück konnte sie es nicht sehen. „Weißt du, ich dachte immer, dass ich das Leben lebe, das ich wollte. Aber in Wirklichkeit habe ich vermutlich bloß meinem Vater gefallen und mich von meiner Mutter abgrenzen wollen."

„Das verstehe ich nicht."

„Meine Mutter hat immer ein enges Verhältnis zu mir gesucht, und ich habe es geschehen lassen."

Er erzählte von ihrem Getriebensein, von dem Neid auf alles und jeden, ihrem ständigen Verlangen nach Anerkennung. Er redete und redete, auch um einer möglichen Stille vorzubeugen.

„Und was macht das mit dir?", unterbrach Sophia ihn schließlich. Die eine Hand hatte sie auf den Tisch gestützt und sah Benedikt dabei zu, wie er Zucker und warmes Wasser in die Hefe einrührte. Das tat er unendlich langsam, wie um die Antwort hinauszuzögern. Wie ehrlich wollte er sein? Sollte er erneut etwas von sich preisgeben, auf die Gefahr hin, noch verletzlicher zu werden? Ging das überhaupt?

„Ich hatte permanent ein schlechtes Gewissen, weil ich das Gefühl hatte, in meinem Leben etwas falsch zu machen, während ich immer nur allen Erwartungen zu entsprechen versucht habe."

„Was sagt denn dein Coach dazu?"

Sophias Stimme klang so sanft, dass Benedikt von leuchtendem Gelb erfüllt wurde. Doch der Schatten blieb.

„Wir arbeiten daran. Ich löse mich gerade von dem Wunsch, es allen recht machen zu wollen. Man bekommt keine Liebe, nur weil man es jemandem recht macht. Und wenn sie davon abhängig ist, ist sie nicht echt."

Sophias Augen glänzten, als sie ihn jetzt ansah. Sie waren voller Verständnis in diesem Moment. Benedikt zuckte mit den Schultern. „Verstanden habe ich das im Kopf schon." Er klopfte sich auf das Herz. „Aber hier ist es noch nicht richtig angekommen." Unsicher sah er zu Sophia, die seinen Blick stumm erwiderte.

„Lass uns mal um den Zopf kümmern", lenkte er ab, „und auf die Zimtkekse habe ich auch Lust. Zeigst du mir, wie sie gehen?"

„Klar." Sophia kehrte aus ihrer Versonnenheit zurück. „So muss ich wenigstens nicht die ganze Zeit den Handlanger spielen." Sie nahm die Waage und eine leere Schüssel. „Obwohl es eigentlich ganz schön ist, mal nicht immer alle Entscheidungen fällen zu müssen."

Benedikt nickte.

Sie arbeiteten still vor sich hin oder sprachen über Rezepte, die sie besonders gern mochten. Sophia erzählte, welche Kuchen sie für ihr Café auf jeden Fall backen lassen wollte. Als sie den Zopf aus dem Ofen geholt und die

Zimtkekse hineingeschoben hatte, setzte sie sich zufrieden an den Tisch.

„Ich möchte einen Kaffee. Soll ich in den Laden gehen und welchen holen?"

„Nein, ich mache uns hier oben einen frischen", schlug er vor und griff eine der vielen Kaffeetüten, die aufgereiht auf einem langen, schmalen Tresen am Fenster standen.

„Was ist das alles?"

„Das sind verschiedene Bohnen in verschiedenen Röstungen in verschiedenen Mahlgraden."

„Aha."

Benedikt lächelte sie an.

„Je länger ich mich mit dem Thema Kaffee beschäftige, desto bewusster wird mir, dass ich noch viel zu wenig darüber weiß." Er öffnete eine der Tüten und ließ Sophia daran riechen.

„Es ist eine Wissenschaft für sich."

„Kaffee?"

„O ja. Und da wir Kaffee selber rösten und verkaufen, ist es umso wichtiger, sich möglichst viel Wissen anzueignen." Er ließ sie an zwei weiteren Sorten schnuppern.

„Okay. Ich sehe, ich lerne hier doch etwas. Mein Mann wird beruhigt sein."

Benedikt stellte die Espresso-Maschine an und wartete, bis sie aufgeheizt war.

„Mild oder kräftig? Schokoladig oder nussig?"

„Mild und nussig, bitte. Und mit Bananenlikör und Schoko-Milchschaum."

Benedikt reagierte nicht, drückte das Pulver mit dem Tamper fest und stellte eine Tasse unter den Auslauf. Milder Duft breitete sich in Wellen aus, während der Kaffee durchlief.

„Den ersten musst du so trinken. Wegen des Geschmacks“, sagte er, als er Sophia den Kaffee reichte.

Sie schnupperte daran. „Hm …“ Dann nahm sie einen kleinen Schluck. „Wow!“

„Was habe ich gesagt? Es gibt Kaffee und Kaffee.“ Er stellte ihr eine andere Tasse hin. „Probier den mal.“

Sophia roch erneut zuerst, bevor sie trank.

„Auch sehr lecker, aber anders.“

Benedikt nahm ihr die Tasse wieder ab und trank selbst einen Schluck. Mit einem Nicken setzte er sich neben sie.

„Gib mir mal einen Zimtkeks.“

Sophia nahm ein paar Kekse, legte sie auf einen Teller und stellte ihn zwischen sich und Benedikt.

„Jetzt erklär mir bitte, warum dein Kaffee so viel besser schmeckt, als ich es kenne.“

„Erstmal schmeckt er ohnehin besser, wenn man sich auf den Geschmack konzentriert. Unser Kaffee von unten hat dir geschmeckt, aber sicher nicht so gut wie der hier, obwohl die Qualität nicht schlechter ist.“

Sophia nickte nachdenklich.

„Außerdem soll man Kaffee nicht aus Pappbechern trinken, Porzellan ist neutraler. Dann das Wasser. Wir haben an allen Wasserhähnen spezielle Filteranlagen – auch so eine Wissenschaft.“

Benedikt sprach von Unterschieden der Röstung, von Säure, Bitterstoffen, von Hochlandkaffee und seinem besonderen Aroma, von Anbaugebieten und deren Besonderheiten, von Mahlgraden und der richtigen Pressung.

„Und schließlich", führte er seinen Monolog zu Ende, „ist die Person wichtig, die den Kaffee oder Espresso zubereitet. Ich zumindest habe immer das Gefühl, die Leidenschaft oder gar Liebe zu dem Produkt zu schmecken."

Dann wechselten sie das Thema und Benedikt erzählte von seinen Bewertungsbögen. Er hatte sie eigens für die Beurteilung seiner Rezepte entwickelt und ließ sie von Mitarbeitern und Kunden ausfüllen, die sich an den Kostproben versucht hatten. Während seinen Ausführungen, die Sophia, gebannt von seinen Kenntnissen, in sich aufsog, aßen sie von den Zimtkeksen und dem Hefezopf. So strich der Nachmittag dahin, und plötzlich war es Abend. Als Benedikt begann, Kaffeebohnen für eine Röstung vorzubereiten, machte sie sich daran, das Chaos zu beseitigen. Gemeinsam standen sie schließlich vor dem Tisch und betrachteten die vielen Tassen und kleinen Kännchen. Alles, was Benedikt sich für den Versuchstag vorgenommen hatte, war getan und nun der Zeitpunkt für seine Frage gekommen, auf die er endlich eine Antwort wollte: was sie damals auf der Fraueninsel dazu gebracht hatte, ihn zuerst zu lieben und dann stehen zu lassen.

Aber Sophia kam ihm zuvor. „Lässt du Anne eigentlich probieren und ihre Meinung abgeben?", fragte sie arglos, als hätte sie die angespannte, erwartungsvolle Stimmung im Raum nicht bemerkt. Benedikt öffnete die Fenster, wie um die Spannung entweichen lassen.

„Sie interessiert sich nicht sonderlich für die Kaffeeküche. Also: Nein", antwortete er harsch. „Sie mag Großkonzerne lieber."

„Wieso denn das?"

„Ich habe keine Ahnung, ehrlich gesagt. Ich hatte immer das Gefühl, sie saß nur in Meetings."

„Will sie denn wieder arbeiten?"

„In einen Konzern kann man keine Kinder mitnehmen und sollte Vollzeit arbeiten, wenn man etwas erreichen möchte. Ganz sicher hat sie das Zeug für einen solchen Job, aber ich bin eben auch kein Hausmann …" Er hielt kurz inne. „Und dein Mann?", schob er hinterher, wie um von sich abzulenken, und strich sich verlegen übers Gesicht.

„Er unterstützt mich, wo er kann. Ich glaube, es gefällt ihm, wenn wir beruflich beide unseren Weg gehen."

„Höre ich da ein ‚Aber'?"

„Vielleicht vergesse ich manchmal das Frau-Sein ein wenig."

„Also, ich habe das gestern sehr deutlich gespürt. Zu deutlich vielleicht." Wieder hatte Benedikt seine Worte nicht unter Kontrolle, sie rutschten ihm einfach so heraus. Er musste das Gespräch anders führen, um auf seine Frage zu kommen, aber irgendetwas steuerte ihn immer in die falsche Richtung.

„Ich gehe mal eben nach unten und hol uns etwas Herzhaftes", sagte er, um Zeit zum Nachdenken zu gewinnen. Auf der Treppe nahm er langsam Stufe für Stufe, blieb immer wieder stehen und wartete, bis sein Herzschlag sich allmählich beruhigte. Er wusste, er sollte Sophia nicht warten lassen, aber irgendetwas hinderte ihn, sich zu beeilen. Eine große braune Angstkugel hemmte seine Schritte. Da fiel ihm ein Tipp von Herrn Weiß ein. „Sie können mit allen ihren Emotionen sprechen", hatte der einmal gesagt.

So stand er also im Treppenhaus und führte in Gedanken ein Gespräch mit seiner Angst. Warum sie ihn gerade jetzt befiel? Was sie bedeutete? Schnell merkte er, wie Ruhe in ihm einkehrte und er zumindest wieder einen Schritt vor den nächsten tun konnte, ohne ins Straucheln zu geraten. Gleichzeitig zeigte sich in dem braunen Kreis ein hellorangener Punkt, der auf dem Weg zum Tresen, wo er ein paar Reste des Tages in einen Korb packte, größer geworden war, doch jetzt vor der Tür des Lofts, nachdem er die Stufen der Treppe langsam und mit sich selbst redend wieder hinaufgestiegen war, wieder in sich zusammenschrumpfte.

Er zögerte einzutreten, da die Angst sich zierte, den Konferenzraum seines inneren Teams zu verlassen, und rief den Mut herbei, der die Angst schließlich dazu trieb, aus dem Raum zu gehen. Dann erst betrat er die Versuchsküche.

Die Luft hatte sich verändert. Der kräftige Geruch nach Kaffee, den sie fast den ganzen Nachmittag um sich gehabt hatten, war verflogen, die Fenster standen noch offen.

Er stellte Sauerteigbrot und ein paar Dips auf den Tisch, dazu eine Flasche Rotwein und zwei Gläser. Sophia räumte die restlichen Honigbrote weg, als sie sah, was er brachte, und half ihm, die Sachen auf dem Tisch zu verteilen.

„Worauf stoßen wir an?“, fragte sie, als sie saßen und sie den Rotwein eingeschenkt hatte.

„Hast du einen Vorschlag?“ Benedikt sah die große Gestalt seines Teams vor sich, ihr Strahlen, vernahm den ermutigenden Applaus aller anderen. Nur das richtige erste Wort musste er jetzt finden.

„Ja, habe ich." Sophia sah ihn an. Ernst, ohne zu flirten. Benedikt erwiderte still ihren Blick.

Nun hob sie ihr Glas. „Wir stoßen", sagte sie, „auf unser eines gemeinsames Wochenende …" – „… auf der Fraueninsel an", stimmte Benedikt zögernd mit ein und ließ sein Glas sogleich wieder sinken. Wie brauner Sumpf hatte ihn die Angst erfasst, wie schon vorhin auf der Treppe, doch jetzt ohne einen einzigen Halt in der Nähe. Er konnte sie weder auflösen, noch mit ihr reden oder einfach fliehen.

„Unter einer Voraussetzung", sprach sie weiter.

„Welche?"

„Wir klären das noch heute Abend." Ihre Stimme wurde lauter, als könne sie sie schwer unter Kontrolle behalten.

Benedikt widerstand dem Verlangen aufzustehen und sich aus ihrem Blickfeld zu entfernen. „Ich will so nicht nach Hause fahren. Ich möchte darüber sprechen, was das zwischen uns war und ist."

Benedikt betrachtete sie, wie sie fast die Beherrschung verlor, und war gespalten in dem Verlangen, sie weiter anzuschauen, und der Notwendigkeit, die Geschichte zu beenden. Oder zumindest das eine Kapitel. Die Fraueninsel.

„Ich kann nicht", gab er zu.

„Was kannst du nicht?"

Sophias Gesichtszüge blieben angespannt, die Augen zusammengekniffen, als würde sie ihn dann schärfer erkennen.

„Abschließen. Ich kann es nicht. Seit jenem Wochenende damals habe ich alle tiefen Gefühle vergraben. Fast alles war gut, hin und wieder sogar wochenlang. Aber nun tauchst du auf."

Er machte eine hilflose Bewegung mit den Armen. „Ich dachte, es sei gut, dich zu sehen, Zeit mit dir zu verbringen, weil ich hoffte, dann endlich mein Bild von dir relativieren zu können." Je länger er redete, umso leichter fiel es ihm, und endlich sprudelten die Worte aus ihm heraus. „Ich dachte, du bist vielleicht gar nicht so perfekt, wie ich dich in Erinnerung hatte. Ich war überzeugt, schnell so viele Macken an dir zu entdecken, dass ich dich nicht mehr lieben muss." Er sank in sich zusammen, als hätten die vielen Worte ihn erschöpft.

„Und nun ist alles wieder da", beendete Sophia seinen Redefluss.

Benedikt nickte stumm. Sie saßen über Eck auf der Bank und griffen gleichzeitig nach der Hand des anderen.

Er hatte Mitleid erwartet, als er ihrem Blick begegnete, doch ganz ruhig sah sie ihn aus traurigen Augen an. In ihm entstand ein unsagbar großes Verlangen, sie in die Arme zu nehmen und zu trösten, obwohl er eigentlich keinen Grund dazu hatte. Schließlich war sie damals gegangen, hatte ihn in seinem Schmerz allein gelassen mit dem banalen Satz, sie passe nicht zu ihm. Obwohl er das genaue Gegenteil gespürt hatte – und jetzt war es ebenso.

Noch in Gedanken entdeckte er plötzlich körperliches Verlangen in ihrem Blick. Konnte das sein? Er sah Sophia in seinem Haus auf der Fraueninsel. Wie selbstverständlich sie sich dort bewegt hatte. Das Picknick am Abend auf dem Steg. Er konnte sich jede Sekunde ins Gedächtnis rufen, als er dort bei Einbruch der Dunkelheit mit ihr geschlafen hatte, erinnerte die Wärme ihres Körpers, wie geschmeidig er sich anfühlte. Vielleicht hatte sie ihn doch geliebt? All die Jahre, so wie er sie?

Ihre Handinnenfläche pochte heiß, ohne dass die Hitze in ihre kalten Fingerspitzen vordrang. Sein tiefer Wunsch nach mehr Nähe fand jäh Ernüchterung, als ihm unerwartet eisige Wut aus ihrem Blick entgegenschlug.

Erschrocken über deren Intensität zog er sich zurück. Farben flammten auf, bunt, grell, in ständig wechselnden Tönen, sodass er sie nicht bestimmen konnte. Ihre Vielfalt verwirrte ihn, noch nie zuvor hatte er ein solches Flirren erlebt, das sich keinem Grundton zuordnen ließ. Tränen schossen ihm in die Augen, rannen seine Wangen herunter. All die Traurigkeit, die sich auf sein Gemüt gelegt hatte, nachdem sie ihn unerwartet von sich gestoßen hatte, drang in diesem Tränenfluss aus seinem Innersten heraus und begann zugleich sich aufzulösen.

Sophia zuckte zurück, als sie seinen Schmerz erkannte, und plötzlich füllten auch ihre Augen sich mit Tränen. Alle Leichtigkeit war verflogen, das begriff sie in diesem Moment, und plötzlich war da dieselbe Verzweiflung, die auch er empfand; dazu gesellte sich Hass, auf ihn, auf sich selbst, die ganzen Umstände ihres Beisammenseins.

Je länger es ging, je unerträglicher die Situation wurde, nistete ein neues Gefühl sich bei ihm ein. Es war Angst. Aber eine andere als zuvor im Treppenhaus. Elementarer. Es war die Angst, was mit seinem Leben passieren würde, wenn all das, was er die Jahre über nicht hatte wahrnehmen wollen, jetzt seinen Raum forderte. Diese Angst hatte keine Farbe, sie war ein Empfinden, das an den Flanken ins Nichts lief, wo es keine Begrenzung mehr gab. Keine Ecken, keine Punkte, Kreise oder Linien. Doch plötzlich entstand ein neues Gefühl: Nachdem die Wahrnehmung von Grenzen sich aufgelöst hatte, mischte Freiheit sich der Angst bei, die großes Glück verhieß. Nun konnte er nicht mehr anders, als sich ihrem Blick und dem, was gerade mit ihm geschah, hinzugeben. Sie zitterte und er spürte, wie sie innerlich mit sich rang. Aber auch sie schien loszulassen von alten Lasten.

Als wäre das Nichts nur ein flüchtiger Ausblick auf etwas Neues, entstand in dicker werdenden, kreisenden Bewegungen ein Benedikt unbekanntes Farbgemisch. Mit jeder spiralförmigen Umdrehung befreite die Farbe sich vom Schatten und ließ schließlich ein Gelb frei, das ihn so blendete wie Sonnenstrahlen, die durch Wolken brachen.

Inmitten dieses Lichts erkannte er die große Gestalt seines inneren Teams. „Lass mich bei dir sein – und das Leben ist leicht“, sagte sie. Sie waren allein in dem großen Raum, kein anderes Teammitglied zu sehen. Dennoch schienen alle anwesend, Benedikt hörte ihre Stimmen, ihr Klatschen, das ihm Mut gab zu tun, was er für richtig hielt. „Wer bist du?“, wandte sich Benedikt das erste Mal direkt an dieses eine, alles überstrahlende Teammitglied.“

„Vertrauen. Ich bin das Vertrauen“, antwortete es und sandte dabei eine Ruhe aus, die bis in die letzte Faser Benedikts ausstrahlte. Schließlich wandelte sich das Bild, und vor seinem inneren Auge erschien das auf dem Wasser umherirrende Boot. Erstmals blies Wind in die Segel, und Benedikt wusste, nun würde er es steuern können. Immer noch Sophias Hand in der seinen haltend, stand er auf und zog sie sanft zu sich.

Noch nie hatte jemand so tief in ihn hineingeblickt wie diese Frau. Er löste seinen Griff und legte die Arme um ihren Körper, schmiegte sich eng an sie. Als Sophia wieder zu weinen begann, umarmte er sie mit jenem starken Gefühl, das er nun in sich trug. Ruhe und Sicherheit gingen langsam auf sie über. Dann nahm Benedikt ihr Gesicht in seine Hände und spürte ihre heißen Wangen mit den getrockneten Tränen.

„Kannst du wieder sprechen?", fragte sie leise lächelnd, doch da war immer noch eine dünne Wand in ihrem Blick.

„Es hat sich in unser beider Leben etwas verändert. Gerade eben", sagte er. „Lass das bitte nicht wieder verschwinden."

Sophia nickte vorsichtig. „Ich werde jetzt nach Hause fahren."

„Heute Abend noch? Um was zu tun?"

Sie sah ihn an, unsicher. „Wenn ich es wüsste, würde ich bleiben."

Benedikt blieb sitzen und sah ihr zu, wie sie die Schürze, die sie noch immer umhatte, ablegte, ihre Sachen in die Tasche packte und sich anschickte, zur Tür zu gehen. Er stand auf und folgte ihr. Als sie den Griff betätigen wollte, legte er seine Hand auf ihre, bis sie innehielt und sich zu ihm drehte.

„Lass uns reden. Bitte."

„Ich weiß alles. Ich habe es in deinen Augen gesehen."

„Ich weiß aber immer noch nicht, warum du damals gegangen bist."

„Ich kann jetzt nicht reden."

„Ich muss endlich wissen, warum du damals gesagt hast, dass wir nicht zusammenpassen."

„Ich hatte … Es war …" Nun sah sie ihm direkt in die Augen. „Nein. Ich kann – ich spürte es eben das erste Mal ganz deutlich, aber ich bin noch nicht in der Lage, es in Worte zu fassen."

„Bitte versuche es. Du kannst mich doch nicht immer so stehen lassen! Wo ich all deine Gefühle gesehen, gespürt habe?!"

Ohne zu antworten, drückte sie wieder die Klinke. Entschieden genug, dass Benedikt wusste, er könnte sie nicht aufhalten. Zugleich langsam genug, dass er es dennoch probierte.

„Du musst mir die Möglichkeit geben, dich zu verstehen", flehte er. „Wir können so nicht auseinandergehen, ich möchte endlich Klarheit."

„Wir sind beide verheiratet", sagte sie. „… und nicht nur das. Wir haben Kinder, leben in verschiedenen Städten und Gegenden, sind beide beruflich gebunden."

Sie öffnete die Tür, den Blick auf den Boden gerichtet, und ging, ohne seine Frage beantwortet zu haben.

„Ich will nicht, dass sich ein weiteres Mal ein Schatten über mein Leben legt", sagte er noch, aber da war sie schon fast auf der Treppe. Benedikt wollte nach ihr greifen, sie umarmen und festhalten, doch er sah tatenlos zu, wie sie die erste Stufe erreichte und hinabstieg. Das Treppenhaus schien endlos lang zu sein, ihre Schritte waren zögernd, aber sie kehrte nicht um. Dann hörte Benedikt, wie die Tür ins Schloss fiel.

11

Nachdem Sophia gegangen war, stand er noch lange in der Tür, bis er zur Eckbank zurückkehrte, von der aus er das ganze Loft überblicken konnte. Aber er starrte nur vor sich hin, hatte keinen Blick für die kunstvolle Stuckdecke, die sich weiß von den lichtgrauen Wänden abhob, oder die Bilder seiner Café-Standorte, die im Raum verteilt an den Wänden hingen.

Ihre Beziehung war offener denn je, vor allem, da die Voraussetzungen weitaus schwieriger geworden waren als noch zu Studentenzeiten. Selbst da hatten sie es nicht geschafft, sich regelmäßig zu sehen, nur einzelne Treffen gab es, bevor es sie wieder in verschiedene Richtungen verschlug. Wie sollten sie jetzt über die Entfernung hinweg eine Beziehung aufbauen, jeder mit einem Job, der alles von ihnen forderte, und einer Familie, einem Partner, Kindern. Selbst in einem eingespielten Leben ließ sich der Alltag schwer bewältigen. Wo könnte da noch Zeit und Energie für etwas Neues sein? Außerdem verbot sich die Idee einer Beziehung zu Sophia von selbst.

Diese Fragen legten seine Gedanken lahm, auch noch als er die Versuchsküche längst verlassen hatte, zu Hause angekommen war und bei einer halben Flasche Wein darüber sinnierte, warum nur er Sophia erneut in sein Leben gelassen hatte. Plötzlich hegte er den intensiven Wunsch, die Zeit einige Tage zurückzudrehen. Was waren schon ein Traum alle paar Wochen und ein paar Gedanken an eine Frau, die er zwar liebte, mit der er aber nicht zusammen sein konnte, im Vergleich zu der tiefen Verzweiflung und Zerrissenheit, die er jetzt empfand?

In diesem Zustand rief er Anne an. Sie hatte nicht viel Zeit, weil sie gerade beim Abendessen mit ihren Eltern und den Kindern saß, aber es tat gut, ihre Stimme zu hören.

Nachdem Benedikt aufgelegt hatte, schaltete er das Handy aus und ging schlafen. Er vermisste Anne und sein altes Leben, das es so nicht mehr gab, nun noch mehr. Doch das Boot war in Bewegung geraten, es trudelte nicht mehr richtungslos auf dem Wasser, sondern hatte Fahrt aufgenommen und war nicht mehr ohne weiteres zu stoppen. Nur einen Ort gab es, an dem er Klarheit finden könnte, und so packte er ein paar Sachen in einer kleinen Reisetasche zusammen, bevor er sich für die wenigen Stunden bis zum nächsten Morgen schlafen legte. Als Frau Schiefer ihm seinen Kaffee brachte, war er schon im Begriff, das Büro wieder zu verlassen. Er teilte ihr mit, er sei zwei Tage unterwegs und sie solle alle Termine absagen. „Ich bin nur für absolute Notfälle zu erreichen“, gab er die Anweisung und machte sich auf den Weg zu seiner Mutter.

Das Tor zum Grundstück stand offen, als Benedikt mit seinem Auto in die Einfahrt bog. Sogleich entdeckte er Gerda mit Gummistiefeln in einem der Beete, die den Garten von der Zufahrt trennten. Mit bloßen Händen wühlte sie in der Erde. Als sie sein Auto hörte, erhob sie sich, fasste sich kurz ans Kreuz, als sie sich aufrichtete, verzog das Gesicht. Aber Benedikt war sich sicher, dass ihr nichts wehtat. Es war eine alte Marotte von ihr, sich das Kreuz zu halten, sobald sie aufrecht stand.

Dennoch staunte er, weil sie offenbar die Arbeit erledigte, die sonst der Gärtner übernahm. War der alte Hofer krank? Wie auch immer, Gerda wirkte entspannt und frei von der Unzufriedenheit, die sich sonst schon in ihrer Körperhaltung ausdrückte.

Die gesamte Autofahrt über hatte Benedikt überlegt, ob er das Richtige tat. Er hatte Anne am Telefon gesagt, er müsse nach Prien zu einem Lieferanten und würde dann noch zwei Tage auf die Fraueninsel fahren, um über Strategien der Verkaufsförderung von Randsortimenten in der Kaffeeküche, zu denen auch das Geschirr zählte, nachzudenken.

„Aber das betrifft mich doch auch", wandte Anne ein. „Gerade hast du mir angeboten, in die Kaffeeküche einzusteigen. Ist es dann nicht sinnvoll, wenn du mich in solche Überlegungen mit einbeziehst?"

„Wenn wir so weit sind, natürlich", hatte er zugestimmt, „aber ich habe so viele Ideen und grundsätzliche Gedanken im Kopf, das würde ich gern erst mal mit mir selbst klären. Auf der Fraueninsel kann ich mich immer am besten konzentrieren, wenn es um wichtige Entscheidungen geht."

„Ich würde dich immer um Rat bitten, egal worüber ich nachzudenken hätte."

„Ich saß bei dem Gespräch mit deinem Chef auch nicht daneben", entgegnete er prompt.

„Was ist das für ein Vergleich? Es ist wohl ein Unterschied, ob ich mit jemandem über einen möglichen Wiedereinstieg spreche, der nur mich persönlich betrifft, oder über die Zukunft einer Firma nachdenke, in die wir beide involviert sind."

„Ich weiß ja nicht einmal, was ich mit der Firma machen will. Vielleicht sogar verkaufen? Es gibt so viele Möglichkeiten …"

Anne schnaufte wütend. Im Hintergrund hörte er Klara, die unbedingt mit ihm sprechen wollte.

„Mach, was du willst, aber denk bitte daran, dass du eine Familie hast. Ich geb dir jetzt Klara."

Benedikt war froh, als sie den Hörer an seine Tochter weitergereicht hatte. Während Klara ihm aufgeregt berichtete, was sie bei Oma und Opa erlebt hatte, was Frederik gelernt und wie sie ihm geholfen hatte, ein Bild zu malen, liefen ihm Tränen die Wangen herunter.

War es das wert? Nicht mehr mitzubekommen, wenn die Kinder abends im Bett Geschichten spannen oder einfach über ein neues Wort so lange lachten, bis der Bauch schmerzte? Schwimmen lernen, Fahrradfahren. All das würde Anne miterleben und ihm die Fortschritte nur noch am Telefon mitteilen.

Vielleicht sollte er einfach nach Hause fahren und so weitermachen wie bisher? Er würde arbeiten, seine Ideen weiterentwickeln oder sich anders orientieren, aber am Abend und an den Wochenenden wäre alles wie immer und er hätte die Kinder um sich. Er könnte in ihr Zimmer gehen und sie beim Schlafen beobachten, ihnen über die Haare streicheln und sich immer wieder darüber wundern, wie sie so schnell so groß werden konnten.

Die Ehe mit Anne verlief in ruhigen Bahnen, und die letzten Jahre hatte er mit dem dunkelgelben Schatten leben können, ohne dass er sein familiäres Glück zerstörte. Und er hatte Anne ein Eheversprechen gegeben.

Inzwischen war Gerda am Auto angekommen und öffnete seine Tür. „Bist du festgewachsen?", fragte sie und betrachtete ihre schmutzigen Hände.

„Ich habe dich noch nie im Garten arbeiten sehen", flachste Benedikt, doch wider Erwarten reagierte seine Mutter nicht unfreundlich.

„Ich weiß auch nicht, was mich geritten hat, als ich heute Morgen ins Beet gegangen bin." Ihr Mund verzog sich zu einem winzigen Lächeln. „Nimm deine Sachen und lass uns reingehen."

„Ich fahre nachher noch rüber zur Insel", sagte er, nachdem er die Reisetasche aus dem Kofferraum geholt hatte. Gerda reagierte nicht auf seine Worte. Sie trat ins Haus, zog die Gummistiefel aus und lief barfuß den kurzen Flur entlang zur Küche. Auch das hatte Benedikt noch nie gesehen: seine Mutter ohne Schuhe.

Er folgte ihr und kochte Kaffee, während Gerda Honigbrote zubereitete. Benedikt liebte dieses Ritual, seit er ein kleiner Junge war. Jetzt gab es ihm Halt, so wie der Blick von der Terrasse aus über den See, auf die er nun getreten war.

„Weißt du eigentlich, wie schön du es hier hast?", fragte er seine Mutter und sog die warme, nach frischer Erde riechende Luft tief in sich ein.

„Lange Zeit habe ich es nicht gewusst."

Benedikt hatte sich auf einen der Gartenstühle unter der überdachten Terrasse gesetzt und Gerda sich zu ihm gesellt. Jetzt wandte er den Blick vom See ab und drehte sich zu ihr.

„Sieh es dir an! Es ist einfach unglaublich!"

„Ich habe das all die Jahre irgendwie nicht mehr wahrgenommen. Aber du hast Recht." Nachdenklich nahm sie einen Schluck Kaffee und biss in ein Honigbrot.

„Und jetzt hast du es wiederentdeckt?" Benedikt suchte ein helles Brot heraus, das mit dunklem Waldhonig bestrichen war. Im Laufe der Jahre hatte seine Mutter Honig aus allen möglichen Gegenden gesammelt. Egal wo auf der Welt sie war, kaufte sie Honig als Erinnerung, und inzwischen hatte sich ihre Leidenschaft herumgesprochen, sodass auch Freunde ihr von ihren Reisen immer Honig mitbrachten. So war ein großer Schrank gefüllt. Für einen winzigen Moment kehrte Benedikt gedanklich zum Vortag zurück, doch bevor er vollends abschweifen konnte, antwortete seine Mutter.

„Ja", sagte sie lächelnd. „Jetzt sehe ich die Schönheit des Ortes wieder."

„Was ist passiert?" Benedikt war wieder ganz auf sie konzentriert.

„Unser Gespräch neulich." Ihre Stimme bröckelte, während sie sprach. „Es hat mir deutlich gemacht, wie unausstehlich ich oft bin. Ich mag mich dann selbst nicht."

Benedikt schwieg kurz, nahm ein weiteres Brot, das er in den Kaffee tunkte.

„Du hast gesagt, dass ich dich angegriffen habe", fuhr sie fort. „Das wollte ich gar nicht, aber ich habe mich über deinen aggressiven Ton geärgert. Trotzdem stimmt es." Sie versuchte nicht weiter sich zu rechtfertigen, sondern grübelte laut über die möglichen Gründe für ihre Unausstehlichkeit nach. „... Da war immer so eine Unzufriedenheit, weil mir eine Aufgabe gefehlt hat. Alle meine Urlaube ... Zwar habe ich die Welt gesehen, aber trotzdem waren sie bloß eine Beschäftigung."

„Und das hast du durch unser Gespräch herausgefunden?"

„Ja und nein. Aber es hat den Anstoß gegeben, über mich selbst nachzudenken." Sie überlegte einen Moment. „Du hast noch gesagt, dass Menschen und ihre Bedürfnisse sich ändern."

„Richtig."

„Das hat mir den nötigen Schubs gegeben. Ja, es ist Zeit, dass auch ich mich ändere. Damit ich wieder ich werde." Sie setzte sich aufrecht hin, während Benedikt erneut von seinem Brot abbiss und genüsslich kaute. „Meine Güte! Das hätte ich nicht erwartet."

Gerda stand nun auf und ging einige Schritte auf den Rasen. „Ich habe manchmal das Gefühl, mich selbst nicht zu kennen, als sei ich mir abhandengekommen. Viele Jahre habe ich mich für die unnützeste Person auf der Welt gehalten ..." Sie ging vor der Terrasse hin und her, die Füße immer auf dem Rasen. „Ich hätte einfach gleich nach deiner Geburt wieder anfangen sollen zu arbeiten. Dann hättest du dich wahrscheinlich auch freier entwickeln können."

Benedikt hatte sich in seinem Stuhl zurückgelehnt und hielt seine Tasse in beiden Händen, aus der er in unregelmäßigen Abständen kleine Schlucke nahm.

Gerda kam zurück zu ihrem Platz.

„Jetzt bin ich wütend, glücklich, traurig und nochmal wütend auf mich, weil ich so viel Zeit vergeudet habe."

„Du hast …"

„Ich habe viele Jahre nur auf andere geschaut. Habe ihr Leben analysiert und schlecht geredet, weil ich dachte, wenn es mir so schlecht geht, dürfen es die anderen auch nicht besser haben", unterbrach sie ihn, stand wieder auf, fühlte mit ihren nackten Füßen den Rasen und wackelte mit den Zehen, wenn sie kurz stehen blieb. „Ich bin immer unglücklicher und noch unzufriedener geworden und hatte keine Ahnung, wie ich etwas ändern sollte. Nun beginne ich, das Leben neu zu entdecken, finde es zum Beispiel toll, den Rasen zu spüren und denke die ganze Zeit darüber nach, was ich mit den nächsten Jahren anfangen werde." Sie sah ihn lange an. „Doch leider weiß ich es nicht. Ich weiß nur, dass ich etwas machen muss!" Ihre Stimme klang so laut und energiegeladen, dass Benedikt sich nicht traute, sie zu unterbrechen. „Ich will meine Zeit mit etwas Sinnvollem verbringen, es soll nicht nur gemeinnützig sein. Feste organisieren, um Spenden zu sammeln, habe ich all die Jahre für verschiedene Organisationen zur Genüge getan, doch ohne Freude, nur fürs Ansehen. Jetzt möchte ich in dem, was ich tue, das Gefühl haben, etwas voranzubringen. Aber leider weiß ich nicht, in welche Richtung ich gehen soll."

„Du fühlst dich wie ein Boot in der Mitte des Chiemsees, das sich für kein Ufer entscheiden kann“, sagte Benedikt leise.

Gerda sah ihren Sohn verwundert an. „Genau das trifft es! Mir hat die ganze Zeit ein Bild gefehlt.“

Sie ging zu ihrem Sohn und umarmte ihn. Ihre letzte Umarmung musste Jahre her sein und war sicherlich eher einem Pflichtgefühl geschuldet. Doch diese hier war echt. Kurz, aber echt.

Benedikt stand auf, und gemeinsam schlenderten sie zum See hinunter. Sie sprachen über das gesellschaftliche Ansehen von arbeitenden Müttern in der Zeit, als Benedikt klein war, sprachen über Gerdas Eltern, die ihre guten Abschlussnoten, ihren Ehrgeiz und die ersten Arbeitszeugnisse allein als den Beweis für gute Erbanlagen ansahen, nicht als mögliches Startkapital für ein erfolgreiches Berufsleben.

Auf dem Steg angekommen, ließen sie die Füße ins Wasser baumeln, und Benedikt beobachtete seine Mutter, wie sie ihre Zehen betrachtete, während sie sie durchs Wasser streifen ließ. Wie eine junge Frau, die die Welt entdeckte.

„Was ist mit dir?“, fragte sie. Immer noch war Benedikt überrascht über ihr plötzliches Interesse an anderen Dingen als sich selbst.

„Mir geht es zurzeit ähnlich wie dir.“

Gerda sah ihn von der Seite an.

„Inwiefern?“

„Ich war unzufrieden und hatte keinen Schimmer, warum.“

„Und nun weißt du es?“

„Ich habe mir einen Coach genommen und will auf derRaueninsel in Ruhe darüber nachdenken, wie es weitergehen soll.“ Seine dünne Stimme wäre seiner Mutter früher sicher entgangen.

„Dann ist es wirklich etwas Grundlegendes, oder?“, fragte sie vorsichtig.

„Ja.“

„Möchtest du erzählen?“

Benedikt sah Gerda an, als müsste er prüfen, wie ernst es ihr mit allem war. „Bleibt es hundertprozentig bei dir?“

„Da kannst du sicher sein. Du bist mein Sohn und das Wichtigste in meinem Leben.“ Sie nahm seine Hand und drückte sie kurz, bevor sie sie wieder losließ.

„Ich bin schon seit einiger Zeit nicht mehr so richtig glücklich mit meiner Firma.“

„Aber du hast sie doch erst vor ein paar Jahren von deinem Vater übernommen?“

Langsam strich er mit den Füßen an der Oberfläche des Sees entlang, sodass die Fußsohlen das Wasser gerade berührten.

„Stimmt. Aber ich arbeite dort schon so lange und habe irgendwie das Gefühl, mal etwas anderes machen zu müssen.“

„Gibt es schon eine Idee?“

„Ich weiß nur, dass ich wieder in die Nähe der Berge möchte. Ich vermisse sie so sehr.“

„Und deine Familie?“

Benedikt schwieg und wich dem Blick seiner Mutter aus.

„Was ist mit Sophia?"

Er erschrak. „Woher weißt du von Sophia?"

„Von Anne. Sie hat Angst." Prüfend betrachtete sie Benedikt. Als er nicht antwortete, begann sie von sich zu erzählen. „Ich habe mich damals von deinem Vater getrennt, weil ich so unglücklich war. Ich habe ihn geliebt, aber ich war unglücklich, und er konnte mir nicht helfen."

„Aber es ist nicht seine Aufgabe gewesen, dich glücklich zu machen. Man kann nur aus sich selbst heraus glücklich sein."

„Das habe ich damals anders gesehen. Ich dachte, in einer Ehe sollte man sich gegenseitig glücklich machen. Das klappte bei uns aber nicht."

„Warum habt ihr nicht darüber gesprochen?"

„Ich glaube, wir sind zu oberflächlich miteinander umgegangen, weil wir uns anfangs blind verstanden haben. Wir haben den Riss erst bemerkt, als es zu spät war und unsere Welten nicht mehr zusammenpassten." Gerda dachte nach. Sie nahm die Füße aus dem Wasser und schüttelte sie. „Lass uns zurückgehen." Sie stand auf und wartete, bis Benedikt neben sie getreten war.

Gerda ging jedoch nicht gleich zum Haus, sondern machte einen Umweg zu einer Nische, die zwischen den Hecken und den hoch bepflanzten Blumenbeeten entstanden war und in der ihre Haushälterin mit viel Liebe ein Gemüsebeet angelegt hatte. Sie kniete sich hin und zog eine Möhre aus dem Boden.

„Möchtest du auch eine?", fragte sie. Er nickte und

nahm die Möhre, brach das Grün ab und rieb sie an seinen Jeans sauber. Dann reichte er sie seiner Mutter, die ihm eine weitere gab. Er biss in seine Möhre und wandte sich zum Gehen.

„Du willst los, stimmt's? Ich bin froh, dass ihr das Haus so oft nutzt."

„Und du? Bist du wegen Papa nicht mehr hingegangen?"

„Nein. Wegen dir."

Fragend sah Benedikt sie an.

„Nach deinem Wochenende mit Sophia dort", erklärte sie, „hat es sich für mich verändert, ist fremd geworden, als hätte sie etwas mit dem Haus gemacht. Und mit dir."

„Mit mir?"

„Du bist hinterher erwachsen gewesen. Obwohl nichts aus euch beiden geworden ist."

Stumm spazierten sie nebeneinander her.

„Ich bin stolz auf dich", sagte Benedikt, als sie fast die Terrasse erreicht hatten, und legte seinen Arm um seine Mutter. Gerda sah auf das Haus, in dem schon ihre Eltern gelebt hatten. „Manchmal ist es gut, wenn Dinge bleiben, wie sie sind. Nicht alles muss sich verändern." Sie schaute Benedikt an. „Manchmal aber auch nicht. Überleg dir genau, was dein Herz dir sagt. Und höre darauf. Es wird dich leiten. Ich muss das erst wieder lernen, aber du hast schon jetzt die Chance."

Benedikt nickte und betrachtete ebenfalls das Haus.

„Das hier ist sicher ein Fall für ‚Manchmal ist es gut, wenn alles so bleibt'", sagte er und nahm Gerda beim Arm. Gemeinsam gingen sie zur Haustür, wo Benedikt seine Tasche griff, und verabschiedeten sich so herzlich voneinander wie seit vielen Jahren nicht mehr.

„Was wirst du jetzt machen?“, fragte Benedikt auf dem Weg Richtung Straße.

„Ich rufe deinen Vater an.“

12

Es war schon dunkel, als Sophia in die Hofeinfahrt einbog. Aus den Küchenfenstern drang warmes Licht, das die Terrasse aufleuchten ließ, und in Gedanken sah sie Alexander am Küchentisch sitzen, in seine Arbeit versunken. So leise wie möglich schloss sie die Autotür und ging dem Geruch nach Kuhmist folgend zum Kälberstall, dessen Türen noch offen standen. Die meisten Tiere lagen im Stroh und schliefen, nur zwei waren wach und näherten sich ruhig, als Sophia leise mit ihnen zu sprechen begann. Sie hielt ihre Hand an die feuchte Schnauze eines jungen Bullen, der bereits den charakteristischen kurzen, kräftigen Kopf hatte, und fühlte, wie die lange Zunge an ihrer Hand schleckte. Den Blick auf das Tier gerichtet, sog sie die laue Sommerluft, der sich nun, in den späten Abendstunden, Feuchtigkeit beimischte, tief in sich ein. Schon immer war sie bei den Tieren zur Ruhe gekommen. Hier konnte sie loslassen vom täglichen Stress, der sie manchmal wie unter Strom setzte, der stetig und in atemberaubendem Tempo durch ihren Körper schoss. Hier ebbte er ab. Ein tiefer Atemzug noch, und schon gab der Geruch des Heus, das locker vor ihr im Trog lag, ihr wieder Kraft. Aber plötzlich war die Anspannung wieder da, noch ehe sie die sich nähernden Schritte wahrgenommen hatte.

„Na, traust du dich nicht rein?", scherzte Alexander und nahm sie von hinten in den Arm.

Als Sophia weder lachte noch gleich antwortete, sich nur zu ihm umdrehte und ihn ansah, fror die Fröhlichkeit in seinen Augen langsam ein.

„Er hat dich also doch angebaggert, stimmt's?"

Sophia hielt seinem Blick schweigend stand, auch wenn es sie quälte. Alexander trat zwei Schritte zurück, und trotz der Dunkelheit spürte Sophia, wie sich bei ihm alle Muskeln verhärtet hatten.

„Es ist etwas passiert in Nürnberg", sagte sie leise. Das Bedürfnis, fair zu sein, kämpfte in ihr gegen den Drang, einfach wegzulaufen oder weiterzuleben wie bisher. „Ich habe dich nicht betrogen", sprach sie bedacht weiter und konnte beobachten, wie Alexander sich ein wenig entspannte.

„Das ist schon mal gut." Er nahm ihre Hand. „Offensichtlich gibt es ein ‚Aber'?"

Sophias Griff wurde fester, doch als er das spürte, ließ er sie los.

„Benedikt und ich haben früher mal etwas miteinander gehabt, es aber nie geklärt."

Alexander sah zu den Kälbern, streichelte einem von ihnen den Hals, wartend, dass sie weitersprach.

„Er hat mir damals nach ein paar Minuten einen Heiratsantrag gemacht."

Alexanders hämisch schallendes Lachen ließ die noch wachen Kälber verschreckt nach hinten springen.

„Er ist sich sicher gewesen, mich heiraten zu wollen. Bei mir war das anders, ich fand, wir passten nicht zusammen. Auf jeden Fall", fuhr sie in Gedanken weit von Alexander entfernt fort, „haben wir uns in großen

Abständen ein paar Mal getroffen, ohne dass etwas zwischen uns gewesen ist. Trotzdem hat er mir immer wieder einen Antrag gemacht."

„Und du hast immer ‚Nein' gesagt?"

„Ja, am Anfang, weil ich es genauso absurd fand wie du gerade. Später habe ich einfach nicht mehr reagiert." Sie hielt ihre Hand über den Holzzaun, um die Kälber wieder anzulocken.

„Weil du ihn nicht heiraten wolltest?"

„Ich weiß es nicht", erwiderte Sophia nachdenklich. „Da war etwas zwischen uns – aber was? Ich habe es nicht herausfinden können."

„Vielleicht Liebe?"

„Nein. Jedenfalls nicht so, wie ich sie mir damals vorgestellt habe."

„Wie denn?"

„Na ja, wie bei dir. Als etwas Wachsendes, mit Vertrauen, Respekt, und trotzdem immer die eigene Freiheit behalten dürfen."

„Und Benedikt konnte dir das nicht geben?", fragte er mit deutlichem Unbehagen in der Stimme, „oder warum bist du nicht mit ihm zusammengekommen?"

Angespannt stand sie vor ihm. Sie erinnerte das Gefühl von damals noch genau, fand aber noch immer keine Worte dafür.

„Ich kann dir darauf nicht antworten, weil ich es nicht weiß. Ich fühle es nur. Als wir uns gerade kennenlernten, hat es mich gereizt, mich mit ihm austauschen. Aber wenn wir uns dann trafen, hat mich irgendetwas abgehalten, mich auf ihn einzulassen. Als müsste ich einen Sicherheitsabstand wahren, um mich in seiner Nähe wohlzufühlen. Über die Jahre haben wir dann immer wieder Kontakt gehabt, auch von mir ging das aus, egal ob einer von uns oder beide gerade in einer Beziehung lebten oder nicht. Es war rein freundschaftlich, bis auf das eine Mal, wo wir uns am Chiemsee getroffen haben."

„Und da seid zusammengekommen?"

„Nein. Aber wir haben miteinander geschlafen." Sophia versuchte die aufkommenden Tränen zu unterdrücken, bevor Alexander sie sehen konnte.

„Aber schon dass du mit ihm zur Fraueninsel gefahren bist, widerspricht dem Sicherheitsabstand. Du warst bereit, dich einzulassen – oder nicht?"

„Ich weiß. Hinterher habe ich ihm umso mehr vor den Kopf gestoßen, weil ich zu feige war, ihm mein Verhalten zu erklären – es zumindest zu versuchen – und einfach abgereist bin."

„Und wo ist das Problem, wenn ihr nicht zusammengekommen seid?"

„Wir haben nie über das Wochenende am Chiemsee gesprochen, da ist etwas Ungelöstes geblieben, das mir so nicht bewusst gewesen ist." Ein Kalb näherte sich vorsichtig Sophias Hand, doch als sie es am Ohr kraulen wollte, zuckte es zurück.

„Was kann zwischen zwei Menschen stehen, wenn sie keine Beziehung hatten?" Versonnen betrachtete Alexander die Kälber, die bei der Stalltür standen und begonnen hatten, Heu zu fressen, und drehte sich schließlich um.

„Nachdem ich dich kennengelernt hatte, war ich mir sicher, mit Benedikt endgültig abgeschlossen zu haben. Die Idee, ihn um ein paar Tipps zu bitten, hat keinen Hintergedanken gehabt“, log sie, während sie versuchte, Alexander einzuholen, der schnellen Schrittes aufs Haus zusteuerte. Erst an der Tür holte sie ihn ein und folgte seinem Blick auf den Küchentisch, wo einsam das Blatt Papier lag, auf das Sophia den Satz notiert hatte, der plötzlich so wichtig geworden war. „Welche Rolle spielt Benedikt in meinem Leben?“, las sie im Stillen, während sie auf den Tisch zutrat. Eine Frage, die nun so bedeutsam geworden war, wie sie es zu dem Zeitpunkt, als sie sie aufgeschrieben hatte, niemals für möglich gehalten hätte.

„Wann hast du das geschrieben?“

„Nachdem ich das erste Mal in Nürnberg gewesen bin. Aber ich habe das Blatt nicht ohne Grund unbeachtet bei den anderen Unterlagen liegen lassen. Wie hast du es überhaupt gefunden?“ Ihr hinterherzuschnüffeln war sonst nicht seine Art.

„Die Kinder haben leeres Papier zum Malen gesucht.“ Alexander war in der Tür stehengeblieben und lehnte nun am Türpfosten. „Würdest du mir den Grund nennen? Warum hast du es aufgeschrieben?“

„Ich habe *dich* geheiratet“, antwortete sie zunächst ausweichend, „weil ich dich liebe.“ Doch sie wollte, aller inneren Verstrickung zum Trotz, Alexander eine Erklärung geben. „Den Satz habe ich aufgeschrieben, weil ich verunsichert war. Weil ich mich gefragt habe, ob ich Benedikt einfach so treffen konnte wie einen alten Freund. Nach allem, was zwischen uns vorgefallen ist und worüber wir nie geredet haben. Das wollte ich für mich klären, aber dann hatte ich plötzlich das Gefühl, als müsse ich es gar nicht. Also habe ich den Zettel wieder weggelegt."

„Doch irgendetwas scheint zwischen uns schiefzulaufen. Sonst hätte das nicht passieren können", stellte er bitter fest.

Der Stuhl, auf dem Sophia saß, fühlte sich härter an als sonst, also stand sie auf, schritt durch die geräumige Küche in Richtung Fenster.

„Ich weiß es nicht. Ist man absolut immun gegen die Anziehungskraft anderer Menschen, auch wenn man glücklich verheiratet ist?"

„Ich dachte das immer. Jedenfalls habe ich noch über keine andere Frau nachgedacht wie du über Benedikt."

Sie sah aus dem Fenster in die Dunkelheit, die sich bleiern auch über ihr Gemüt legen wollte. Sie war müde und mochte nicht mehr darüber nachdenken, was mit ihrem Leben passieren würde, wenn sie Benedikt weiter traf.

„Und was machen wir jetzt?", holte Alexander sie aus ihren Gedanken zurück.

Schon während der Autofahrt war sie überzeugt gewesen, sich wieder auf die richtige Spur bringen zu können.

„Ich möchte mit dir ein paar Tage wegfahren", sagte sie daher, ohne lange zu überlegen. „Nur wir zwei. Ohne Kinder, ohne Arbeit."

„Kannst du denn gerade weg?"

„Alles eine Frage der Prioritäten. Wozu haben unsere Kinder Großeltern?"

„Gut. Dann organisiere ich einen Ersatz auf dem Hof und in der Firma."

Alexander trat auf sie zu und nahm ihre Hände. Mit festem Griff zog er sie an sich, führte sie die Treppe nach oben. Dort angekommen, bog er diesmal nicht in eines der Kinderzimmer ab, sondern lenkte sie zum Schlafzimmer. Da blieb Sophia bei der Tür stehen und küsste ihn so intensiv wie schon lange nicht mehr, drängte ihn in Richtung Bett. Hier übernahm wieder er die Führung, fast fordernd waren seine Bewegungen, doch plötzlich verlangsamten sie sich, wurden abwartend, zögernd, bis er schließlich innehielt.

„Was ist?" Sie setzte sich auf.

„Ich weiß nicht. Irgendwie fühle ich mich schmutzig. So als hättest du mit einem anderen Mann geschlafen und wolltest mir nun zeigen, dass ich auch nicht schlecht bin."

„Ich habe aber mit keinem anderen Mann geschlafen."

„Dann ist es eben so, als hättest du ein schlechtes Korn gepflanzt, das nun einen Trieb bekommt und die vielen guten in ihrem Wachstum hindert."

„Da ist kein schlechtes Korn."

Sie nahm seine Hand und schmiegte sich an ihn, doch Alexander entzog sich wieder. „Ich will keine Almosen, hörst du?" Er sah an ihr vorbei aus dem Fenster. Als Sophia einige Minuten später aus dem Bad kam, hatte Alexander die Augen schon geschlossen und atmete regelmäßig, als würde er schlafen, doch Sophia war nicht sicher, ob er nicht nur so tat.

Sie ging zu den Kindern und lauschte einen Moment ihrem Atem. Ihre Gedanken liefen zu Benedikt, zu ihrem langen wortlosen Blick in die Augen des anderen. Nicht nur ihn meinte sie dabei in seinem tiefsten Wesen erkannt zu haben, sondern auch sich selbst; ihre Wünsche und Sehnsüchte waren ihr in einer Klarheit erschienen, vor der sie lieber die Augen verschlossen hätte.

Theo atmete leise und gleichmäßig. Einmal kurz zuckte er auf, wie um die letzte Anspannung des Tages aus seinem Körper entweichen zu lassen und dann friedlich und tief zu schlafen. Aber seine Ruhe übertrug sich nicht auf Sophia, verzagt und traurig ging sie zu Bett.

Sie dachte an Benedikts Blick, der ihr entweder zeigte, wie er sich gegen seine Gefühle sträubte, oder, in anderen Momenten, ihnen freien Lauf ließ. So intensiv war er dann und forderte Sophia wortlos auf, eine Entscheidung herbeizuführen, als müsste nur sie ihr Leben überdenken. Zwar hatte sie selbst gesagt, man solle das eigene Leben immer wieder hinterfragen, dürfe keinen Stillstand dulden. Aber war Stillstand nicht auch eine Form von Beständigkeit, die es im Leben ebenso brauchte? Hatte sie sich fast zwanzig Jahre selbst belogen und die Liebe zu Benedikt nur verdrängt? Hätte sie sich damals überwinden, mutiger sein müssen und Benedikt heiraten? Was an seinem Blick hatte sie zurückgehalten, worin sie doch immer seine Liebe zu ihr erkannt hatte, an der es für ihn niemals einen Zweifel gab. Doch ehe sie diesen so oft wahrgenommenen Ausdruck hatte analysieren können, war sie eingeschlafen und er begleitete sie in ihre Träume.

Die folgenden zwei Tage war Alexander früh unterwegs, alles lief seinen gewohnten Gang. Als sie am dritten Tag pünktlich um acht Uhr Theo und Michel gerade in ihren Kindergartengruppen abgegeben hatte, klingelte ihr

Handy. Benedikt. Schnell winkte sie Theo und Michel noch einmal zu, bevor sie sich meldete. „Brunner?"

„Du siehst doch, dass ich es bin. Kannst du dich da nicht anders melden?"

Sophia drehte sich nervös um, um sich zu vergewissern, dass es keine Zuhörer gab. Mit einem Nicken grüßte sie eine Mutter, die noch mit einer Erzieherin sprach, und eilte aus der Tür auf den großen Spielplatz vor dem Gebäude.

„Ich heiße nun mal so", erwiderte sie kurz.

„Es verletzt mich", erklärte er, ohne sich weiter damit aufzuhalten. „Kannst du zu mir kommen?", fragte er stattdessen.

„Ich war doch gerade bei dir."

„Ich bin nicht zu Hause, sondern auf der Fraueninsel."

Sophia fiel das Handy aus der Hand in den Sand. Einen Moment starrte sie es an, unfähig sich zu regen. Doch dann nahm sie es hoch, hielt es wieder ans Ohr.

„Sophia? ... Bitte", fuhr er nach einer kurzen Pause fort. „Komm auf die Fraueninsel. Ich möchte einen Tag mit dir hier verbringen."

„Du bist mit Anne verheiratet", flüsterte sie mehr, als dass sie sprach. „Und ich mit Alexander. Wir haben beide Kinder."

„Ich weiß das."

Endlich hatte sie das Auto erreicht. Als sie die Tür hinter sich zugezogen hatte, atmete sie tief aus.

„Möchtest du dich von Anne trennen?", fragte sie nun weicher.

„Man trennt sich nicht einfach so von einer Familie. Aber es ist eine Option, ja."

Sie klappte die Blende herunter, damit die Sonne ihr nicht direkt ins Gesicht schien.

„Ich komme nicht auf die Fraueninsel. Dann würde ich meinen Mann betrügen." Sophia hatte sein Nicken vor Augen und fügte hinzu: „Wenn du dich trennen willst, musst du das unabhängig von mir machen."

„Was ist mit dir?"

„Benedikt", begann Sophia. „Es ist gerade einmal drei Tage her, dass wir uns sahen, und ich bin ehrlich verwirrt nach unserer Begegnung. Aber ich habe mit Alexander gesprochen."

„Da bist du mir voraus."

„Du bist einfach abgehauen?" Sie legte den ersten Gang ein, ohne Gas zu geben.

„Ja. Ich bin gestern auf die Fraueninsel gefahren, weil ich hier am besten nachdenken kann, wenn ich einen klaren Kopf brauche."

„Ich werde mit Alexander für ein paar Tage wegfahren."

„Dann hast du dich gegen uns entschieden?"

„Alexander ist mein Mann, Benedikt. Ich kann ihn nicht einfach verlassen. Ihn nicht und nicht die Kinder. Nur muss ich neu über unsere Ehe nachdenken, aber eine Trennung kommt für mich nicht in Frage." Sie nahm den Gang wieder heraus, schaltete den Motor aus.

„Aber ich habe deine Gefühle gespürt! Ignorierst du die einfach?"

„Nein, nur gibt es verschiedene Arten von Liebe, und ich muss herausfinden, welche ich für mich möchte."

„Aber auch du hast mich all die Jahre nicht vergessen. Das hast du zumindest gesagt."

„Das stimmt. Weil immer etwas zwischen uns stand. Insofern bin ich dir unendlich dankbar, dass ich mit dir gemeinsam meine Gefühle von damals in ihren vielen Facetten durchleben durfte. Das habe ich bis zu diesem Zeitpunkt nie geschafft. Immer sind deine Heiratsanträge dazwischengekommen. Wohin mich das führt, das weiß ich noch nicht, vielleicht sogar in einem noch stärkeren Gefühl zu Alexander zurück." Sie startete das Auto erneut und legte den Rückwärtsgang ein.

„Wie geht es jetzt weiter mit uns?"

„Es wird kein ‚uns' geben, Benedikt. Ich fahre mit Alexander für ein paar Tage weg und hoffe sehr, dass unsere Beziehung an dieser Krise wachsen wird", antwortete sie entschieden, während sie sich im Spiegel ihrer Blende betrachtete, wie um sich zu vergewissern, dass sie auch meinte, was sie sagte. Es entstand eine Pause, in der keiner sprach.

„Aber ich habe noch immer nicht verstanden, warum du auf der Fraueninsel zu mir gesagt hast, dass …"

„Benedikt! Stop! Hör auf!" Sie wollte sich nicht damit auseinandersetzen. Sie wollte das Gefühl nicht an die Oberfläche kommen, es nicht zulassen.

„Ich möchte es doch nur wissen! Umso mehr, weil ich deine Gefühle in deinen Augen gelesen habe", flehte er, „und fehlende Liebe kam damals als Grund einfach nicht in Frage!"

„Bitte fang nicht immer von vorn an!" Mit einem Knall klappte sie die Blende hoch. Als sie hörte, wie Benedikt zu weinen begann, zog ihr Körper sich zusammen, und ihr schossen ebenfalls Tränen in die Augen.

„Leb wohl", schluchzte Benedikt. Viele lange Sekunden lief die Uhr weiter, doch Sophia war nicht in der Lage, etwas zu erwidern. Das Zittern in ihrem Körper war kaum zu beherrschen, aber anstatt dem ersten Impuls folgend in sich zusammenzusinken, richtete sie sich ganz langsam auf, die Brust nach vorn und den Rücken gerade. Starr wie eine Statue saß sie für Momente da und empfand – nichts.

Damals, als ihr Vater ausgezogen und der Kontakt schnell abgebrochen war und ihre Mutter sich mehr und mehr in die Arbeit stürzte, hatte sie gelernt, den Schmerz zu verdrängen. „Du bist ja schon groß und vernünftig", hatte ihre Mutter wie beiläufig angemerkt und bald ebenfalls „Lebe wohl" gesagt, um eine Direktorinnenstelle in einem Hamburger Hotel zu übernehmen und nur noch monatlich Geld für ihren Unterhalt zu überweisen, nachdem Sophia zu ihrem Großvater gezogen war. In dieser Zeit erfuhr sie den Schmerz, von Menschen, die sie liebte, einfach fallengelassen zu werden, und nahm sich vor, niemals wieder von jemandem emotional abhängig zu sein.

Benedikt hatte seine Liebe nie an Bedingungen geknüpft, hatte absolutes Vertrauen in dieses Gefühl gehabt, allein für Sophia war es etwas Bedrohliches gewesen. Nun verstand sie es. Sie stieg aus dem Auto, um Luft zu bekommen, ging einige Schritte auf dem Parkplatz hin und her. Die Starre löst sich allmählich. Auch sie hatte Benedikt geliebt, doch eine dicke Schicht Angst hatte sich um das Gefühl gelegt und war in seiner unmittelbaren Nähe, wenn er vor ihr stand und seinen Blick in ihr Innerstes dringen ließ, besonders fest geschnürt. Statt sich hinzugeben und seine Liebe zuzulassen, musste sie auf Abstand gehen, weil sie erfahren hatte, dass Liebe Abhängigkeit bedeutete – und Schmerz. Sie konnte gar nicht anders.

Bei Alexander war die Nähe langsam gewachsen, von Augenblick zu Augenblick, und sie hatte Zeit, sich daran zu gewöhnen und sie anzunehmen. Niemals hatte sie sich bedrängt gefühlt, aber vielleicht nur, weil sie vor allem eine tiefe Verbundenheit zu ihm empfand. Doch Liebe? Immer stärker drangen die vielen ungeweinten Tränen, die sie so lange zurückgehalten hatte, an die Oberfläche und wuschen ihr Herz. Würde sie bereit und fähig sein, sich selbst und anderen zuzugestehen, sie zu lieben?

13

Benedikt stand in der Küche, als Anne die Haustür öffnete. Seit sie ihn angerufen und ihr Kommen mit den Worten „es sei außerordentlich wichtig“ angekündigt hatte, war er am selben Platz verharrt, ohne sich zu regen. Auch jetzt blieb er stehen, den leeren Blick in den Garten gerichtet. Wie ein kleines, schlingerndes Boot fühlte er sich, Windböen von allen Seiten, die ihn mal in die eine, dann in die andere Richtung wehten, ohne in die Nähe eines Ufers zu gelangen.

„Ich bin in der Küche!“, rief er schließlich um einen ruhigen Ton bemüht, als er hörte, wie sie ihre Tasche auf den Boden stellte und die Schuhe auszog. Viel zu langsam näherten sich ihre Schritte.

Anne vermochte Menschen zu analysieren wie niemand sonst. Doch was er immer besonders an ihr geschätzt hatte, würde nun verhindern, dass das Leben so weiterging wie bisher. Denn auch wenn er sich selbst würde täuschen können, ihr gegenüber wäre das nicht möglich. Schmieriges Blaugrau legte sich auf seine Gedanken, als er sich schließlich umdrehte und seinen Blick hob. Da war Anne schon abrupt stehen geblieben und sah ihn eindringlich an. Benedikt ließ es geschehen, wartete, bis sie sich an den Tisch in der Küche gesetzt hatte, den Benedikt im letzten Jahr abgeschliffen und weiß angestrichen hatte.

„Ich hätte nicht gedacht, dass es einmal so enden würde", sagte sie sachlich, mit zitternder Stimme und holte tief Luft, nachdem sie es ausgesprochen hatte.

Benedikt blieb an die Wand gelehnt stehen.

„Es muss nicht zu Ende sein."

„Doch, Benedikt."

„Anne", flehte er.

„Du konntest noch nie gut lügen. Du liebst sie einfach mehr als mich."

„Ich liebe sie auf eine andere Art."

„Aber ich bin die zweite Wahl."

„Das stimmt nicht."

Er ging auf Anne zu, zog sie gegen ihr Sträuben zu sich und nahm sie in den Arm, doch sie löste sich aus der Umarmung und starrte aus dem Fenster.

„Hat sie sich wohlgefühlt, als du das Wochenende mit ihr hier gewesen bist?"

„Sehr."

„Hättest du nicht früher wissen können, dass du mich nie so lieben wirst wie sie?"

Benedikt nahm nun ihr Gesicht in seine Hände.

„Nein, weil man euch beide überhaupt nicht vergleichen kann, und daher auch nicht meine Gefühle zu dir und zu ihr. Ich bin ehrlich glücklich mit dir gewesen." Er sah ihr offen in die Augen. „Und bin es immer noch." Langsam entstand das deutlichste Gelb, das er je mit Anne verbunden hatte. Der Fleck blieb klein, doch die Farbe war kräftig, durchzogen mit neutralem Dunkelblau und Dunkelgrün. „Aber du hast Recht, etwas Entscheidendes ist anders."

„Was?“, hakte sie traurig, doch ohne Bitterkeit nach, was seinen Respekt ihr gegenüber weiter wachsen ließ. Das Dunkelgrün wurde intensiver.

„Es ist einfach eine andere Farbe“, sagte er.

Anne verdrehte die Augen. „Das habe ich nie verstanden. Ich sehe keine Farben, wenn ich auf meine Gefühle achte.“

„Ist ja nicht schlimm, das habe ich nie erwartet.“

„Trotzdem. Es ist demütigend zu wissen, dass man gegen eine andere Frau nicht ankommt. Vielleicht gerade weil es anders mit ihr ist. Ich wusste natürlich, dass da etwas Starkes zwischen euch gewesen sein muss, aber als du zu mir zurückgekommen bist, habe ich geglaubt, es hätte sich etwas verändert und du dich nicht nur aus rationalen Gründen für mich entschieden.“ Gedankenverloren blickte sie über den Garten zum See. „Ich hätte damals Nein sagen müssen“, fügte sie wie zu sich selbst hinzu und wandte sich dann wieder an Benedikt: „Denn wenn das Gefühl nicht von Anfang an richtig ist, kann da nichts wachsen.“

„Das stimmt nicht. Gefühle können wachsen, auch wenn am Anfang eine Fremdheit ist.“

„Aber nur in Bereichen wie Respekt, Anerkennung oder Vertrauen. Das Grundgefühl bleibt wie nach der ersten Begegnung.“

Benedikt zuckte mit den Schultern. Gerne hätte er den Rücken gestrafft und ihr widersprochen, doch es fiel ihm schon schwer, den Kopf gerade zu halten.

„Vielleicht hast du Recht.“ Tiefdunkles Rot erfasste ihn, dessen Fläche sich in kleinen Wirbeln langsam kreisend zu vergrößern schien. Gleichzeitig wich der Druck von seiner Brust und er begann wieder freier zu atmen.

„Ganz bestimmt sogar", holte Anne ihn in die Wirklichkeit zurück, doch er konnte nur matt lächeln. „Was machen wir jetzt?", fragte er schwach.

„Wir gehen spazieren und überlegen uns, wie wir es den Kindern beibringen."

Benedikt folgte ihr in den Flur, ungläubig über die Absurdität der Situation und zugleich unfähig, etwas daran zu ändern.

„Fällt es dir gar nicht schwer, dich zu trennen?", fragte er sie schließlich, als sie alle Details besprochen und Anne wie immer einen kühlen Kopf bewahrt hatte, als planten sie die nächsten Sommerferien.

„Du glaubst gar nicht, wie gern ich wütend auf dich wäre. Wie gern ich unseren Ehevertrag verteufeln würde, der mich daran hindert, dich finanziell auszunehmen. Stinksauer möchte ich sein und den Kindern schlechte Dinge über dich erzählen." Sie atmete einmal tief und laut aus. „Aber so bin ich nicht. Ich habe die ganze Zeit gespürt, dass etwas auf mich zukommt, wenngleich nicht die Trennung."

„Aber mein Treffen mit Sophia ist noch gar nicht lange her. Wie konntest du schon vorher eine Ahnung gehabt haben?"

„Bereits nach eurer ersten Begegnung, als du deine Mutter besucht hast, bist du verändert gewesen. Da wusste ich Bescheid, auch wenn ich es mir noch nicht eingestehen wollte. Aber diese Ahnung hat vielleicht dazu beigetragen, dass es mir nun ganz gut geht. Weil es mich nicht unvorbereitet trifft."

Benedikt ging schweigend neben Anne her. Wieder einmal staunte er über sie und bewunderte ihre Klarheit, ihre Ruhe. Einerseits fühlte er sich jetzt frei, zugleich verloren, und wenn er an Klara und Frederik dachte, stiegen ihm sofort die Tränen in die Augen.

„Aber mich trifft es unvorbereitet", sagte er einige Momente später, den Blick in die Ferne gerichtet. Das Wetter war klar, die Berge gut zu erkennen und Benedikt atmete die Luft tief ein und aus.

„Du hast doch immer gesagt, dass du hier besonders gut nachdenken kannst. Nun bist du hier, keiner wird dich und deine Gedanken stören."

Benedikt lächelte sie von der Seite an, während sie zum Haus zurückgingen und Anne dort ihre Tasche in die Hand nahm.

„Willst du gleich wieder zurück?", fragte Benedikt vorsichtig.

„Was soll ich hier? Wir haben uns getrennt, und das muss ich erst mal verarbeiten. Und du bist vermutlich nicht der Richtige, mir dabei zu helfen."

Sie nahmen sich noch einmal in den Arm, hielten sich kurz aneinander fest, doch Anne löste sich schneller, als es Benedikt lieb war.

Als sie die Tür ohne ein weiteres Wort hinter sich zugezogen hatte, blieb Benedikt noch eine Weile im Windfang stehen und starrte auf die dicke, über die vielen Jahre stark nachgedunkelte Holztür. Dann strich er über das Holz, doch nahm er seine Struktur nicht wahr, und auch die eiserne Kühle des Türgriffes, im Sommer so angenehm, spürte er nicht. Als Annes Schritte sich entfernt hatten und es ganz still geworden war, drehte er sich um und betrat den Wohnraum, der ihn sonst immer so wohlig empfing, doch jetzt nur unbewohnt und leer wirkte, trotz Sitzecke und Kamin. In der Küche lag das Gemüse, das nur noch gebraten werden musste, während er den Reis schon gekocht hatte. Alles war unberührt seit exakt drei Stunden, die sein Leben auf den Kopf gestellt hatten.

14

Sophia stand am Fenster eines Hotelzimmers im Zentrum Salzburgs und blickte eine Straße entlang, in der sich auf beiden Seiten pastellfarbene Häuser eng aneinanderschmiegten. Lieber wäre sie richtig in die Berge gefahren, doch nachdem Alexander sich Abende lang mit ihrem gemeinsamen Wochenende beschäftigt und immer neue Ideen entwickelt und wieder verworfen hatte, überließ sie ihm die Buchung ganz. Seufzend ging sie in Richtung Badezimmer und strich im Vorbeigehen mit den Fingern über den glatten, leichten Stoff des schwarzen Kleides, das an der Garderobe hing. Sie würde es am Abend ins Konzert anziehen, für das Alexander gerade an der Rezeption die vom Hotel organisierten Karten abholte.

Als er bei seiner Rückkehr Sophia von hinten umarmte, schrak sie zusammen.

„Bei welchen Gedanken habe ich dich denn gerade ertappt?", fragte Alexander schmunzelnd.

„Ich habe mir nur überlegt, wohin wir morgen wandern." Sie drehte sich um und lächelte ihn an.

„Heute gehen wir erst mal schön aus", erwiderte er mit einem anerkennenden Nicken zum Kleid.

„Aber wir haben noch Zeit", flirtete sie nach einem kurzen Blick auf die Uhr.

„Lass uns lieber einen Kaffee trinken gehen und uns die Stadt ansehen. Wir waren so lange nicht mehr hier."

Vielleicht hatte Alexander Recht und sie sollten sich etwas Zeit geben. Sie nickte und nahm einen Schal von der Garderobe. Zum Abend wurde es jetzt Ende August manchmal kühl.

Sie schlenderten durch die Gassen und kamen bald an drei Trachtenläden vorbei, die kurz aufeinander folgten. Beim vierten konnte Sophia nicht widerstehen.

„Du trägst doch jeden Tag Tracht, wenn du dich um deine Gäste kümmerst. Hast du da nicht mal das Bedürfnis, etwas anderes anzuziehen?“, fragte Alexander sie, nachdem sie mehrere Dirndl anprobiert hatte.

„Ich trage sie gern, ich bin das einfach.“ Sie drehte sich vor einem Spiegel um sich selbst und beobachtete, wie der Rock leicht aufbauschte. Aber der Stoff war sehr schwer.

„Es bleibt doch beim Ersten. Was sagst du?“

Alexander pflichtete ihr bei. Es war zwar sündhaft teuer, doch ein ganz besonderes Dirndl. Durch seine erdigen Farben wirkte es einerseits bodenständig, doch mit der silbern schimmernden Schürze war es zugleich sehr elegant.

Sie trug die Tüte in der Hand, als wäre ein Schatz darin verborgen, während sie Hand in Hand weiter durch die Stadt liefen. Sophia fühlte sich wohl an Alexanders Seite wie lange nicht mehr, ein bisschen, als hätte sie ihn gerade erst kennengelernt. Gleichzeitig spürte sie die Vertrautheit, die über lange Jahre gewachsen war und von der sie nun wusste, wie schnell sie zerbrechen konnte.

Eine Stunde später saßen sie in dem urigsten Restaurant, das Sophia je betreten hatte. Der Gastraum war in viele kleine Nischen unterteilt und bestand komplett aus Zirbelholz, auch die Tische und Stühle, sodass jede Bewegung ein Knarzen auslöste. Liebevoll waren alte, bäuerliche Utensilien dekoriert und alles in warmen Kerzenschein gehüllt, selbst die Bilder an den Wänden. Für Momente wähnte Sophia sich in irgendeiner Stube abseits des städtischen Trubels, nur eine Tür zwischen sich und der Natur. Sie genoss es, Alexanders zufriedenen Blick auf sich ruhen zu spüren, während sie den Raum bestaunte. Dann bestellte er Tafelspitz und Rotwein und begann ein Gespräch über das bevorstehende Konzert, sein Orchester und den Dirigenten, womit der verzauberte Augenblick in der Wirklichkeit eines gemütlichen Konzertabends zu verlöschen begann.

„Was vermisst du in unserer Beziehung?", fragte sie Alexander am nächsten Morgen, als sie nach einem viel zu späten Aufstehen und einem ausgiebigen Frühstück endlich in der Bergbahn saßen. Alexander blickte angestrengt aus dem Fenster, als er antwortete.

„Lass uns einen schönen Tag verbringen und zu einem anderen Zeitpunkt über uns reden."

„Wäre mir auch lieber. Aber sollten wir nicht die Gelegenheit nutzen, dass wir gerade Zeit und Ruhe haben und vor allem allein sind? Das kommt viel zu selten vor."

Nun wandte er seinen Blick zu Sophia. „Dann wäre das das Erste, was wir ändern müssten?"

„Das würde ich mir wünschen", sagte Sophia und stieg mit dem Rucksack in der Hand aus der Gondel aus.

„Ich habe manchmal das Gefühl, dass du mich gar nicht brauchst", sprach Alexander weiter, obwohl sie ihm den Rücken zugedreht hatte. Bei den Wegweisern blieb Sophia stehen und wartete, bis Alexander bei ihr war.

„Und das stört dich?“ Sie zeigte in eine Richtung und marschierte los, immer darauf achtend, nicht zu forsch voranzuschreiten.

„Na ja“, er ging einige Schritte neben ihr her und redete erst weiter, nachdem Sophia ihn ermunternd von der Seite angeblickt hatte. „Ich bin ein Mann und hätte manchmal gern das Gefühl, gebraucht zu werden. Von dir, von den Kindern. Bei Theo und Michel weiß ich es, aber du würdest sicher auch ohne mich klarkommen.“

„Die Kinder brauchen dich. Und ich will dich. Das ist doch viel schöner. Ich möchte nicht aus einer Abhängigkeit heraus bei dir sein, sondern aus freiem Willen.“

Als sich von hinten mit lautem Gelächter eine Gruppe Wanderer ankündigte, beschleunige Alexander seinen Schritt.

„So habe ich das noch nie betrachtet.“

Der Weg führte sie nun auf einem schmalen Pfad bergauf. Auch wenn er gut zu gehen war, musste man achtsam sein, und so lauschten sie eine Weile der Natur und dem Knirschen des Gerölls unter ihren Füßen, während sie sich langsam den Berg hinaufarbeiteten. Nach mehreren Biegungen und einigen kurzen, kraftraubenden Aufstiegen kamen sie an einen Bergbach, der von Felsbrocken gesäumt war, groß genug, um halbwegs angenehm darauf sitzen zu können.

„Willst du nur deswegen den Hof erweitern und Land dazukaufen? Um mit mir Schritt zu halten?“

„Nein. Ich habe durchaus meinen eigenen beruflichen Ehrgeiz. Nur wenn ich mich vergrößere, können wir gut davon leben und den Kindern eine sichere Existenz weitergeben." Er zog die Schuhe aus und tauchte seine Füße in das klare, kalte Wasser. „Am liebsten würde ich eine eigene Meierei gründen, die Milch selbst weiterverarbeiten und die Produkte direkt vertreiben."

„Davon hast du mir noch nie erzählt." Sophia war inzwischen aufgestanden und schubste mit dem Fuß einen Geröllstein ins Wasser. Sofort änderte es seinen Lauf und suchte sich einen neuen Weg ins Tal.

„Ich dachte, erst mal baue ich den Hof aus, und dann sehen wir weiter. Da ich den Job an den Liftanlagen habe und als sicheres Standbein auch nicht aufgeben will, geht eben nicht alles auf einmal."

Anstatt des Verständnisses, das sie eigentlich hatte aufbringen wollen, bahnte sich Wut ihren Weg an die Oberfläche. Schon sah sie sich noch stärker in der Verpflichtung den Kindern gegenüber, dem Alltag, obwohl sie schon jetzt den Großteil der Aufgaben übernahm. Mit jeder täglichen Pflicht, die ihr spontan in den Sinn kam, schob sie einen Stein nach dem anderen zu einem Damm zusammen.

„Du hättest wohl besser eine Frau geheiratet, die dir den Rücken freihält und als ‚Frau vom Brunner' glücklich ist", sagte sie spitz, während sie einen Haufen kleiner Kiesel vom Grund klaubte, um Löcher im Damm zu stopfen.

„Du wolltest von Anfang an nicht auf dem Hof mitarbeiten. Warum hätte ich dich in meine Pläne einweihen sollen?" Er stand auf, nahm einen Stein und legte ihn zu denen, die Sophia bereits angeordnet hatte. „Ich bewundere dich für das, was du tust", fuhr er fort. „Deine Energie, dein Gespür für das, was anderen Menschen Freude macht, deinen Geschäftssinn. Ich würde keine andere Frau haben wollen." Er stemmte zufrieden die Hände in die Hüften, als das Wasser sich oberhalb des Dammes zu sammeln begann. „Du bist die Frau, die ich wollte und will. Sieh dich an! Alle Blicke lenkst du auf dich, wenn du einen Raum betrittst. Besonders die der Männer, deren Frauen mir manchmal leidtun, wenn ihre Männer sich nicht mehr auf das Gespräch mit ihnen konzentrieren, sondern dauernd zu dir rübersehen."

Sophia zuckte die Schultern, ein Lächeln auf ihren Lippen.

„Das würde ich auch tun, wenn ich nicht der Glückspilz wäre, mein Leben mit dir teilen und …" – er nahm ihre Hand – „… sogar gemeinsam Kinder großziehen zu dürfen."

Für einen Moment sahen sie sich in die Augen, und Sophia spürte, wie sie weicher wurde und sich für Alexander öffnete. Sie hatten beide ihre ganz eigenen Vorstellungen von ihrem beruflichen Werdegang. Schon immer. Und wenn sie ehrlich zu sich war, hatte auch sie Alexander nicht von jeder Idee der vergangenen Jahre von Beginn an erzählt.

Auch sie hielt es so, ihn erst zu informieren, wenn etwas in ihrem Kopf genügend gereift war, um es in die Welt zu schicken. Und genauso hatte sie es immer gewollt. Eben weil sie nicht nur die Frau von einem erfolgreichen Mann sein wollte. Während sie den Damm höher und in die Breite bauten, um dem steigenden Wasserdruck Einhalt zu gebieten, vereinbarten sie, sich weniger von der Arbeit und den Kindern auffressen zu lassen und mehr Zeit füreinander zu nehmen, die gemeinsamen Frühstücke nicht ständig für vermeintlich Wichtigeres zu opfern.

Inmitten der Magie der Berge fragte sie sich, wie es Benedikt erneut hatte gelingen können, eine so gewaltige Faszination auf sie auszuüben, die aber nun hier oben in der Natur und mit Alexander an ihrer Seite in sich zusammenfiel.

Schon in ihrer Jugend schienen in den Bergen alle Probleme zu schrumpfen. Besonders nach der Trennung ihrer Eltern, die Sophia vor vollendete Tatsachen stellten, fand sie hier ihre Zuflucht und ihr inneres Gleichgewicht wieder, nachdem ihre Mutter, die sie immer seltener sah, schließlich ganz nach Hamburg gezogen war. Wann immer Sophia Zeit fand, suchte sie den Blick über die Gipfel, das erhabene Gefühl, wenn sie einen beschwerlichen Aufstieg geschafft hatte, und so gelang es ihr am Ende während eines langen Abstiegs, die Entscheidung der Mutter wenn nicht für gut zu heißen, so doch sie zu akzeptieren. Viele Jahre später hatte sie nun wieder einen Aufstieg geschafft und saß nun hier mit ihrem Mann und aß belegte Brote, während die Kinder einer anderen, ebenfalls pausierenden Familie den Staudamm übernommen hatten. Alexander gab ihnen aus der Entfernung Tipps, welche Steine an welcher Stelle mehr Stauung herbeiführen würden, und Sophia hatte so die seltene Gelegenheit, ihn mit seinem beginnenden Bart, den aufgekrempelten Hemdsärmeln und dem am Kragen zum Vorschein kommenden weißen T-Shirt in Ruhe zu betrachten und sich von seiner Ausstrahlung ein glückliches Lächeln ins Gemüt zaubern zu lassen. Schließlich fiel ihr Blick auf den gegenüberliegenden Hang, der von der Sonne in helles Licht getaucht wurde. Hütten und Ställe einer Hochalm wirkten wie dunkle Tupfer auf den in sattem Grün leuchtenden Wiesen, die sich in einer breiten Fläche zwischen den Bergmassiven erstreckten, bevor sie zu den Tälern hin erst sanft, dann immer steiler abfielen. Die im Sonnenlicht in verschiedenen Grautönen schimmernden Gipfel wirkten wie ein Schutzschild, das wundersame Kleinod vor allen bösen Mächten zu bewahren.

„Da würde ich gerne mal ein paar Wochen leben", sagte sie zu Alexander, dessen Blick in die andere Richtung geschweift war.

„Wo?"

„Da drüben. Auf dieser Alm. Was meinst du, wie schön es dort ist!"

Alexander beugte sich vor und zog zunächst die Wandersocken über die inzwischen getrockneten Füße, bevor er Sophias Blicken folgte. „Einsam ist es", fand er.

„Genau", erwiderte sie lächelnd.

„Du hast manchmal sonderbare Ideen." Er schüttelte den Kopf.

„Du würdest nicht mitkommen?"

„Ich passe in der Zeit, wo du dort bist, lieber auf die Kinder auf", sagte er und strich ihr liebevoll durchs Haar.

„Wohin würdest du denn gern mal fahren, wenn du es dir aussuchen könntest?"

„Nach New York!“, platzte es aus ihm hervor, ohne dass er lange überlegen musste. „Alle, die ich kenne und schon einmal dort gewesen sind, sind begeistert.“

„Hm …“ Sophia betrachtete ihn, diese für sie neue Seite erforschend. Seine Begeisterung ausgerechnet für eine Stadt wie New York überraschte sie. „Wärst du eigentlich in den Bergen geblieben, auch wenn du den Hof nicht geerbt hättest?“, fragte sie und nahm ein Stück von dem Apfel, den er gerade mit seinem Taschenmesser geteilt hatte.

„Ich weiß nicht. Ich habe nach dem Studium überlegt, ob ich bleiben soll. Ich hätte als Ingenieur die Möglichkeit gehabt, die Welt zu sehen und Fabriken zu bauen, aber nachdem meine Schwestern den Hof beide nicht wollten und ich ihn nicht aus der Familie geben mochte, während die hier vor Ort jemanden für die Liftanlagen brauchten, hat es sich so gefügt. Ich mag die Abwechslung“, überlegte er und schnürte seine Schuhe. „Doch im Gegensatz zu dir brauche ich die Berge nicht für mein Lebensglück.“

Sophia zeichnete mit ihren Armen einen Kreis, wie um das Panorama einzufangen. „Aber findest du diesen Blick nicht einzigartig? Ständig verändert sich alles. Gerade noch strahlt die Sonne die Wiese dort drüben an, und gleich liegt sie schon im Schatten. Mal wirken die Berge freundlich und einladend, im nächsten Moment bedrohlich. Und wenn ich mich umdrehe, sieht wieder alles anders aus, weil ich auf andere Gipfel schaue.“

Alexander folgte ihrem Blick und bemühte sich, ihre Begeisterung zu teilen. Aber in Wahrheit war sie ihm fremd.

„Ich freue mich darauf", fuhr sie fort, „wenn die Jungs alt genug sind, mit uns einen Gipfel nach dem anderen zu besteigen."

„Wenn sie Lust dazu haben", warf er ein.

„Natürlich nur dann, und du musst auch nicht immer mit." Sophia schmunzelte.

„Würdest du eigentlich gern noch ein Kind haben?"

Sophia ließ ihre Augen einen Moment in die Ferne schweifen. „Ich bin nicht sicher. Einerseits ist jedes Kind ein Geschenk des Himmels. Andererseits genieße ich es sehr, dass mein Körper wieder mir gehört und ich freier über meine Zeit entscheiden kann." Sie sah zu Alexander. „Und du?"

„Ich hätte gern noch mehr Kinder. Aber nur, wenn du sicher bist, bei mir bleiben zu wollen."

Er stand auf, schulterte den Rucksack und winkte den Kindern der anderen Familie zu, die noch immer Steine schichteten, suchte dann die geeigneten Tritte zurück zum Weg. Sophia schmiss das Kerngehäuse ihres Apfels weg und folgte ihm.

„Natürlich möchte ich bei dir bleiben, wäre ich sonst mit dir hier?", sagte sie zögernd, als sie ihn eingeholt hatte, und hätte ihren Worten gern mehr Festigkeit verliehen. Alexander drehte sich zu ihr um, forschte in ihren Augen.

„Das glaube ich dir. Aber für mich geht es darum, ob Benedikt für dich irgendwann nichts anderes ist als ein guter Freund."

„Die Frage ist eher, ob du meine kurzzeitige Unsicherheit verzeihst."

„Nein, das meine ich nicht. Ich weiß, dass du dich bemühst. Aber was auch immer zwischen euch gewesen ist, es hat dich ganz tief berührt. Wirst du es vergessen können?"

„Wir haben etwas von früher geklärt. Es war sehr intensiv, das gebe ich zu." Sie hatte in Benedikts Augen die tiefe Verletzung erkannt. Seinen Schmerz und sein Verlangen, das über die Jahre nicht weniger geworden war. Sie hatte ihre Wut auf ihre Unfähigkeit, zur richtigen Zeit die richtigen Worte zu finden, gespürt, ihre Trauer und die nagende Ungewissheit, wie ein Leben mit Benedikt verlaufen wäre. Aber ihr Platz war bei Alexander, bei ihm und den Kindern, und so sagte sie es ihm auch. „Ich liebe dich", schloss sie.

Er blieb stehen, seine Stimme war ganz ruhig. „Ich dich auch. Aber wenn man jemanden liebt, merkt man, wenn beim anderen etwas nicht stimmt. Selbst wenn es sehr weh tut – wie gerade." Er kickte einen Stein den Abhang hinunter und sah ihm hinterher, wie er kullerte, abhob, durch die Luft flog und schließlich auf einem größeren Stein aufprallte und zur Seite rollte.

„Es ist nichts zwischen uns gewesen", flehte sie, „ich habe ihn noch nicht einmal geküsst. Ich empfinde einen so tiefen Respekt dir gegenüber, dass ich das niemals gekonnt hätte."

„Was es nicht zwangsläufig besser macht. Denn ob man sich zusammenreißt oder nicht, spiegelt nicht unbedingt die eigenen Gefühle wider."

„Das sehe ich anders. Wenn ich der Meinung gewesen wäre, dass Benedikt der Mann meines Lebens ist und nicht du, dann hätte ich ihn geküsst." Sophia setzte sich wieder in Gang und erlangte mit jedem Schritt ein wenig Sicherheit zurück. „Lass uns aus der Geschichte nicht mehr machen, als es ist: Ich habe einen alten Bekannten getroffen, mit dem ich ein einziges Mal geschlafen habe. Das, was davon noch zwischen uns war, haben wir geklärt. Aktuell hat er mir beruflich weitergeholfen, und wir haben uns gut verstanden."

Darauf sagte Alexander nichts mehr. Der Abstieg beanspruchte ihre ganze Aufmerksamkeit, sodass sie schweigend hintereinander her liefen. Sophia spürte, dass Alexander ihr glauben wollte, konnte aber das Rattern seiner Gedanken geradezu hören. Erst auf dem Weg ins Dorf, von wo aus sie den Bus zurück zur Talstation nehmen würden, kam wieder ein Gespräch in Gang, und sie beschlossen, kurz haltzumachen, um sich zu stärken. Bei Kaffee und Kuchen fachsimpelte Sophia über ihr bevorstehendes Projekt, und mit dem letzten Schluck besiegelten sie schließlich Alexanders Entschluss, den Hof zu kaufen und dafür im eigenen Haus die Wohnungen noch eine Weile weiter zu vermieten, um finanzielle Risiken besser abpuffern zu können. Im Hotel angekommen, begannen sie zu packen, denn für den nächsten Morgen hatten sie einen frühen Zug gebucht, der sie nach Hause bringen sollte – zurück in ihr altes Leben.

Der Sommer verging, und mit dem Ende der Herbstferien kam die ruhige Zeit des Jahres, die Sophia nutzen wollte und ihr Hotel wegen des bevorstehenden Umbaus ganz schloss. Sie hatte nun sechs Wochen Zeit, ihr Angebot an ihre Gäste um das Café zu erweitern, um dann pünktlich zur Wintersaison starten zu können. Als am Morgen des Baubeginns das Telefon klingelte, schaute sie nicht auf die Nummer. Es war Benedikt, doch es durchfuhr sie nur ein kurzer Schreck, als sie seine Stimme hörte. Dann besann sie sich. Die intensive Zeit mit Alexander, ihre Gespräche waren der Keim für ein neues Vertrauen gewesen, das wieder zu einem festen Band zwischen ihnen geworden war. So wie es sein sollte, wenn ein Freund anrief, freute Sophia sich.

„Na?!", begrüßte sie ihn fröhlich und ärgerte sich zugleich über ihren flirtenden Tonfall. Aber er ging nicht darauf ein, sondern kam gleich zu seinem Anliegen. „Wie ist euer Wochenende gelaufen?", fragte er angespannt.

„Deswegen rufst du an? Es ist doch schon einige Wochen her."

„Antworte mir einfach, bitte", drängte Benedikt.

„Es hat uns gutgetan."

„Dann wirst du dich also nicht trennen?"

„Benedikt. Meine Eltern haben sich getrennt, als ich ein Teenager war. Das möchte ich meinen Kindern nicht antun."

Ein Handwerker lief mit einer Leiter an ihrem Büro vorbei und hob zum Gruß die Hand.

„Ich weiß."

„Sie haben mir sehr wehgetan", sprach sie leiser weiter.

„Du hast mir damals erzählt, am meisten hätte dich empört, dass sie dich auf eurer Lieblingswanderung über ihre Trennung unterrichtet haben, nachdem alles schon entschieden war."

Sophia sah sich noch in der Toilette der Hütte sitzen, in die sie sich rettete, nachdem sie sich den ganzen Weg über zusammengerissen hatte. Sie hatte Tränen voller Wut, Schmerz und auch Angst geweint. Vor allem, weil sie sich von ihren Eltern nicht ernst genommen gefühlt hatte, obwohl sie schon vierzehn war. Wie nebenher hatten sie ihr den Entschluss mitgeteilt, als wäre sie davon nicht betroffen. Am furchtbarsten aber war es gewesen, einer Situation ausgeliefert gegenüberzustehen und keine Kontrolle mehr über das eigene Leben zu haben.

Zwei Wochen später verließ ihr Vater die gemeinsame Wohnung und ging als Hoteldirektor ins Ausland. Erst mit sechzehn, als sie beim Großvater eingezogen war, erlangte sie langsam wieder das Gefühl für ihr eigenes Leben zurück und schwor sich, die Macht darüber niemals wieder herzugeben.

„Wie ich das verstanden habe, war nicht die Trennung an sich das Problem", nahm Benedikt den Faden wieder auf.

„Also wäre das kein Argument für …"

„Woher weißt du das?", ging sie dazwischen und stand vom Schreibtisch auf.

„Das hast du mir vor Jahren einmal erzählt, als wir uns einmal während der Semesterferien zufällig in Prien getroffen haben. Wir sind an der Bar versackt, bis deine Leute gegangen sind. Erinnerst du dich?"

Sophia musste lachen und schloss die Tür. „Ja. Sie haben mir damals ein Date aufgeschwatzt. Den armen Kerl habe ich den ganzen Abend stehen lassen und stattdessen mit dir an der Bar geredet und getrunken."

Benedikt ließ sich nicht beirren und kam wieder auf sein Thema. „Wenn zwei Menschen sich trennen oder nicht“, fuhr er fort, „zählt für mich nur ein einziges Argument.“ Er machte eine lange Pause. „Die Liebe.“

Liebe. Immer wieder Liebe. Warum sollte sie ständig über ihre Gefühle nachdenken? Oder darüber, ob Benedikt vielleicht der passendere Mann für sie gewesen wäre? Sie war glücklich mit Alexander – Oder nicht? Sophia war verwirrt. Sie wollte mit Alexander glücklich sein, aber war sie es wirklich? Warum begann diese Gewissheit zu bröckeln, sobald Benedikt in ihrem Leben auftauchte? Sie fixierte ihren Blick auf einen Baum in der Hoffnung, das Chaos in ihr damit beruhigen zu können, und sie war heilfroh, dass Benedikt sie nicht sehen konnte.

„Weinst du?“, fragte er dennoch plötzlich.

„Woher weißt du das nun wieder?“, erwiderte Sophia stockend.

„Bei bestimmten Emotionen sehe ich Farben. Wenn ich mir dich vorstelle, erkenne ich einen Kreis. Er selbst ist farblos, hat nur mehrere hellblaue Streifen quer über die gesamte Fläche. Darin befindet sich ein weiterer kleinerer Kreis. Er ist pink, pulsiert und hat ein türkisfarbenes Band als Umgrenzung, auf dem ich schwache Punkte erkenne. Ich glaube, sie sind braun, vielleicht auch kräftig Orange, das ist schwer zu erkennen. Aber irgendwie kam mir der Gedanke, die Punkte könnten ein Weinen bedeuten.“

„Warum siehst du Farben, wenn du an mich denkst?“

„Keine Ahnung. Wenn mich Emotionen anderer Menschen treffen, entstehen bei mir Vorstellungen von Farben. Meistens halte ich die Emotionen anderer Menschen auf Abstand. Ich würde ja verrückt werden, wenn ich immer alle Gefühle der Menschen, die mir begegnen, in meinem Kopf hätte. Ich habe außerdem genug mit meinen eigenen zu tun. Aber es gelingt mir nicht immer, besonders nicht, wenn mir jemand nahe ist. Dann spüre ich dessen Gefühlslage. Das passiert rein intuitiv. Ich sehe sie wie ein Bild vor mir."

„Und jetzt glaubst du, dass ich traurig bin, nur wegen ein paar bunter Tupfen in deiner Fantasie?"

„Die Farben lügen nicht."

Für einen Moment trat Stille ein.

„Du verblüffst mich immer wieder." Eine weitere Pause entstand. „Welche Farbe siehst du für mich?"

„Wenn ich an dich denke?"

„Ja." Sie setzte sich auf den Ohrensessel, auf dem sie ihre Kinder gestillt hatte und der nun meistens verwaist in der Ecke stand.

„Ein warmes Gelb, das fast ins Orange gleitet. Es strahlt so hell, dass man die Farbe fast nicht mehr erkennt." Seine klare Stimme spiegelte das Gesagte wider, doch dann belegte sie sich. „Aber ich weiß nur, dass die Farbe strahlt, sehen kann ich es nicht."

„Verstehe ich nicht."

„Ein grauer Schatten liegt darüber." Nun klang er traurig, wie damals, als er sie auf der Fraueninsel hatte gehen lassen. „Also ist es nur ein Dunkelgelb."

Die Tränen rannen jetzt unaufhaltsam, doch Sophia konnte nicht sagen, warum sie weinte. War es Verzweiflung? Ein schlechtes Gewissen? War es die Gewissheit des endgültigen Abschieds?

„Und wofür stehen die Farben, die du bei mir siehst?", hakte sie nach.

„Willst du das wirklich wissen?"

„Ich bin mir nicht sicher." Sie überlegte. „Doch. Ja. Ich kann mir nicht vorstellen, dass es so was gibt. Außerdem ist es nur deine Interpretation." Mit den Fingern strich sie die Lehne des Sessels entlang, spürte das grobe Leinen an den Fingerspitzen.

„Nein, nicht Interpretation. Dein Unterbewusstsein spricht direkt zu mir. Das willst du dir vielleicht nicht eingestehen, aber es ist so."

„Ich weiß, dass man permanent miteinander kommuniziert, ohne zu reden. Aber das, was du da beschreibst, klingt ein bisschen verrückt."

„Wie lange kennst du mich?"

Schneller strichen ihre Finger nun die Naht entlang, sodass das raue Leinen unter ihrer Haut ganz warm wurde.

„Fang an."

„Ok. Hellblau steht für Hoffnung, Türkis für schlechtes Gewissen. Ich kann aber nicht erkennen, worauf die Hoffnung sich richtet oder was der Grund für das schlechte Gewissen ist. Pink meint Betrug, entweder dir selbst oder jemand anderem gegenüber. Auch das weiß ich nicht, wenn ich die Farbe sehe. Braun bedeutet Angst, ist es aber Orange, steht es für dein ‚Ich', für absolute Zufriedenheit. Warum manche Punkte, die ich bei dir erkenne, so schwach sind, oder weshalb eine Farbe flackert oder Schlieren bildet – keine Ahnung. Wenn das bei mir passiert, weiß ich es meist intuitiv."

Weiter liefen ihr Tränen die Wangen herunter, während sie Benedikts schnell aufeinander folgenden Worte auf sich wirken ließ.

„Und Anne? Welche Farben siehst du bei ihr?“, fragte sie dann.

„Keine Farben. Sie ist farblos, nur ein weiches, wohlwollendes Nichts. Ohne Begrenzung.“

„Und was bedeutet das?“

„Keine Farbe heißt Vertrauen ins Leben. Darein, dass alles, was uns im Leben begegnet, einen Grund hat und damit gut ist. Wenn man vertraut, ist man frei.“

Benedikts Stimme war nun beruhigend und sanft, ihre Tränen versiegten.

„Wow. Das klingt schön.“ Sophia lehnte sich zurück.

„Aber wir – du und ich – sind trotzdem nicht zusammengekommen“, wechselte er das Thema.

„Was hat das eine mit dem anderen zu tun?“ Sie beugte sich wieder vor, als könnte er ihre Worte dann besser verstehen und sie seine deutlicher hören.

„Viel. Du hast deine Farbe nicht gesehen.“

„Jetzt lass bitte die Farben. Du hast selbst gesagt, dass man sich von seiner Familie nicht so schnell trennt. Akzeptiere also bitte endlich meine Entscheidung.“

„Anne ist gegangen. Mit den Kindern.“

Reglos starrte Sophia in den Raum, hörte ihm weiter zu.

„Sie wollte nicht die zweite Wahl sein. Auch wenn das so nicht ganz stimmt, aber ich hätte sie nicht heiraten sollen. Nur ist bei mir eine Sicherung durchgebrannt, als du dich damals mit neuem Namen gemeldet hast. Deshalb habe ich ihr einen Antrag gemacht.“

„Auf der Fraueninsel."
„Das weißt du?"
„Du hast mir eine Verlobungskarte geschickt, auf der Ort und Datum der Verlobung standen. Eigentlich macht man das heutzutage nicht mehr."
„Ich habe wohl gehofft, du würdest mich von der Heirat mit Anne abhalten. Stattdessen bekam ich eine Email mit so unechten Glückwünschen, dass mir schlecht davon geworden ist." Er machte eine Pause, aber an seinem Stocken erkannte Sophia, dass er noch mehr sagen wollte. Nach einem weiteren kurzen Schweigen wiederholte er seine Frage: „Wirst du dich trennen?"
Sophia hatte sich wieder etwas beruhigt, dennoch rang sie um Fassung. Warum bedrängte er sie immer weiter, wo er ihre Antwort doch kannte. „Wir kaufen gerade gemeinsam einen Hof", erwiderte sie daher kurz.
Wieder folge eine Pause, dann erbat Benedikt sich einen letzten Gefallen: „Die Farbe, die ich für Anne beschrieben habe, erkenne ich jetzt, nach der Trennung", hob er an.
Da begann sich vor Sophias Augen das Büro zu drehen, und für einen Augenblick überlegte sie, ob sie das Gespräch hier nicht besser beenden und einfach auflegen sollte. Doch da sprach Benedikt schon weiter: „Schalte den Kopf aus und gib deinem Herz die Chance, mit dir selbst in Kontakt zu treten. Mehr verlange ich nicht."
Jetzt verlor Sophia alle Kontrolle und begann zu schluchzen. Bei ihrem letzten Gespräch mit Benedikt hatte sie erkannt, dass es damals auf der Fraueninsel ihre Angst, verletzt zu werden, gewesen war, weshalb sie ihn zurückgewiesen hatte. Doch das war lange her und

niemand konnte wissen, was aus ihnen geworden wäre, hätte sie vor über zwanzig Jahren diese Angst überwinden können. Aber wollte sie es wissen? Sie war mit Alexander glücklich, hatte ein mit Kindern und Arbeit erfülltes Leben. Ohne ein weiteres Wort zu sagen, drückte sie auf den roten Hörer.

15

Benedikt trat mit einem großen Schritt vom Schiff auf den Anleger. Die Geländer waren mit Schnee überzogen, Bäume und Sträucher mit Eiszapfen und Kristallen verziert. Es roch nach frischem Schnee, der bei jedem Schritt unter seinen Füßen knirschte. So kurz vor Weihnachten war er gern hier, das letzte Mal mit den Kindern im vergangenen Jahr, als Anne ihr erstes Silvester ohne ihn gefeiert hatte. In diesen Tagen waren nur wenige Auswärtige auf der Insel, von denen die meisten den Weihnachtsmarkt besuchten. Mitten am Tag war es dann so ruhig wie im Sommer nur an späten Abenden. Auf dem Weg zum Haus wechselte er mit dem Gastwirt einer Pension ein paar Worte, berichtete von den Kindern und wünschte gute Umsätze zwischen den Jahren, bevor er seinen Weg fortsetzte. Die Dame, die ein Stück weiter die Straße hinunter wohnte, begleitete er ein paar Schritte und fragte sie nach ihrer Gesundheit, ehe sie sich verabschiedete und er auch schon sein Grundstück erreicht hatte. Die Schneedecke außerhalb des geräumten Weges war nur durch ein paar winzige Tierspuren durchbrochen, rund um das reetgedeckte Vogelhaus lagen Schalen von Sonnenblumenkernen. Am Haus standen noch die verdorrten Zierlauch-Blütenköpfe aus dem Sommer, die niemand zurückgeschnitten hatte und die jetzt einen kleinen Schneehut trugen. Wie sie so ihre filigranen Köpfe in der klaren Schneeluft zum Himmel reckten, fand er sie fast schöner als zur Blüte. Andächtig öffnete er die Gartenpforte, die im letzten Jahr noch gequietscht hatte, und trat zum Haus. Die bereits aufgeklappten Fensterläden schienen ihn willkommen zu heißen, und als er die dicke, schwere Holztür öffnete, empfing ihn eine wohlige Wärme vom bereits brennenden Ofen, den der Hausmeister angefeuert hatte. Dankbar für diesen Empfang streifte Benedikt die Schuhe von den Füßen und stellte sie zum Abtropfen auf die dafür vorgesehene Matte. Im Flur standen noch die Gummistiefel der Kinder, die ihnen sicher nicht mehr passen würden. Seine Gedanken wanderten zu der Zeit zurück, als er mit ihnen und Anne oft hier gewesen war. Am liebsten hatte er mit Anne am Fenster gestanden und ihnen beim Spielen im Garten zugesehen oder sie beobachtet, wie sie sehnsüchtig zum Wasser schauten, von dem sie durch einen Zaun getrennt waren. In wenigen Jahren würde er die inzwischen verwitterten Holzlatten abbauen, wenn auch Frederik sicher schwimmen konnte.

Auf seiner Berghütte, die er bald nach der Trennung von Anne gekauft hatte, brauchte er einen solchen Zaun nicht. Dort, weitab vom nächsten Dorf und gute zwei Stunden von Nürnberg entfernt, gab es keine Gefahrenquellen. Einen Teil der Hütte hatte er für Wanderer und Skifahrer als Gasthaus hergerichtet, den kleinen Almweg benutzte nur er selbst mit dem Auto. Der Bach war nicht mehr als ein plätscherndes Rinnsal, und das Gelände um die Hütte herum bestand aus sanft abfallenden und ansteigenden Hügeln, wo die Kinder sich jetzt, da sie nicht mehr so klein waren, frei bewegen konnten. Auch hier lauerte keine Gefahr. Liebevoll hatte Benedikt, bald nachdem er die Hütte bezogen hatte, den verrotteten Spielplatz dahinter aufgepäppelt, der bei aller Modernisierung des Hauses auf der Strecke geblieben war. Nun gab es dort ein kleines Holzhaus, eine Sandkiste mit Matschbahn und ein Klettergerüst. Doch meist waren Klara und Frederik am Bach. Oft sammelten sie stundenlang Kiesel, um kleine Inseln oder Dämme zu bauen. Bestens geeignet für Wasserschlachten aller Art war die Wassertränke, und mit der Zeit verstand Benedikt, warum sich vor ihm niemand um die alte Rutsche und die verrottete Sandkiste gekümmert hatte, war doch schon die Natur in den Bergen ein großer Abenteuerspielplatz.

Manchmal streiften sie auch gemeinsam über die Wiesen und Felder oder legten sich auf die Lauer, um Murmeltiere zu entdecken, wenngleich es in der Nähe gar keine gab. Doch Frederik bestand jedes Mal darauf, eines gesehen zu haben, um das er ganze Geschichten spann. Die hatten schließlich auch dazu geführt, dass Anne ihre anfängliche Skepsis aufgab, weil sie ihr zeigten, wie wohl die Kinder sich dort oben fühlten. Seither durften sie so oft kommen, wie sie wollten. Meistens nahm Benedikt sie mit, wenn er, was er nahezu wöchentlich tat, in der Zentrale der Kaffeeküchen vorbeigeschaute. War er für mehrere Tage in Nürnberg, übernachteten sie hin und wieder mit in seiner Wohnung, die er sich dort gemietet hatte.

Es hat sich gut eingespielt, dachte er, drehte sich um und schlenderte auf der Suche nach der gelben Kaffeekanne in die Küche. Er fand sie im obersten Schrank, links, ganz hinten, und musste sich auf Zehenspitzen stellen, um an sie heranzukommen.

Wie gern hätte er jetzt mit Sophia aus dieser Kanne einen Kaffee getrunken. Das letzte Mal hatten sie sich gehört, als er ihre Farben gesehen und sie ihr erklärt hatte.

Mit den Fingerspitzen fühlte er die Kanne und führte sie vorsichtig über das Regal bis zum Rand. Noch konnte er sie nicht greifen und schob sie ein Stück weiter nach vorn, bis der Boden über die Regalkante ragte.

Sophias Gelb war bei ihrem Gespräch für einen kurzen Moment vollkommen rein gewesen. Trotzdem hatte er die Unruhe in ihr erkannt, nicht nur wegen der Farben, sondern sie aus ihrer Stimme herausgehört, in ihrem ganzen Gebaren gespürt. Doch er wusste bis heute nicht, was daraus geworden war. Seit diesem Tag hatte sie sich nicht wieder bei ihm gemeldet, mehr als ein Jahr war seitdem vergangen.

Während er darüber nachsann, verlor er, die Hand noch hinter der Kanne, plötzlich das Gleichgewicht, und die Welt schien für einen Augenblick stillzustehen, als die Kanne zu kippen drohte. „Wenn ich sie jetzt greife", dachte er, „und sie nicht erwische, fällt sie." Aber da war es schon zu spät, denn als er sie zu fassen versuchte, beschleunigte er nur ihren Fall. Die Kanne bekam einen Drall nach rechts, prallte auf die Kante der Arbeitsfläche und verlor schon ihren Griff, kurz bevor sie auf den Boden auftraf und in einige große und viele kleine Scherben zerbarst. Wie erstarrt, die Arme schlaff am Körper, betrachtete Benedikt die über den Küchenboden verteilten Scherben.

Jeden Tag hatte er an Sophia gedacht, wollte seine Freude über die Alm mit ihr teilen und lebte in der unsinnigen Hoffnung, sie würde zufällig vorbeikommen und eines Tages einfach vor der Tür stehen. Als wohnte der Kanne ein Zauber inne, ihrer beider Schicksal zu verbinden, hatte er sie wie ein Kleinod bewahrt. Und ausgerechnet jetzt, da er sie mit zur Alm nehmen wollte, zersprang sie.

Er fixierte die größte Scherbe mit den Augen, wollte sie aufheben, doch war er unfähig, sich zu bewegen. Stattdessen blitzte in seinem Kopf der Konferenzraum seines inneren Teams auf. Er wirkte unendlich groß und war vollbesetzt, aber kein einziges Teammitglied konnte er identifizieren, so eng gedrängt standen sie um den Tisch herum.

Benedikt begann zu schluchzen. Sein ganzer Körper zitterte, aber erst nach und nach kamen die Tränen. Die Starre begann sich zu lösen, und er ging langsam in die Knie und berührte eine Scherbe. Lange drehte er sie in seinen Händen. Mit jeder Träne fühlte er sich leichter, als würde alter Ballast aus dem Körper gespült. Nach und nach verließen die Gestalten seines inneren Teams den Raum, aber es entstand keine Leere. Vielmehr spürte er, wie der Raum sich, nachdem das letzte Teammitglied gegangen war, sofort wieder füllte, und zwar mit seinen eigenen Gedanken und Gefühlen. Er brauchte keine Teammitglieder mehr, um mit sich selbst ins Reine zu kommen, sondern spürte die Fülle ihrer widerstreitenden Stimmen sich auflösen in einem Gefühl der Ruhe und des Friedens. Er würde die wichtigen Entscheidungen in seinem Leben nun im Einklang mit sich selbst treffen können.

Während er mit den Händen noch langsam die Scherben zusammenschob, ließ er dieses neue Vertrauen in sich wirken und betrachtete versonnen die zerbrochene Kanne.

„Ein kaputter Haufen Liebe", dachte er und stand dann entschlossen auf, um seine Eltern anzurufen. Er wollte sich mit ihnen treffen.

Schnell hatte er sich daran gewöhnt, dass sie wieder zusammen waren, wenngleich sein Vater die meiste Zeit in Nürnberg verbrachte, während Gerda in ihrem Haus am Chiemsee blieb. Doch mehrmals die Woche trafen sie sich in Nürnberg, wenn es etwas zu besprechen gab. Denn Gerda hatte sich in die Kaffeeküchen eingekauft und war jetzt für die Produktion der Eigenmarken und die Inneneinrichtung der Cafés zuständig. Zwei oder drei Tage die Woche verbrachte sie daher in der Stadt, die restliche Zeit war sie in den Filialen unterwegs oder zu Hause, wo ihr Franz oft Gesellschaft leistete. Ihr Missmut war nur noch eine Erinnerung.

„Hallo Benedikt", freute sie sich, als er nun vor ihr stand, und umarmte ihn so herzlich, dass ihm fast wieder die Tränen kamen.

„Warst du einsam da drüben?", fragte Franz, der nun ebenfalls an die Haustür gekommen war.

Sie setzten sich ins Wohnzimmer, sahen über die durch etliche Fußtritte zerstörte Schneedecke hinüber zum See.

„Gehst du immer einen anderen Weg?", fragte Benedikt verwundert, als er die vielen Spuren im Schnee betrachtete.

„Ja, es knirscht so schön unter den Füßen im frischen Schnee", schwärmte Gerda.

Auf dem Tisch stand das Geschirr aus Knochenporzellan von seiner Oma, das Gerda nur zu besonderen Anlässen aus dem Schrank holte.

„Gibt es etwas zu feiern?“, erkundigte Benedikt sich und zeigte auf das Service.

„Nein. Aber ich habe mich neulich gefragt, warum ich das Geschirr nur an besonderen Tagen decke, obwohl ich es so gern mag?“

Benedikt nickte, Franz lächelte seine Frau an.

„Und dann habe ich überlegt“, fuhr sie fort, „was eigentlich ein besonderer Tag ist? Ob nicht jeder Tag irgendetwas Besonderes an sich hat?“

Wieder nickten die beiden.

„Schließlich habe ich mich entschieden, es immer zu benutzen, wenn mir danach ist.“

Benedikt hätte seine Mutter am liebsten noch einmal für alles umarmt, was sich bei ihr verändert hatte, aber als er sah, wie Franz ihre Hand nahm und sie drückte, hielt er sich zurück.

„Geht es dir nicht gut?“, fragte Franz ihn nun.

Gerda stand auf und schenkte Kaffee ein, die Honigbrote standen bereits auf dem Tisch.

„Ja und Nein. Ich vermisse die Kinder.“

„Und Sophia“, fügte Gerda hinzu.

Benedikt hob langsam die Schultern und ließ sie dann fallen.

„Habt ihr euch je ausgesprochen?“, fragte Franz nun mit seinem offenen Blick, der jeden bald dazu brachte, ihm sein Innerstes zu offenbaren, wenn er nur danach fragte.

„Ja, als sie damals in Nürnberg bei mir gewesen ist." Benedikt nahm ein Honigbrot und legte es auf seinen Teller. „Wir haben uns lange angeschaut, sehr lange. Und ich glaube, in ihren Augen erkannt zu haben, was ich ihr bedeute – und sie weiß es von mir." Er sammelte sich kurz, bevor er weitersprach. „Aber den wahren Grund, warum sie mich damals nicht wollte, als wir auf der Fraueninsel gewesen sind, hat sie mir nicht gesagt."

„Musst du es denn wissen?", hakte seine Mutter nach.

„Bis vorhin dachte ich ja. Aber nun bin ich mir nicht mehr sicher."

„Was kann sie dir geben, das du dir selbst nicht geben kannst?" Franz lehnte sich im Stuhl zurück und sah seinen Sohn abwartend an.

Benedikt dachte an die Bilder in seinem Kopf, den inneren Frieden, den er zwei Stunden zuvor in sich gespürt hatte, aber für sich noch nicht einordnen konnte.

„Auf meiner Berghütte bin ich sehr glücklich, gerade in Verbindung mit meinen Aufgaben in den Kaffeeküchen. Eigentlich lebe ich alles, was ich mir gewünscht habe. Aber ich teile es mit niemandem."

„Guck dir deine Mutter und mich an. Wir haben wieder zueinander gefunden. Das ist natürlich schön, doch wir waren schon vorher glücklich."

„Wenn das bei mir auch lange gedauert hat", warf Gerda lachend dazwischen.

„Ich dachte immer, Sophia macht mich ganz."

Franz sah ihn fragend an. „Wie meinst du das? Ich wiederhole meine Frage: Was gibt sie dir, das du dir selbst nicht geben kannst?"

„Vertrauen“, antwortete Benedikt, ohne zu wissen, wie ihm dieses Wort plötzlich in den Sinn gekommen war. Er aß sein Brot, während er darüber nachdachte. „Vertrauen in was?“, hakte Franz schließlich nach, als Benedikt weiter schwieg und einer Katze zusah, die im Garten durch den Schnee stapfte.

Benedikt hatte keine Ahnung, was er dem Vater erwidern sollte. „Vielleicht ins Leben?“, sagte er, immer noch unsicher, aufs Geratewohl.

Franz nickte und ermunterte ihn weiterzusprechen.

„Ich muss loslassen“, spann Benedikt den Faden weiter, „und ich sein. Die Dinge auf mich zukommen lassen und das Vertrauen haben, dass es richtig ist, wie es ist.“ Er war so erstaunt über seine Worte, dass er aufstand und ein paar Schritte umherwanderte, bevor er sich wieder setzte. „Ich weiß selbst nicht, was ich da rede“, wandte er sich entschuldigend an seine Eltern, während er versuchte, Klarheit in seine Gedanken zu bekommen.

„Ich glaube, du kannst nun endlich glücklich werden“, zog Franz seinen Schluss aus Benedikts Worten, nickte zufrieden und lächelte seinen Sohn an.

„Woher weißt du das?“, fragte Benedikt.

„Ich habe nie eine Frau so sehr geliebt wie deine Mutter, aber ich habe, als es an der Zeit war, akzeptiert, dass sie mich nicht mehr als Partner an ihrer Seite haben möchte. Und konnte für mich glücklich sein, obgleich ich ihre Entscheidung nie verstanden habe. Wenn du das, was du eben gesagt hast, wirklich in dir spürst, brauchst du Sophia nicht mehr.“

Nachdenklich nahm Benedikt ein weiteres Honigbrot und biss hinein. Er hatte gerade etwas zum Ausdruck gebracht, das ihm so noch nicht bewusst gewesen war. Wie sollte er es verinnerlichen?

„Warum habt ihr so lange gebraucht, um wieder zusammenzufinden?“, lenkte er nun von sich ab. Gerda und Franz saßen so vertraut auf dem Sofa, als wäre es nie anders gewesen.

„Ich habe mein Herz nicht mehr gehört“, sagte Gerda.

Franz drückte fest ihre Hand, und als das Gespräch ins Stocken geriet, wechselte Benedikt das Thema zum Geschäftlichen, was in seiner Familie immer klappte. Sie sprachen über die Kaffeeküchen, über Franz' Geschäfte und fassten das vergangene Geschäftsjahr zusammen. Dann war der Nachmittag vorüber und Gerda erzählte, bevor Benedikt sich verabschiedete, noch vom jährlichen Gemeindetreffen am 28. Dezember, an dessen Organisation sie wie jedes Jahr beteiligt war.

„Komm doch mit“, sagte sie, während sie begann, den Tisch abzudecken. „Bestimmt triffst du alte Bekannte dort. Es sind ja einige hiergeblieben oder wiedergekommen.“

„Ich überlege es mir“, antwortete Benedikt ohne viel Interesse, da er die Welt seiner Kindheit und Jugend lange hinter sich gelassen hatte. Er stand auf und verabschiedete sich bis zum nächsten Tag.

Bei jedem Schritt auf den schneebedeckten Wegen in Richtung Anleger hörte er das dumpfe Knirschen seiner Schuhe, und nach der kurzen Bootsfahrt auf der Insel angekommen, begleitete dieses Geräusch ihn bis zu seinem Haus.

Auf der Fraueninsel war der Schnee fast überall unberührt. Von der Temperatur im Passagierraum des

Schiffs aufgewärmt, ging er langsam die letzten Schritte und betrachtete die Dächer der umliegenden Häuser. An den Schneemengen ließ sich erkennen, wer schon lange nicht mehr da gewesen war. Die Wärme in seinem Haus hatte den Schnee vom Dach komplett schmelzen lassen. Doch innen war es über die Stunden ziemlich ausgekühlt, sodass er mit wenigen Handgriffen den Ofen anheizte, ehe er sich mit einer Decke, einem Glas Wein und einem Buch aufs Sofa setzte und bald darauf einschlief.

Scheu lächelte Sophia Benedikt von draußen durchs Fenster an, als Benedikt in die Küche trat. Erschrocken wich er einen Schritt zurück, musterte sie wie eine Fremde, während sie ihn bewegungslos ansah.

„Lass sie da nicht so stehen", wollte eine Stimme seine distanzierte Bewegung korrigieren.

„Sie will nicht eintreten, das sieht man doch."

„Sie würde gern, nur kann sie es nicht ausdrücken."

„Das glaube ich nicht."

„Aber sie steht doch da."

„Das sehe ich. Aber sie war immer hier und nun ist es gut ohne sie."

Er sah ihr ein letztes Mal in die Augen, drehte sich um und verließ den Raum. Da wachte er auf.

Er hatte Mühe, sich von den Bildern im Traum zu lösen, doch dann zog eine Farbe seine ganze Aufmerksamkeit auf sich. Das Dunkelgelb, dass er immer gesehen hatte, wenn er an Sophia dachte, war auch jetzt sehr intensiv. Aber an seinem Rand bildete sich ein schmales dunkelgrünes Band, das langsam breiter zu werden schien. Von innen strömte gelbe Farbe nach und nahm an Intensität zu, ehe sie nach außen hin abfloss. Plötzlich erkannte er, wie Gelb und Grau sich trennten. Immer strahlender wurde das Gelb, während der graue Schleier sich zu einer Seite an seinem Rand absetzte und schließlich verschwand. Wie gebannt beobachtete Benedikt, was hier geschah. Jetzt verlor auch das Gelb an Intensität, und er versuchte, es wieder kräftiger werden zu lassen, indem er an Sophia dachte. Aber es funktionierte nicht, er konnte die Veränderung nicht aufhalten, sie schien sich sogar zu beschleunigen. „Der Brief!", kam es ihm in den Sinn. Denn er erinnerte, Sophia darin das Gelb beschrieben zu haben, das sie in ihm auslöste. Er schnellte hoch und ging in sein kleines Arbeitszimmer neben der Küche. In seinem Ablagefach musste der unbeschriftete Umschlag doch irgendwo sein? Er fand ihn und begann zu lesen. Würde das Gelb wiederkommen, jetzt, wo er der Gedankenspur von damals folgte? Auch da hatte er von ihr geträumt und die Kanne erwähnt, die nun zerbrochen in der Küche lag. Doch nichts geschah. Er konnte das Gelb kaum noch greifen, so blass war es inzwischen geworden. Als er begriff, dass er machtlos gegen sein Verschwinden war, ließ er es geschehen und sah dabei zu, wie das Gelb nach und nach erlosch.

Erfüllt von einer inneren Stille ging er die paar Schritte in die Küche, wo noch immer die Scherben der Kanne lagen. Langsam fegte er sie auf eine Kehrschaufel und betrachtete sie ein letztes Mal, ehe er sie zusammen mit dem Brief entsorgte. Er spürte Trauer, aber keine Verzweiflung mehr. Es war gut, wie es war, und in diesem Moment wusste Benedikt, er würde nie wieder von Sophia träumen.

Einige Tage später beim Gemeindetreffen war er noch nicht ganz im Saal, als ihm schon ein alter Schulfreund auf die Schulter klopfte. Benedikt gab seinen Eltern ein Zeichen, dass er ihm an die Bar folgen würde, wo er von anderen ehemaligen Schulfreunden mit großem Hallo empfangen wurde. Die Zeit lief nur so dahin, und bald war eine Stunde vergangen, als er in einer Gesprächspause, sein zweites Bier in der Hand, seinen Blick durch den inzwischen gut gefüllten Saal schweifen ließ.

Da erstarrte er. Sophia.

Am Arm ihres Großvaters flanierte sie durch die Menschenmenge, und auf jeden, mit dem sie sprach, schien ein Funke ihres Strahlens überzuspringen. Sie gab etwas von sich an andere weiter, ohne es selbst zu bemerken. Aus der Entfernung ließ Benedikt ihre Ausstrahlung auf sich wirken, forschte in sich hinein. Kein Schatten trübte sein Inneres, er war weg. Zugleich erwischte er sich dabei, wie der Wunsch, sich ihr zu nähern, mit schwindelerregender Geschwindigkeit wuchs. Habe ich doch nicht akzeptiert, dass sie mich nicht will?, fragte er sich.

„Benedikt!“, sprach ein Bekannter ihn an und hielt ihm sein Bier hin, um ihm zuzuprosten.

„Hm?“ Er konnte seinen Blick nicht von ihr wenden.

„Wow. Ist das Sophia?“, fragte der Bekannte, seinen Augen folgend. „Unglaublich, diese Frau. Habt ihr noch Kontakt?“

„Nein, schon länger nicht mehr“, erwiderte er ohne Bitterkeit in der Stimme.

Eine halbe Stunde zuvor hatte Sophia sich zusammen mit dem Großvater in Richtung Gemeindesaal aufgemacht. Es war nicht weit, aber das ganze Dorf schien unterwegs dorthin zu sein, immer wieder wurden sie angesprochen, denn auch wenn Georg sein Hotel in Prien schon vor vielen Jahren verkauft und in diesem Bereich nur noch beratend tätig war, hatte er durch sein Engagement in der Gemeindevertretung einen hohen Bekanntheitsgrad. Stolz berichtete er auf Nachfragen, dass Sophia beruflich in seine Fußstapfen getreten sei. Zunächst mit eigenem Hotel und nun auch in seiner Beratung. In einem unbemerkten Augenblick fasste sie ihn am Arm und zog ihn zur Seite, wo sie abwarteten, bis sich der Ansturm auf den Gemeindesaal etwas verlaufen würde.

„Du bist noch bekannter und angesehener, als ich dachte“, flüsterte sie ihm ins Ohr. „Davon hast du nie geredet. Wie soll ich deine Position jemals ausfüllen?“, fragte sie unsicher.

Georg zuckte gleichgültig mit den Schultern.

„Ich habe nur immer versucht, das Beste aus dem herauszuholen, was gerade anlag. Das ist alles.“

„Hast du nie Druck gespürt?“

„Doch, natürlich. Aber letztlich ist es doch so: Den Druck macht man sich selbst, nicht das Leben. Das gibt einem genau das, was man braucht. Wenn man das verstanden hat, nimmt man es nicht mehr als Last wahr." Ihren Arm tätschelnd fuhr er fort. „Und wie ich dich kenne, machst du das. Also bezieh alles, was sie gesagt haben, ruhig auch auf dich." Er fasste ihren Arm ein wenig fester und beschleunigte seinen Schritt. „Wie geht es zu Hause?"

„Ganz gut. Ich bin mit den Kindern endlich auf den neuen Hof gezogen."

„Ihr habt ihn also wirklich gemeinsam gekauft?"

„Ja. Alexander das Land, ich das Haus, und wir teilen die Aufgaben entsprechend auf. Das klappt gut. Durch die Kinder sind wir eh in engem Kontakt, und es war für ihn eine große Chance, den Hof zu vergrößern. Da die Eigentümer alles an nur einen neuen Besitzer verkaufen wollten, brauchte er mich."

„Finanziell …"

„Auch. Aber was hätte er mit einem so großen Haus anfangen sollen? Er lebt in seinem Elternhaus. Also habe ich es genommen, mir eine Wohnung hergerichtet und den Rest zu Ferienapartments umgebaut. Was ich aus dem Stall mache, weiß ich allerdings noch nicht. Alexander hat die Kühe in seinem neuen Stall untergebracht. Ihm ging es hauptsächlich um das Land."

„Hast du schon eine Idee?"

Sophia schmiegte sich an ihren Opa. „Nein. Aber es wird mir zum richtigen Zeitpunkt schon etwas einfallen." Jetzt grinste sie. „Die Umsätze im Café steigen noch immer. Dort werde ich nicht mehr gebraucht, weil eine Frau aus dem Dorf die Leitung übernommen hat. So bleibt mir Zeit für neue Projekte."

„Und dein Privatleben?“ Das Lächeln war aus Georgs Gesicht verschwunden, fast streng sah er sie jetzt an. „Ist es die richtige Entscheidung gewesen, dich zu trennen?“

„Ich habe kein Privatleben, wenn man von meiner Zeit mit den Kindern absieht.“ Sophia sah auf den Boden, betrachtete den mit Granulat verschmutzten Schnee auf dem Weg. „Alexander hat die Beziehung beendet, nicht ich. Sie war in seinen Augen vergiftet, wegen Benedikt. Wir haben so viel miteinander geredet, um unsere Zukunft auf neue Beine zu stellen.“ Sie hielt einen Augenblick inne. „Aber es ging irgendwie nicht“, fuhr sie fort, als sie den fragenden Blick ihres Großvaters bemerkte. „Denn wir haben festgestellt, dass unsere Lebenslinien nicht mehr parallel zueinander liefen, sondern sich weiter voneinander entfernten.“

Immer noch strömten von allen Seiten Menschen in Richtung des Gemeindesaals, und so verlangsamten sie nochmals ihr Tempo.

„Hast du nicht das Gefühl, zu früh aufgegeben zu haben?“

„Nein. Wir waren beide überzeugt, es sei besser, sich zu trennen. Unsere Linien zwanghaft zusammenzuhalten, hätte nicht lange funktioniert. Inzwischen wird Alexander immer mehr zu einem guten Freund, und so ist es dann auch für Michel und Theo gut.“

Nun blieb Georg stehen. „Warum triffst du dich nicht mal wieder mit einem Mann?“

„Ich habe keine Lust dazu.“

Georg runzelte die Stirn.

„Weil ich zu viele Kompromisse eingehen müsste", erklärte sie.

„Aber nicht, wenn du jemanden gefunden hast, mit dem es passt", ließ Georg nicht locker. „Manchmal muss man es nur zulassen. Liebe ist ein Geschenk, keine Bedrohung, weißt du?"

„Es gibt da aber niemanden", antwortete sie knapp. Langsam setzten sie sich wieder in Bewegung und näherten sich schweigend dem Eingang des Gemeindesaals, wo der große Andrang abgeklungen war.

Als sie den Saal betraten, klang es wieder „Grüß Gott, Herr Häusle" oder „Hallo Georg" von überall her. Jemand nahm Sophia den Mantel ab, ihr Opa tätschelte ihr die Schulter und blieb nach einigen kurzen Gesprächen bei einem Ehepaar stehen. Sophia sah sich um.

Die meisten waren in Tracht gekleidet und standen in Grüppchen an Stehtischen zusammen oder saßen gemeinsam an den wenigen Sechsertischen. Viele kannte sie nur vom Sehen und fühlte sich ein wenig verloren. So ließ sie ihren Blick weiter schweifen, ob sie nicht ein bekanntes Gesicht entdeckte, grüßte hier und dort, und wieder sprach ihr der eine und andere Anerkennung für das Werk ihres Großvaters aus – bis sie ihn schließlich an der Bar entdeckte.

Benedikt

Sie starrte ihn an und bemerkte nicht, wie sie sich durch die Haare zu streichen begann und an ihrem Dirndl herumzuppelte. Endlich begegnete er ihrem Blick und bestätigte ihn mit einiger Verzögerung und einem scheuen

Nicken. Ihr ganzer Körper schlug im schnellen Takt ihres Herzens, und als er ihr mit seinem Bier zuwinkte, bekam sie nur ein winziges Lächeln zustande, von dem sie nicht sicher war, ob es ihn über den Raum hinweg überhaupt erreichte. Im Beruf hatte sie es geschafft, die Zügel ohne viel Kraftaufwand in der Hand zu halten, doch nun verließ sie alle Sicherheit.

Durch die Menschenmenge hindurch sahen sie sich an, und Sophias Nervosität wich einer Hochspannung, die sie langsam Schritt für Schritt in seine Richtung zog. An einer letzten Gruppe drängte sie sich vorbei, während Benedikt den Blick nicht von ihr ließ. Sie trug ein dunkelgraues Dirndl, dessen Farbe Benedikt an den Schleier erinnerte, der sich stets über das Goldgelb gelegt hatte, wenn er an sie dachte. Der Dirndl-Stoff glänzte leicht, dunkelgrüne Stickereien hoben sich davon ab, die Schürze war im Ton darauf abgestimmt. Atemberaubend schön sah Sophia aus, fand er, und sie war allein. Vor Nervosität zitternd trat er ihr einen Schritt entgegen und wagte kaum, ihr in die Augen zu sehen.

Schweigend nahmen sie sich in den Arm. Als er sie wieder losließ, reichte er Sophia sein Bier und bedeutete einem seiner Bekannten, ihm ein weiteres zu bringen, bevor er ihre Hand nahm und sie aus dem Getümmel herauszog.

„Was machst du hier?“, fragte er und suchte kurz nach dem Gelb in seinem Kopf.

„Ich begleite meinen Großvater. Ich bin häufiger in Prien, weil ich ihn in seiner Beratungsfirma unterstütze.“

„Dann hast du dein Hotel nicht mehr?“

„O doch. Ich mache diesen Job zusätzlich.“

Angestrengt suchte Benedikt in seinem Kopf nach Farben. Wo war nur das Gelb? Auch sonst sah er nichts, weder Flecken noch Punkte oder pulsierende Schlieren. Er fasste ihre Hand ein wenig stärker.

„Ich muss es jetzt von dir wissen", forderte er und sah ihr fest in die Augen. „Und ich lasse dich nicht gehen, bevor du mir diese Frage beantwortet hast."

Sophia hielt still, bewegte sich nicht. Kerzengerade aufgerichtet stand sie vor ihm und erwiderte seinen Blick.

„Warum hast du damals gesagt, wir würden nicht zusammenpassen?", drängte er.

Ruhig und ernst sah sie ihn an und erinnerte sich für einen Moment an ihr letztes Telefonat vor einem guten Jahr. Ihre Antwort würde alles verändern, das spürte sie. Endlich konnte sie in Worte fassen, was damals in ihr vorgegangen war, würde auflösen, was beide jahrelang gequält hatte, würde den Stein forträumen, der sie voneinander trennte.

„Ich hatte Angst", sagte sie leise.

Benedikt starrte sie an. „Wie bitte?"

„Ich hatte Angst", wiederholte sie scheu.

Benedikt musste lachen, Tränen schossen ihm in die Augen. Ungläubig musterte er ihr Gesicht.

„Du hattest Angst? Nichts weiter?"

„Ja." Sophia lächelte schwach.

Benedikt lehnte sich an die Wand und sah an die Decke. All die Jahre an der Seite einer Frau, die er nicht lieben konnte, die Verletzungen der Trennung, Kinder ohne Vater im Alltag und der Vater ohne Kinder, das Leben allein – alles wegen ein bisschen Angst?

„Wovor hattest du Angst, verdammt noch mal?"

Sophia löste sich ein wenig aus seinem festen Griff und ließ ihn erst ganz los, als er sich beruhigt hatte.

„Meine Gefühle für dich waren so stark, so wahrhaftig …", begann sie.

„… bedrohlich und verwirrend …", setzte Benedikt fort.

„Ich hatte Angst, die Kontrolle über mein Leben zu verlieren."

„Aber was ist daran schlimm?"

Sophia nahm einen Schluck Bier.

„Als meine Eltern sich getrennt haben, habe ich mir geschworen, in jeder Situation meines Lebens Herrin der Lage zu sein. Mein Vater ist einfach weg ins Ausland. Ich weiß gar nicht, wo er zurzeit lebt. Dann hat meine Mutter bestimmt, dass ich bei meinem Großvater bleibe, und mich nicht einmal gefragt, ob ich mit nach Hamburg gehen wollte. Obwohl ich schon sechszehn war. Nie wieder wollte ich das Gefühl haben, jemand anderes hätte mein Leben in der Hand."

„Aber …"

Sophia bedeutete ihm innezuhalten. „Ich wollte etwas Eigenes schaffen, Dinge bewegen, jemand sein. Und ich dachte, wenn ich dich heirate, schaffe ich das nicht, weil meine Liebe zu dir mich zu sehr vereinnahmen würde."

Benedikt musterte sie lange. Noch immer sah er kein Gelb, und auch sonst zeigten sich weder Farben noch Formen.

„Und deswegen hast du gesagt, zu mir passe besser eine Frau ohne eigene Ambitionen? Eine, die sich um mich und unsere gemeinsamen Kinder kümmern würde?"

„Das weißt du noch?"

Benedikt zeigte auf seinen Kopf. „Du weißt nicht, wie oft ich diesen Satz hier hin und her gedreht habe, aber ich habe ihn bis heute nicht verstanden."

„Ich wollte, dass du mir Raum lässt und wir beide unserer Wege gehen."

Sophia sah nach unten und zuckte mit den Schultern.

„Warum hast du dann hinterher mit mir geschlafen?", fragte er, nahm ihr Kinn und zwang sie, den Kopf zu heben und ihm in die Augen zu sehen.

„Als der Heiratsantrag damals vom Tisch war, habe ich mich wie befreit gefühlt. Weil ich dich so verletzt hatte, musstest du deine Gefühle zurückhalten. Das gab mir den nötigen Raum. Nur so konnte ich die Nähe zu dir zulassen."

Benedikt sah sie stumm an, als würde er in seinen Gedanken nach einer Empörung suchen, die es nicht gab.

„Ich habe es geliebt", fuhr sie fort, „mit dir zu reden, zu lachen und zu überlegen, womit man später sein Geld verdienen könnte. Jedes Mal, wenn wir uns getroffen haben, empfand ich eine Mischung aus ‚Zu viel' und ‚Nicht genug'. Aber ich bin mir sicher gewesen, du würdest immer zu meinem Leben gehören."

Benedikt schwieg. Warum lösten ihre Worte nichts in ihm aus? Weder Wut noch Verzweiflung, auch keine Hoffnung, kein Farbengewirr, kein strahlendes Gelb.

„Erst als du mich nach unserem Wochenende am Anleger ohne Heiratsantrag hast gehen lassen, habe ich begriffen, dass du ihn nicht wiederholen würdest. Zugleich wusste ich, dass ich nichts ungeschehen machen konnte, zu viel war zerstört."

Benedikt nahm Sophia ihr Bier ab und stellte es zusammen mit seinem auf den Boden. Dann fasste er ihre Hände.

„Ich habe mich benutzt gefühlt damals. Ich war rasend vor Schmerz, am Anleger und jedes Mal, wenn ich eine Email oder einen Anruf von dir bekam."

„Ich hätte den Satz so gern zurückgenommen, wollte mit dir darüber sprechen." Sie schaute auf den Boden. „Einmal, ziemlich kurz vor meiner Hochzeit, da wollte ich mich noch einmal mit dir treffen." Sophia lächelte matt, als sie Benedikt wieder ansah.

„Und dann war es zu spät", fügte er hinzu, als sich ihm plötzlich eine Frage aufdrängte. „Hättest du …", begann er zögernd und räusperte sich, bevor er fortfuhr, „hättest du Alexander nicht geheiratet, wenn wir uns damals getroffen hätten und wir so offen miteinander gesprochen hätten wie jetzt?" Er durchkämmte die nähere Umgebung im Saal nach dem Mann, der mit Sophia hier sein müsste. Alexander. Oder war sie allein?

„Anzunehmen", erwiderte sie kurz und strich ihre Schürze glatt.

„Du hättest ihn womöglich nicht geheiratet? Sagst du mir das gerade?" Ungläubig sah er sie an. Immer noch war da kein Gelb. In seinem Kopf war Ruhe – keine Farbe zeigte ihm seinen emotionalen Zustand. Nur kurz kam ihm das sich auflösende Gelb in den Sinn. War es eine Erinnerung an den Traum? Oder waren die Farben wieder da? Er blickte sich um, betrachtete andere Menschen – aber niemand ließ nur die Andeutung einer Farbe in ihm entstehen –, da war nichts. Gar nichts.

„Und wo ist Alexander jetzt?"

„Er spielt keine Rolle mehr", lächelte sie und trat einen winzigen Schritt auf ihn zu, dabei seine Augen suchend, sodass er ihrem Blick nicht ausweichen konnte. „Wir haben uns getrennt. Schon vor einem knappen Jahr."

Strahlendstes Gelb hätte ihn noch vor wenigen Monaten bei diesen Worten durchflutet – doch sein Kopf blieb leer. „Warum hast du mich nicht angerufen?"

„Es fühlte sich nicht richtig an."

Er sah sie fragend an.

„Ich mag mein kontrolliertes Leben", erklärte sie, während Schalk in ihren Augen aufblitzte.

Wo sonst Farben pulsiert hätten, spürte Benedikt nun etwas Neues, das ihm ein tiefes Gefühl der Sicherheit verlieh. Vertrauen. Ja, alles war gut, wie es war. Erst jetzt verstand er, warum ihn die Farben verlassen hatten: er brauchte sie nicht mehr, um ihm seine Gefühle zu zeigen.

„Du darfst jetzt die Kontrolle ganz kontrolliert abgeben, okay?"

Sophia musste lachen. Sie griff nach ihrem Bier, ehe sie weitersprach. „Alles war so verdreht, es musste erst Ruhe reinkommen, in unser beider Leben."

Benedikt zog Sophia an der Taille zu sich heran. So dicht, dass ihre Körper sich berührten. Einen Moment verharrte er so an sie geschmiegt und fühlte ihre Nähe.

Eva Altjohann
Leere im Spiegel
318 Seiten, gebunden
ISBN 978-3-9817288-2-8

Die Männerherzen liegen ihr zu Füßen, beruflich ist sie auf dem Weg nach ganz oben, Geld für sie kein Thema. Trotzdem lässt die Begegnung mit einer alten Frau Maria in eine tiefe Krise stürzen. Wer ist sie eigentlich? Glücklich in ihrem Streben nach Profit und Effizienz? Wohl kaum. Der Blick in den Spiegel bestätigt es ihr: Alle Lebendigkeit in ihren Augen ist einem Ausdruck trüber Leere gewichen – bis sie Lukas begegnet. Aber gerade als Maria bereit ist, ihre Ideale von Macht und Erfolg aufzugeben und den Gefühlen für Lukas ganz die Tür zu öffnen, zieht der sich unerwartet aus der Beziehung zu Maria wieder zurück.